谨以此书献礼祖国 70 年华诞
并向福州市公安局的英烈和
时代先锋致敬！

作者简介

马腾宙，男，大专文化，当过兵，1981 年 4 月入警，福建省戏剧家协会会员，现供职于福州市公安局。常年从事公安宣传文化工作，入得“富矿”，觅得“源头”，涉猎广泛，硕果亦丰，撰有大量公安题材通讯、特写、诗歌、杂文、小说、戏剧、影视、歌曲等作品。

曾荣立个人二等功 2 次、个人三等功 11 次，并获“首届福州市十大读书明星”、“福州市学习雷锋积极分子”、“福州市治安防范系列宣传活动积极分子”、省市优秀公安宣传干部等荣誉称号。其公安新闻、文艺、文学作品多次在全国、公安部及省市各类比赛中获奖。

其代表作《蹲守》（小品），曾获“公安部金盾文化工程艺术奖”一等奖并入选 1998 年公安部春节文艺晚会，由潘长江、句号等著名笑星表演；代表作《永远的“黑琛”》（演讲稿），获全国总工会“祖国颂”演讲比赛及全国公安系统“祖国颂”演讲比赛一等奖。相声《我是社区民警》、歌曲《刑警本色》等作品入选《福建曲艺创作 60 年选》《人民警察歌曲》丛书。

曾任福州电视台《自我防范 108 招》电视系列宣传片总撰稿。2013 年 2 月，获“全省公安宣传思想文化工作成绩突出个人”荣誉称号。

◀ 1981 年 6 月，福建省龙岩地区公安处干警培训班学员结业合影（着 78 式警服）。图中二排左起第十人为作者

▶ 1987 年 9 月，作者在王庄派出所工作期间，参加街道组织的迎国庆联欢活动（着 83 式警服）

◀ 1990 年 5 月，参加“福州市公安系统岗位学雷锋演讲比赛”合影。图中前排左起第五人为原市公安局副局长张诗正，前排左起第四人为原市公安局政治部主任张铭森。前排右起第一人为作者（着 83 式警服）

▶ 1990 年 8 月，参加“福州市公安系统岗位学雷锋先进事迹报告团”活动（着 83 式警服夏服）

▶ 1993 年 12 月，参加福建省公安系统纪念毛泽东同志诞辰 100 周年“卫士的怀念”文艺汇演。前排左起第二人为原市公安局宣教处处长王霖华（着 89 式警服）

▶ 1995 年 4 月，参加市公安局巡警支队军事训练汇报表演，担任解说员（着 89 式警服）

▶ 1999 年 6 月，参加公安部“首届全国公安民警歌手大赛”，与著名歌唱家李双江合影（着 89 式警服）

▲ 1999 年 6 月，参加公安部“全国公安系统祖国颂演讲比赛”，与著名表演艺术家、主持人沈力、陈铎、濮存昕合影

◀2000 年 12 月，参与策划“黄振顺同志先进事迹报告会”并与报告团全体成员合影

▶ 2002 年 5 月，任福州电视台的大型电视系列宣传片《自我防范 108 招》节目主持人

◀2003 年 3 月，参加福建省文联系统文艺轻骑百乡行活动，在古田会议会址前留影

▶ 2006 年 11 月，作者参加“全省公安系统小品比赛”，获演员金奖

▶ 2008 年 5 月，参加北京奥运火炬传递安保活动(着 99 式警服)

◀ 2008 年 7 月，作者参与策划“福州市公安系统抗震救灾先进事迹报告会”并与报告团全体成员合影

▶ 2012 年元旦春节期间，参加“公安文化基层行”慰问演出活动

◀ 2016 年 10 月，参与策划“福州公安 7 · 9 抗洪抢险救灾先进事迹报告会”并与报告团全体成员合影

公安题材通讯特写报告文学集

越走越长英雄路

马腾宙 著

群众出版社
中国人民公安大学出版社
·北 京·

图书在版编目（CIP）数据

越走越长英雄路 / 马腾宙著 . -- 北京 : 群众出版社，2019.6
ISBN 978-7-5014-5959-9

Ⅰ . ①越… Ⅱ . ①马… Ⅲ . ①新闻—作品集—中国—当代②报告文学—作品集—中国—当代 Ⅳ . ① I25

中国版本图书馆 CIP 数据核字 (2019) 第 107429 号

越走越长英雄路

马腾宙　著

出版发行：群众出版社
地　　址：北京市丰台区方庄芳星园三区 15 号楼
邮政编码：100078
经　　销：新华书店
印　　刷：天津盛辉印刷有限公司

版　　次：2019 年 6 月第 1 版
印　　次：2019 年 9 月第 2 次
印　　张：16.75
开　　本：787 毫米 ×1092 毫米　1/16
字　　数：265 千字

书　　号：ISBN 978-7-5014-5959-9
定　　价：75.00 元

网　　址：www.qzcbs.com
电子邮箱：qzcbs@163.com

营销中心电话：010-83903254
读者服务部电话（门市）：010-83903257
警官读者俱乐部电话（网购、邮箱）：010-83903253
综合分社电话：010-83901870

本社图书出现印装质量问题，由本社负责退换

序

在新中国成立70周年大庆来临之际，我们欣喜地看到了这本由市局宣教处“老宣传”马腾宙同志所撰写的讲述福州部分公安英烈、先进集体和先进个人事迹的宣传报道文集的出版发行。全书人物故事时间跨度近30年，既有崇高悲壮的英烈传奇，也有搏击中流的时代先锋，既有警花烂漫的女警写生，也有钢铁堡垒的群雕塑像。该书可谓“为时代立碑、为英雄画像、为先进讴歌”，不失为一部有温度、接地气，又具有历史厚重感和纵深感的佳作。

故事讲述得好不好，要看其是否叩击读者心扉，激发情感共鸣。书中生动的笔触把人们记忆深处模糊的点滴片段和先进事迹，重新完整清晰地推到我们面前。我们仿佛又回到多年前那激情燃烧的岁月，回到那个英雄辈出的年代，为“春茧到死丝方尽”的张诗正、“生命不息，冲锋不止”的林万霖、“清贫为友、负重前进”的林玉清等公安英烈、时代先锋而感动。读罢全书，思近怀远，得先贤之风骨，继英烈之荣光，我们更加深刻地感受到“一代人有一代人的责任，一代人有一代人的担当"这句话的真正含义，让记忆永不褪色，让初心照彻一生。我们相信，这本书的公开出版发行，将有利于弘扬英雄主义精神，传承红色血脉，守护初心使命，筑牢信仰之基，补足精神之钙。初心如炬，使命如磐，不忘来时路，方能行稳至远。

讲好民警故事是公安宣传的核心载体、长期任务和永恒主题，是公安宣传干部的光荣职责，也是基本功。特别是在当前移动化、社交化、可视化的全媒体时代，舆论战已成为处置各类敏感事件的一个重要战场，要真正做到“刀把子”“笔杆子”两手都要抓，都要硬，就要大力宣传公安机关惩恶扬善的正能量，发好公安声音，讲好民警故事。公安宣传干部要不断掌握新知识、熟悉新领域、开拓新事业、增强本领能力，加强调查研究，不断增强脚力、眼力、脑力、笔力，努力打造一支政治过硬、本领高强、求实创新、能打胜仗的宣传思想工作队伍。

在当前全市公安机关全力以赴推进“践行新使命、忠诚保大庆”实践活动之际，这本书的出版发行，将再次唱响人民公安“英雄颂”，敲响激情奋进、逐梦前行的时代战鼓。谨以此书献礼新中国成立70周年，向英雄致敬，为未来壮行！

是为序。

福州市公安局党委委员、政治部主任　施玉安

2019年8月13日

自 序

记忆深处的警队“乡愁”

如果警队也应该有一种普遍存在的特殊情感——“乡愁”的话，那么这种“乡愁”当属对警服的眷恋。

警旅生涯近40载，有幸穿过四种警服：“一颗红心头上戴，革命红旗挂两边”的78式警服；德式大盖帽的83式橄榄绿警服；红领章改为红色盾牌领花，取消了两侧红裤线的89式警服；以及现今与国际警察服装基本接轨的藏蓝色99式警服。20世纪90年代至今，我有机会长时间从事公安文化宣传工作，有缘于此，我采写了一大批公安英烈、公安先进集体和先进个人的真情故事和感人事迹。记忆深处的警队“乡愁”由此刻骨铭心、魂牵梦萦。清晰记得，记忆深处的那些鲜活的笑容，他们也曾风华正茂，他们也是风雨兼程，他们也正激情燃烧……他们中间，有穿78式警服、喜食粉干的张诗正，有穿83式警服、爱抽“喇叭”烟的“黑琛”，有穿89式警服、向前倒下的勇士林万霖，有穿99式警服、一路奔跑的阳光小伙陈光淡……虽然，他们凝固的笑容，与我们已渐行渐远。

2017年5月19日，在全国公安系统英雄模范立功集体表彰大会上，习近平总书记指出：“广大公安英雄模范身上体现的忠诚信念、担当精神、英雄气概，是中华民族伟大精神的真实写照。”他强调，“我们要在全社会大力弘扬公安英模精神，推动培育和践行社会主义核心价值观，凝聚起全国各族人民为中国特色社会主义事业共同奋斗的磅礴力量”。

平“语”近人，黄钟大吕；警队风云，笔底波澜。每念于此，总是感慨万端，心潮难平。

警服在身，使命在肩。心中有阳光，脚下有力量。于是，我们学会了执着——“使命，人民警察的使命，不得不让我们远离温柔，不得不远离儿女情长，不得不远离妻子的笑靥和乳儿的啼音，于是，才有了这样一种唯独属于警察的浪漫的情与爱，才有了这样一种执着……”（见《黄毅：学会执着》）；我们学会了从容——“黑琛”像往常一样卷起自己爱抽的“喇叭”烟，翻来覆去还是那句话：政府有规定，共产党员不能参与“淘金”活动……（见《永远的“黑琛”》）；我们学会了刚毅——张诗正被抬上了手术车，他苍白憔悴的脸上，此时却浮上了一丝刚毅，他轻轻地吟唱起来：“没有共产党就没有新中国，没有共产党就没有我张诗正……”（见《献您一束白菊花》）；我们学会了无畏——面对三支冒着青烟的来复枪，万霖没有丝毫犹豫和退缩，而是以泰山压顶之势朝歹徒奋勇扑去……（见《勇士，向前倒下……》），李国俤面无惧色，还是那句话：“违法人员不能放！”话音刚落，暴徒们的钢筋、菜刀、铁棍，便丧心病狂地雨点般落在李国俤身上……（见《碧血浇开英雄花》）。

警服从外观上，赋予我们的是庄重、威严、帅气和它所承载的职业尊荣；但更多时候，警服赋予我们的，却是心之所属、情之所系，是精神层面的力量和智慧。在这里，警服不单是孤苦（入夜，林玉清痛苦不堪，辗转反侧，一个人蹑手蹑脚溜达到老宅的后山，躲在乱草堆里悄悄抹眼泪……《好警“清哥”》）还有浪漫（女性的妩媚交织着警服所赋予的英武，更增添了动人的魅力。董影好不欢喜，搂着妈妈的脖子一个劲地撒娇……《警花浪漫曲》）；不单是眼泪（告别“吉克”这一天，黄和平以泪洗面，静静地抱着“吉克”的遗体苦思……《丰碑在榕城》）还有欢笑（“蛋蛋”郑重地向警院党组织递交了入党申请书。那一日，“蛋蛋”异常兴奋，见谁都打招呼、问好，和好友从食堂聊到操场，从傍晚聊到熄灯……《阳光路上的奔跑》）。警服它还是警队的制胜之本、力量之源。

警服不单单是行业的物质性标识，更是警察职业的精神性载体，它赋予着装者以深度的文化内涵。警服是精神的向导和动力，它在无穷大的时间空间里，为其成员提供了施展抱负、追逐梦想的舞台。警服壮我行色——小伙子已披挂完毕，临行前回头冲我神秘一笑，贴近我的耳朵，用几分戏谑、几分调侃的口气告诉我：“徐家的种已种下了，再没有后顾之忧。即便这回出去就‘玩儿完’，二十年后，照样还有个姓徐的好刑警！”（见《好汉闯黑道》）；警服添我虎威——陈永康寸土不让，“砰”地一声，他被高速行驶的汽车撞出了路面。说时迟那时快，但见陈永康一个“鲤鱼打挺”飞身跃起……（见《锐眼探疑案》）；警服赐我神勇——陈榕生分风劈流、另辟蹊径，硬是从这张小纸条上悟出几乎毫不相干的另一层隐晦的内容。顺此思路一查到底，侦破工作立时峰回路转，柳暗花明……（见《“神探”陈榕生》）。

警察事业，是一种需要“以身许之”的事业，它是对党和党的事业的绝对忠诚，它是对国家、对人民、对公平正义的坚定守望，它是一种情怀、一种担当、一种精神，一方可以滋养英雄，成就奉献者、奋进者、改革者的热土。

北宋哲学家邵雍在其《善赏花吟》诗中吟道：“人不善赏花，只爱花之貌。人或善赏花，只爱花之妙。花貌在颜色，颜色人可效。花妙在精神，精神人莫造。”警服的“花之妙”，构成了警队的“乡愁”，它用一代代人民警察的初心铸就、鲜血染红、汗水浇灌，它是警队的血脉基因、精神密码。珍惜“花之貌”（姿态），守好“花之妙”（神韵），就守住了人民警察赖以生存的精神家园，就远离了低级趣味，懂得了担当与坚守。

一代人有一代人的使命，一代人有一代人的担当。本书所载人和事，也是改革开放40周年来福州警队沧桑巨变的记录和见证。从书中我们可以看到：国内最早将户籍窗口高柜台变低柜台的创举；全省第一张“警民联系卡”的出现；全省第一个一流现代化指挥中心的诞生；福州警队第一条“功勋犬”的英姿；人口信息结束手工管理实现微机管理的历史进程；第一代网络警察和他们发起的国内首例网上救助大学生行动……他们为警队立风范，为岁月留品格，为历史树标杆。他们用自己的青春、热血乃至生命捍卫了警服的尊严。缘于此，我们才有机会于无声处听惊雷，于淡泊处发豪猛，于险峻处见奇伟，在苦与乐的磨砺、血与火的洗礼、生与死的考验面前，感悟剑胆琴心的警察职业特质和从警真谛。

习近平总书记在全国宣传思想工作会议上的重要讲话中指出：“做好新形势下宣传思想工作，必须自觉承担起举旗帜、聚民心、育新人、兴文化、展形象的使命任务。”夯实理想信念，凝聚警队力量，讲好警察故事，光大警察精神，其路漫漫，任重而道远。

“一个有希望的民族不能没有英雄，一个有前途的国家不能没有先锋。”不忘初心、铭记“乡愁”，不辱使命、砥砺前行，人民警察的英雄道路，才能行稳至远，才能越走越长。

作 者

2018年10月

目 录 /contents

第一辑 英烈丰碑

第二辑　时代先锋

附 录　关于作者

后 记

第一辑

英烈丰碑

勇士无悔

——追记革命烈士、交通警察吴家建

吴家建

人民警察的崇高，在于它永远把人民的安宁和法律的尊严担在肩上，并为此付出巨大的流血牺牲的代价而在所不惜。死亡，随时可能在每一个警察的人生之旅上，奏响飘向永恒世界的哀乐。对此，交通警察吴家建表现出了一种超脱的从容和豁达。

——题记

吴家建牺牲的时候，黎明很宁静。

1991 年 8 月 17 日清晨 5 时 15 分，一个 44 岁的生命化作永恒。古城福州，太阳正喷薄欲出；白马河畔，暗香浮动，鸟声啁啾。福州郊区[①]洪山乡黎明村，一条青砖铺就的小路，大摊大摊殷红的鲜血，如灿烂开放的一簇簇映山红，鲜艳夺目，美丽如画。

吴家建 1970 年参加公安工作，一直干交警，看红绿灯转换，听车声人声。他 21 年的警营生涯，不显赫，但也不平凡：1979 年、1980 年、1981 年连续三年被评为福州市公安局先进工作者，福州市社会治安积极分子，三次受嘉奖，一次荣立集体三等功。

吴家建性格随和，为人爽直，人缘极好。不论是在工作单位，还是在居家住处，同事们、邻里们一有麻烦，少不了叫上吴家建。灯坏了，孩子病了，车子抛锚了，只要吴家建在，就没有什么解决不了的问题。他是多面手，在交警队，勘察现场、调解事故、案件处理、车辆考核，样样业务上都有几套“绝活”。他是交警支队数得着的大实干家。跟他打过交道的人都说：“吴家建这个人啊，比老黄牛还好使唤！”

① 1996 年 1 月，福州郊区正式更名为晋安区（以辖区内晋安河为名），并相应调整其行政区划，划出洪山镇归鼓楼区，划出建新、盖山、仓山、城门、螺洲 5 镇归仓山区，划出亭江、琅岐 2 镇归马尾区；划入鼓楼区的五四、王庄新村 2 街道办事处，并分别更名为茶园、王庄街道办事处，增设象园街道办事处，撤销台江镇，设立岳峰镇，红寮乡更名为寿山乡。

吴家建（着警服者）在工作中

吴家建干的是交警，却时刻也没有忘记人民卫士的神圣职责。不论何时何地，凡是社会治安的事，他都要管一管、查一查，一年半载的，还抓上一两个盗贼、劫匪什么的扭送到派出所，不为邀功请赏，权当笑料跟同事们、邻里们胡侃一遍完事。他常说：“这帮毛贼，没什么好怕的。你跟他来真的，别手软，他们就害怕了！”

1991 年 8 月 16 日晚，吴家建考虑到第二天还要起早准备新一轮的车考工作，早早入睡了。次日凌晨 2 时 30 分，一阵隐约的撬门声惊醒了吴家建，他迅速跳下床来，开门一看，只见一条黑影正蜷缩在黎明村兴元 97 号门口。黑影发现有人，慌忙转身逃跑。疾恶如仇的吴家建怎肯轻易放过歹徒，一边高喊“抓贼”，一边只身一人追了上去。歹徒跑出一百多米，见吴家建紧追不舍，情知无法跑脱，便抽出暗藏的双刀，对吴家建威胁道：“你别过来，再过来，我捅死你！”威逼恐吓，吴家建见得多了，此刻他全然不顾，一个箭步扑向歹徒，将歹徒的左手扭到身后。歹徒狗急跳墙，疯狂地朝吴家建左胸部、左腹部连刺两刀。吴家建感到血的灼热，但没有松手。丧心病狂的歹徒又接连朝吴家建腰部、腹部、背部猛刺五刀。在生命垂危之际，吴家建以惊人的毅力继续与歹徒殊死搏斗，并将歹徒绊倒紧紧压在身下。此时，群众闻讯赶来擒获歹徒，吴家建才欣慰地松开了手……

医生尽了最大努力，惊叹：“身中七刀，大量出血，还能将歹徒压倒，坚持到现在。奇迹，奇迹！”

噩耗传来，熟悉他的同志都悲痛万分，仿佛那刀是刺在自己的心坎上……

仿佛不愿搅碎这个世界的宁静似的，勇士吴家建，用 15 分钟无畏无悔的冲刺，默默走完了一个人民警察悲壮的人生之路，在世人面前，无言地树起了一座人民卫士的丰碑。

原载：1991 年 12 月 24 日《福建法制报》，有删节

碧血浇开英雄花

——追记革命烈士、罗源县公安局洪洋派出所原副所长李国俤

李国俤

一

李国俤牺牲前的那些日子，激情似火，快马奋蹄。

1990 年 4 月，小伙子李国俤在罗源县洪洋乡仅有 3 名警察编制的微型派出所当上了“头儿”，治安政绩不凡：各类案件 1990 年比 1989 年下降 21.5%、1991 年又比 1990 年下降 26%，社会治安状况逐年好转；三年中打击处理违法犯罪分子 132 人，摧毁犯罪团伙 9 个，18 名帮教对象无一重新犯罪……

1991 年 12 月 13 日，是小伙子 29 周岁的生日和结婚 3 周年的纪念日。3 天之后，小伙子实现了多年来梦寐以求的入党愿望。喜讯传来，李国俤一蹦老高，情不自禁地搂着 2 岁的女儿唱了一段：“共产党员时刻听从党召唤，专挑重担挑在肩……”这裘派京腔，韵味还挺浓。战友们都知道李国俤平素厌烦吃吃喝喝、拉拉扯扯那一套，这回被他的情绪所感染，也找到了新感觉，嬉皮笑脸地非让他请客不可，李国俤回答得挺痛快：“行，我请了。”

小伙子参加工作 9 年来，没买过一件像样的服装，手上的一块廉价电子表，一天要校对好几次，表带也磨坏了，却像藏着个宝贝似的，愣没舍得扔。

12 月 16 日中午，李国俤一边扒着饭，一边盘算着请客的事：小徐爱吃海鲜，鱼虾、海蜇皮是必不可少的；小林爱喝酒，这桌上说什么也得来它一两瓶啤酒、可乐什么的。这时，他忽听一声惊呼：“可坂村着火啦！”小伙子扔下饭碗跑出门外，只见不远处的山林上已是浓烟滚滚。“跟我来！”小伙子大喊一声，叫上民警和联防队员，随着乡干部们一起奔向火场。火海中，小伙子宛如出海蛟龙，顶着熊熊的烈焰和灼人的气浪，左扑右打，经过 3 个多小时的奋力搏斗，火魔

终于被制伏，500 多亩山林被保住了。归途中，战友们跟他打趣："李副，这可是你入党后献给我党的一件大礼物啊！"小伙子擦了把头上的热汗，走着走着，便哼起了《打靶归来》，"日落西山红霞飞，战士打靶把营归"，骄傲得像个从战场上凯旋的将军。

12 月 30 日，预定请客的日子到了，偏巧这时又来了个紧急公务，请客泡了汤。后来，什么安全保卫、治安检查、民事调解、帮教工作等一大堆事儿一冲再冲，请客之事不得不一拖再拖。为这事，小伙子挺内疚的，总觉得欠着战友们什么，好些天自个儿跟自个儿过不去。

二

小伙子有副热心肠，在洪洋派出所当了 3 年副所长，3 个春节都是他留守值班。那年，妻子正赶上在医院分娩，有位群众因急事赶到医院来找李国俤。小伙子原本是请了假的，完全可以推托，可他二话没说，抛下妻子就匆匆赶到派出所，为群众办完手续后才回到医院。还有一次，幼女突发急病急需送医院诊治，妻子急得束手无策，打电话向李国俤告急，恰巧同一时间辖区内发生了一起盗窃案，小伙子顾不上女儿，忍着剧烈的胃痛，匆匆吞下几粒药片，家没回，反倒先奔赴了现场……

1992 年 1 月 20 日，距猴年的春节只剩 13 天了，家家户户张灯结彩，四处都洋溢着喜庆气氛。民警小徐和小林私下商议：今年春节，无论如何得让李国俤一家欢欢喜喜吃顿团圆饭不可。一大早，战友们便口气坚决地向李国俤摊牌。经不住软磨硬泡，小伙子同意了。吃晚饭时，李国俤把这事告诉了妻子。妻子一高兴，搂着丈夫亲了一下，又取出平时省吃俭用积攒下的 300 元钱，"奖励"给丈夫，让他买套合体的西服，替换下一年四季清一色的"橄榄绿"。小伙子从镜子里端详自己半天，"我穿西服一定很潇洒。"李国俤得意地对妻子说，似乎那套新西服已挺阔地穿在自己身上了。

关于形象问题，李国俤有一番自己的见解：一个警察的形象，关系到一个警察的生命；一个贪赃枉法的警察，即便再冠冕堂皇，也不免受人唾弃。小伙子在洪洋所 3 年，拒贿 23 次，价值达 12300 元，谢绝请吃 42 次。一年秋天，有一户村民因播放淫秽录像被派出所查获，其家属托人提了价值数百元的礼品送到小伙子家里，乞求他手下留情。小伙子得知后，马上将礼品原封不动交给了组织。还有一次，有个平素与李国俤关系挺不错的村支书家里出了点麻烦。

他拉上小伙子来到家里，小伙子刚进屋，见满桌子鸡鸭鱼肉正香喷喷地冒着热气，心里立刻明白了八九分，扭头便走。支书紧跑几步追上小伙子，拉着他的手说："李副所长，给我点面子嘛！"小伙子坦然一笑："给你点面子，那就毁了派出所的面子。是你的面子重要，还是派出所的面子重要？"一席话，说得支书面红耳赤："随便吃顿饭，能有那么严重？"小伙子笑笑说："一顿鸿门宴，可会留下千古骂名的哟！"

李国俤的清正廉明，在洪洋乡是有口皆碑的。有一回，李国俤的妻子路过辖区的一家软垫厂，随手拣了块废弃的海绵拿回家当枕头用。小伙子知道后，拿着海绵赶到厂里，非让厂长折价算钱不行。厂长见是块 20 多公分大小的废料，说什么也不肯收钱。小伙子铁了心非交钱不可，厂长无奈，只好按进货价收了他 3.5 元钱。事后，厂长逢人便夸："李副所长真是一个焦裕禄式的干部。"

公生明，廉生威。小伙子深切地感受到了这一点。一次，李国俤在战友们的配合下，摧毁了一个在洪洋乡敲诈勒索、无恶不作的号称"洪洋七怪"的犯罪团伙。主犯游某某在行动前嗅出了危险，溜了。小伙子多次登门教育其家属让其投案自首，争取从宽处理。游某某是个心狠手辣的亡命之徒，见派出所追查得紧，就托人捎来口信："姓李的，如果逼我过分，我就杀了你一家，要完大家一起完！"李国俤冷笑一声，对来人说："你转告游某某，我李国俤自当警察的那天起，就早已把生死置之度外了。叫他来吧，我等着。"事后，小伙子精心安排查控工作，终于发现了游某某的落脚点，硬是只身一人将游某某捉拿归案。

三

1992 年 1 月 20 日晚 9 点 20 分，天黑如墨。洪洋乡政府大院内突然一片喧闹，以陈某育为首的一伙歹徒，手执棍棒、钢筋、柴刀等凶器，煽动百余名不明真相的群众公然冲击乡政府。暴徒们占据了乡政府的各个出入口，切断了乡政府与外界的联系，公开叫嚣要找乡主要领导算账，企图以武力胁迫派出所放走一个被扣押的不法分子。暴徒们打伤了几名乡干部，又继续打砸抢。李国俤闻讯后，迅速安排人员保护要害部门和乡干部的安全，不顾妻子的再三劝阻，执意要前往现场阻止歹徒的暴行。小伙子似乎已察觉出此去必定凶多吉少，为避免误伤群众，李国俤解下腰间的手枪藏好，赤手空拳率民警小徐冲到楼下，张开双臂挡住了暴徒们的去路，反复耐心地疏导规劝，声音都嘶哑了。这时，两名暴徒突然从左右两侧扭住了李国俤的双手，另三名暴徒用菜刀、铁棍顶着李国俤的喉咙和胸膛，恶狠狠地叫嚷："你放不放人？"李国俤坦然自若地回答："违法人员不能放。"暴徒们将凶器举过了头顶，又问："你放不放人？"李国俤面无惧色，还是那句话："违法人员不能放！"话音刚落，暴徒们的钢筋、菜刀、铁棍，便丧心病狂地雨点般落在李国俤身上……鲜血染红了路面。

李国俤牺牲的噩耗传出，洪洋乡老百姓悲痛欲绝，纷纷要求严惩凶手，为李国俤报仇。

许多群众翻山越岭自发赶来参加悼念活动；护送灵车的队伍，望不到尾……

事隔数月之后，战友们在每天的值班记录本上，依然端端正正地写着——值班领导：李国俤……

1992年5月，公安部追授李国俤为全国公安战线二级英雄模范荣誉称号。

原载：1992年第8期《福建公安》杂志

献您一束白菊花

——追记一等功臣、福州市公安局副局长张诗正

张诗正

1992 年 12 月 11 日 19 时 35 分，一颗平凡而又伟大的心脏停止了跳动。

噩耗犹如闪电，划破榕城夜空。广大公安民警、武警官兵无不悲痛落泪，异口同声地喊道："他是为公安事业累死的呀！"

翌日，福建省公安厅给张诗正追记个人一等功，公安部授予他三级警监的高级警衔。

第三天，阴雨霏霏，寒风飕飕，福州殡仪馆"三山墓园"告别厅内，花圈遍布，哀乐低回。一千多名公安民警、武警官兵的代表，以及各条战线的干部群众、普通百姓自发赶来向张诗正同志的遗体告别。

人们悲切地听着张诗正同志的生平介绍：张诗正，1934 年 11 月 3 日出生在贫农家庭，1950 年 10 月参加公安工作，1953 年加入中国共产党，历任市公安局消防队、刑警队民警，市公安局刑侦科副科长，内保科、政保科副科长，鼓楼区委常委、公安分局局长，鼓楼区委副书记，市公安局党委副书记、副局长。他几十年如一日无私奉献，在长期的公安工作中积累了丰富的经验，为福州市社会治安稳定做出了卓越的贡献，曾荣立二等功一次、三等功两次，多次被评为好干部、好党员、最佳公仆，1991 年被市委授予"优秀共产党员"光荣称号。

肃立默哀的人们，或低泣，或抹泪，追忆着张诗正走过的 58 年人生历程，追寻着这位高级警官"风霜雪雨搏激流"的凛然风骨和在党旗金盾下的庄严涅槃……

在他的日历上，没有星期天
他是一头累不垮的“老黄牛”
他说我要一辈子干刑侦，干到死

张诗正同志长期分管政工、行政、户政、刑侦、治安、预审等业务。每一起重大案件，每一项重要治安保卫任务他都亲临现场，坐镇指挥，既当指挥员又当战斗员，夜以继日，顽强拼搏，每一起大案的侦破都凝聚着他辛勤的血汗。

市局刑警大队有个不完全统计，张诗正分管刑侦期间，带领大家侦破刑事犯罪案件一万一千三百多起，其中重特大案件三千余起，抓获刑事犯罪分子一万多人次。

数字是抽象的，而张诗正付出的艰辛、汗水和心血，却是具体的。为此，他与同志们一道度过无数个不眠之夜，奔波在福州五区八县（市）的山山水水间。每次发案，他都直奔现场指挥侦破，不分昼夜，不管节假日，妻子、儿女，难得与他碰面。他的三餐，常在市局机关的刑警大队和办案现场解决；他的睡眠，常在市局办公室、值班室，或是外出办案的工作车上进行。

因为忙，岳父岳母的生日宴会，总空着他的座位！

因为忙，辛敏、辛辉——两位千金的婚礼，他都未能参加！

因为忙，他生病不看医生，只让驾驶员到机关门诊部取点药……

是他不近人间情理？是他不喜天伦之乐？是他不懂“养身之道”？不，绝不。他心里装的是全市五百二十多万人民的安危，是国家和集体财产的安全。

那是 1988 年 1 月 25 日，春节前夕，鼓楼区琼河粮油食品商店预备发放给当地居民的物价补贴款 6 万多元、粮票[①]30 万斤，一夜之间不翼而飞！

张诗正带领市、区刑侦队员，立即扑向现场。经勘查，这是一起特大撬窗入室盗窃案。犯罪分子极其狡诈，没有留下任何作案痕迹。侦破工作陷入“山重水复疑无路”的困境。

时间一天天过去。张诗正在指挥部里安营扎寨，日夜苦战，眼里布满血丝，脸色憔悴不堪。渴了，喝一口茶水解渴；饿了，吃一碗粉干充饥；困了，抽一支香烟提神。几位年轻民警都累倒了，有的还住进了医院。而他，有多年高血

① 粮票是 20 世纪 50 年代至 1985 年中国在特定经济时期发放的一种购粮凭证。中国最早实行的票证种类是粮票、食用油票、布票等。粮票作为一种实际的有价证券，在中国使用达 40 多年，随着社会的发展，它已退出了历史舞台，成为收藏者的新宠。

压和冠心病史的“老刑侦”，却依然精神抖擞地听取汇报，指挥侦查。

这是第五次现场勘查。老张再次认真倾听粮店工作人员介绍失窃情况，终于从中发现了一条重要线索。

根据这一线索，老张重新制订破案方案，在全市布下了天罗地网。

犯罪分子“跑得了初一，躲不过十五”。正月十五，两个盗窃犯终于落入法网，专案组追回了大部分赃款赃物。至此，全案前后经历了37天终告破案。这一个多月，张诗正没有睡过一个囫囵觉。

这是1991年11月，市局治安处接受了省保险公司原营业大楼爆破拆除方案的审核任务。张诗正带领治安民警来到现场踏勘。这座营业大楼位于福州市五四路中段的高级宾馆区，人口密集，高楼林立，半径50米范围内有各类建筑30多座，距离3米处有两条光导通信电缆，7米处有煤气管道、温泉热水管道等，9米处有价值800万元的中型计算机，环境十分复杂，对爆破要求极高，不能出现飞石，不得产生太大震动和冲击波……

这是我国迄今为止最高层的框架结构建筑爆破拆除工程。为了确保安全，张诗正亲自主持了这项爆破方案审核工作。他不辞劳苦，认真研究每一个细节，经常加班到深夜，三次修改实施方案，并不厌其烦地一次次深入爆破区内的有关单位，逐一落实警卫措施。

11月25日上午，爆破工作一切就绪，临爆前，他再次带领有关专家进行施爆前的检查，一层楼房一层楼房查验，一个药孔一个药孔检查，共检查了数千个药孔！有人心里嘀咕：“这雷管的安装已反复检查过多次，还能出什么意外呢？”由于老张和专家的细心，临爆前的这最后一次检查，发现了一批雷管安装错位，爆破延期进行，一场可能导致人员伤亡的重大事故被避免了。

经过整改，12月6日，爆破顺利进行。随着“轰”的一声冲天闷响，瞬间旧营业大楼按设计要求缓缓倾斜，徐徐塌落，但见一团浓浓的巨大烟尘滚起。“成功啦！”民警们和省市领导、工程技术人员一齐欢呼雀跃。省公安厅提议市公安局给治安处记集体三等功，可在荣誉证书上却没有张诗正的名字。原来，他把请功报告上自己的名字轻轻划掉了。

市公安局老局长方毓风记得，1983年岁末，张诗正主动请缨押犯赴疆的感人情景。其时，全国范围内的严厉打击严重刑事犯罪活动的斗争正如火如荼。年底，根据中央决定，一批严重刑事犯罪分子将被押赴新疆劳动改造。

福州至新疆，乘火车要7天7夜。时值隆冬，那里是“千里冰封，万里雪飘”。这不是一次愉快的旅行，而是押送判处重刑的罪犯。重任在肩，凶险艰辛。

市局党委原想让别的同志担任押犯总指挥。张诗正却满脸堆笑地跑到方毓风那里请战！

“方局长，还是我去吧！我年轻（时年 49 岁），身体好（可他还患有多种慢性疾病），又是苦孩子出身，不怕吃苦（这倒千真万确）。何况，我还想借机会领略一下新疆的风土人情呢（瞧他说得多轻松）！”

老方拗不过他。再说，他是分管刑侦的，与犯罪分子打交道是他的本行。张诗正如愿以偿。

除了手枪、手电、被包、大衣，他的行装里比别人多了一样——药盒。药盒里装有治疗高血压、冠心病、胆囊炎的药物，还有女儿为他准备的几两切片红参。

列车风驰电掣，飞越鹰厦线、京广线、陇海线……一路上，老张始终没合眼。累了，就含上几片女儿给的红参。七天七夜，那布满血丝的双眼，那雄鹰一般锐利的目光，一直紧盯着送边的罪犯。

从新疆回来，他的体重掉了 10 斤！领导、同志、亲人好不心疼，可他却毫不在意。有人劝他改行，他却说：“如果上级领导同意的话，我要一辈子干刑侦，干到死！”

他“后门”不开，送礼不收，请客不到
一身正气，两袖清风

1988 年，一封发往中央、省、市有关部门的“控告信”，摆到了市公安局党委的办公桌上。

信件控告张诗正和他率领的一支侦破组，在侦破一起刑事案件中，“大吃大喝”、工作作风拖拉、“民警积极性不高”，要求“严肃查处”。

张诗正笑了。办案中，他和战友们吃的是粉干、面条，接连几个通宵苦战。没有喊冤，没有诉苦，张诗正悄悄回避了。

纪检、政工部门联合组成调查组，来到案件现场。

有群众说：“我真服了这帮警察，三五个通宵不睡，第二天照样玩命干活。”

还有群众说：“什么‘大吃大喝’啊！那是我们单位领导看警察老吃面条、炒饭，把他们硬拉进食堂就餐的。”

经查，发案单位未办过任何酒宴请过侦破组，在食堂就餐也按规定交纳了饭金。调查材料摞起来有尺把高，谣言不攻自破。

调查人员对告“黑状”的人愤愤不平，也想“参”他一本。

张诗正阻止了这一行为："老百姓告我们的状，说明他们对公安工作缺乏了解，理解有限。我们呢，有则改之，无则加勉。"

作为分管诸多要害部门的副局长，张诗正出席各类开业庆典、奠基仪式、竣工典礼的机会不可谓不多。但张诗正给自己定下了一条规矩：绝不参加任何宴请，甚至连三五道菜的小宴，也非让人撤去或罢宴不可。不论是下基层检查工作，或是在侦破现场，张诗正几十年"一贯制"，吃的是煮粉干。

张诗正在接访中

一次，老张到某宾馆参加治安工作会议。会后，宾馆总经理拉住张诗正说："便饭准备好了。"老张问："几桌？"总经理说："不多，就三桌。"老张皱起了眉头，知道不是所谓的"便饭"。于是借口有事，拉上驾驶员就走。回到市局，他们在机关食堂一人煮一碗面条吃了。

又一次，张诗正率户政处民警下基层检查工作，当地的同志不知道张诗正从不吃请，午饭时间，请他们到餐厅入席，老张一见桌上放着酒瓶、酒杯和几碟冷盘，顿时发了火，自己动手将桌上的酒杯、冷盘一一端进厨房。

有一段时间，张诗正为方便工作，常在机关食堂用餐。炊事员知道张诗正是个大忙人，工作又艰辛劳累，见张诗正光临，每每在一份菜中，多添一勺、二勺。张诗正多付菜金，炊事员推辞不收。无奈，他找到行政处处长郑典镇，告他个"管理不严"。可是，炊事员不服"管理"，依然故我，张诗正干脆就此不进食堂。

此后，张诗正总是用电热杯煮稀饭吃。配的菜是咸橄榄、榨菜丝、豆腐干。时至今日，老伴夏碧琳每每看见自家桌上丰盛的饭菜，就禁不住热泪盈眶……

1991 年秋末的一天，远在上海工作的堂兄来榕探亲，专程拜访了张诗正。堂兄与张诗正缘悭一面，又是儿时的好朋友，自然嬉笑怒骂，亲热异常。

“有件小事，想麻烦你一下。”堂兄小心翼翼地探问。

“说吧！”张诗正非常诚恳。

“有个堂侄，住鼓楼区，他妻子是闽侯人，孩子大了，要读书了，能不能给解决‘农转非’？[①] 人家一切条件都符合。”堂兄知道张诗正“原则”得很，不敢有过分的要求。“不用你多说什么，只要过问一下就行！”

张诗正皱紧了眉头，声调也提高了：“你要相信鼓楼分局，既然符合政策，人家就会给办的嘛！”

堂兄面露不快：“又没叫你走后门，就让过问一下。”

“没让我走后门，那还过问什么。”张诗正寸步不让。堂兄变了脸，孔席未暖，便匆匆拂袖而去。就为这么件小事，堂兄弟俩，闹得不欢而散。

还有一个远房亲戚的儿子，1979 年间因打架斗殴被办案单位科以劳教处罚。亲戚们找上门来，力陈情由：这孩子各方面表现都比较好，不是社会上那种为非作歹、无恶不作的“歹徒”。这次斗殴，纯属偶然为之，要老张高抬贵手。可老张不依，硬是批准送劳动教养。还说把小孩送去教育一下，对他今后有好处。张诗正找机会上办案单位看望了一次孩子，捎去许多语重心长的话，教育孩子要安心改造。三年后，这孩子解教归来，走上了勤劳致富的人生坦途……

一个共产党人的威信，显然不与权力的高低成正比。权力似水，既可载舟，亦可覆舟。如何运用权力，是检验一个领导干部真假为人民服务的试金石。权力，在某些地方的某些人那里，是一人得道，鸡犬升天，荫庇后人；张诗正却廉正自守，一身正气，两袖清风，“常在河边走，就是不湿鞋！”

张诗正膝下有二女一子。长女是集体工，二女是现役军人，儿子是合同工。长女辛敏，受老公安爸爸的耳濡目染，对警察这一职业有一种特殊的感情，多次闹着要参加公安队伍，张诗正却执意不开这个“后门”。1983 年，辛敏按正常渠道参加招警考试，以 5 分之差落第。招警名单公布后，辛敏很委屈，求爸爸给自己开个“后门”，张诗正偏偏不开这个“门”。儿子辛杰，中学毕业后，就一直东一榔头，西一棒子干合同工，张诗正对此从不过问。

是他不体恤儿女，不通人之常情吗？不，只要一有空，他就在儿女面前讲述自己苦难的童年和旧社会劳动人民的悲惨境遇，对他们思想上严格要求，生活上体贴入微，是严父，更是慈父。两个女儿生了孩子后，生活一度不太宽裕。逢年过节，他必从自己省吃俭用的积蓄中，拿出一二百块钱，给她们作“生活

①“农转非”是指计划经济时代的一种户籍制度。农，指农业；非，指非农业生产。“农转非”的组成人群一般是乡镇公务员、工勤人员等，“农转非”有利于促进社会稳定、繁荣。

补助”。

张诗正逝世后的一天，组织上通知家属来办公室清理他的遗物。女儿辛敏打开了爸爸的办公桌、保险柜，将他的全部遗物摆放在桌上：那是数十本工作笔记本、一盒茶叶、半包未抽完的“友谊牌”香烟和几个式样陈旧的公文包。

女儿禁不住泪如雨下。

他爱民如命，爱兵如命，爱才如命
弥留之际，他还捐款给受灾的民警
从山洪中安然脱险的群众，对他高喊：警察万岁！

许多曾经受过老张关心、爱护、帮助的老同志、老部下，许多曾受过他资助、解救、照护的老百姓，哀思绵绵，悲伤恸哭——

“他对人民、对同志，像春天般温暖，他就是我们身边的活雷锋啊！”

“雷锋做过的好事有千千万万，老张做过的好事有万万千千！”

张诗正看望慰问孤寡老人

1991 年 9 月的一天，在福州海山宾馆，福清市公安局刑警队侦查员庄桂清在缉捕持枪抢劫犯的战斗中，不幸壮烈牺牲。

对穷凶极恶的犯罪分子的无比仇恨，对同一战壕的公安民警的手足深情，增强了张诗正与严重刑事犯罪活动作斗争的必胜信念。这种必胜信念，又驱使他以忘我的工作精神不畏艰难，凿硬攻坚。

当侦得该案主犯出现在广东省河源县内，张诗正立即点起兵马，连夜驱车数百公里，直扑河源。随后又转战广州、深圳等地。在返回途中，一部警车因故障抛锚，战友们劝张诗正先行一步，不必等。警车排除故障后，于次日凌晨4时赶到漳州宾馆住地，却见张诗正竟一宿未眠，正在门口等待。他对驾驶员说：“在这里，我一直打电话询问沿线公安局，有没有你们的消息，怕出了什么意外，不放心。”张诗正对麾下的民警，眷注照拂，体贴入微，怎能不使人感激涕零？！

庄桂清烈士牺牲时，其子女的户口仍在农村。张诗正获悉后，又责成户政部门立办，给予安排“农转非”。经一番努力，庄桂清子女的户口问题终于解决了。

生活清苦竭蹶的张诗正，对人民群众的冷暖温饱却有冬寒抱冰，夏热握火之心。在一个偶然的机会里，张诗正获悉一名叫林瑞英的“农转非”申请户的情况。林瑞英之夫潘心礼，是福州港务局台江作业区职工，膝下有3个年幼的女儿，一家五口，仅靠潘心礼微薄的一点工资维持生计，加之潘心礼患有严重肺病，已病退在家多年，阖家生活十分清苦。张诗正率员走访了这一特困户。望着潘家木板搭架的木床及几张桌椅之外一无所有的境况，他的眼睛湿润了：“我们的‘农转非’工作，不为这样的人服务，还为谁服务？！”不久，张诗正指示户政部门从当年有限的“农转非”指标中，一次挤出4个指标，解决了他们的实际生活困难。

鼓楼区东街街道朱紫坊原有一间夫妻理发店，专为工薪阶层提供服务。张诗正是这家理发店的常客，见夫妻二人时常忙于理发，误了吃饭，他就领着这对老夫妻来到公安局食堂，安排他们就近买饭就餐。

五年前，市局刑警大队警犬队只有一条警犬，无法适应刑侦工作的需求。按常规，要增加警犬，须经省公安厅上报公安部转批南京警犬研究所，再由该所根据各省市公安机关的需求，做出计划安排。

“这要等到哪年哪月？！走，到南京要警犬去！”办事风风火火的张诗正，拉上刑警大队政委肖玉英等人，直奔南京，找到警犬研究所所长刘俊卿，向刘所长苦诉急需警犬的迫切心情。

当时，华东各省市的警犬驯导员正在该所集训，警犬大多投入了训练，刘所长爱莫能助，面有难色。

张诗正见状，真诚地苦苦恳求：“我们老远来一趟不容易。再说，我们福州的警犬事业正处于发展阶段，市局党委对此十分重视，请您多多关照哪！”一番话说动了刘所长，他心想：还不曾有过哪一个市公安局局长亲自跑来要警犬，难得啊！他当即同意拨出四条警犬给福州市公安局。

警犬要到了，可还缺少一名驯导员，老张只好再次求援。该所一位副科长说："我有一个学生叫黄和平，现在福州劳改支队工作，他酷爱警犬事业，是个难得的人才，如若调入贵局，定可大显身手。"

老张记在心上，回榕后，即督促有关部门将黄和平调入市刑警大队警犬队，又送其到南京集训。集训归来，老张专程到警犬训练基地勉励黄和平努力钻研业务，并从思想上、生活上关心、帮助小黄。

黄和平果然不负众望，一心扑在警犬训练上，他驯养的"吉克"，在侦查破案中多次发挥重大作用，被省公安厅授予"功勋犬"称号。黄和平也荣立个人三等功，被授予1992年度省"五一劳动奖章"。

1990年初夏的一天，一条惊人的消息报送到了市公安局：闽侯县南通镇十八重溪风景区连日暴雨，导致山洪暴发，溪水猛涨，60多名上山游玩的学生和游客被困在山上，已缺水断粮两昼夜，生命安全朝不保夕。聚集在山下的百余名学生家长和游客亲属，哭天喊地，心如刀绞，却又爱莫能助，情况十分危急。

死神，一分一秒向学生和游客们逼近。

危难之际，又是张诗正亮出了帅旗，披挂出征。他率治安处民警和防暴警察组成的救援大军，分乘多辆警车，冒着倾盆大雨迅速开赴十八重溪。因大雨似瀑，洪水汹涌，上山的桥梁被冲垮，所有通道被淹没，警车行至距山顶五公里处，无法前行，救援大军被迫徒步前进。肆虐的山洪从山上铺天盖地扑来，其势凶猛疯狂。张诗正见此情景，立即召集有关人员制订紧急营救方案。

这时，不知谁听到广播，说："气象台预报，明天天气将转晴，水位肯定会下降，是不是等到明天再设法救人？"

战马敢冲危阵，勇士喜拼恶仗。只听张诗正一语出口，斩钉截铁，掷地有声，显示出一派战将风范："不行！我们晚一分钟到达现场，群众就多一分危险。保护人民，是人民警察的神圣职责！现在，是党和人民考验我们的时候了。"说完，时年已是57岁的张诗正，毅然带领民警涉入湍急的洪水，向山顶进发。

一排排暴怒的狂涛，如天鼓轰鸣，似地火奔涌，翻卷着，撕咬着，狂冲着，水位陡涨，渐渐淹没了张诗正和民警们的腿部、腹部、胸部。救援队伍手拉手排成人墙，艰难地向目的地挺进。肆虐的山洪似乎随时准备将这支队伍撕裂、冲垮。

次日下午，这支由张诗正率领的救援大军，先后涉过六道汹涌的溪流，与山洪搏击了一天一夜，终于到达了救援现场。体力不支、憔悴不堪、七倒八歪躺在山上的60多位被困群众，猛然像打了强心针一般，"警察来了！"只听一声欢呼，被困群众把民警们团团围了起来。筋疲力尽的张诗正被人们围在中间，泪流满面的学生们抢着跟他握手、拥抱。有人情不自禁朝着张诗正高喊起来——“警察万岁！”

“危难时刻，还是人民警察亲啊！”

爱民如子的张诗正，欣慰地笑了。他热情地招呼学生、游客们吃饼干、喝饮料，关切地询问有无人员生病、受伤。稍事休整后，又率领民警按原路救援群众脱离险境。

山洪激流中，张诗正和战友们手挽手排成人墙，组成“软梯”。

人墙“软梯”上，60多名群众一一涉过溪流，安然踏上陆路。

没有如海的鲜花，没有如潮的掌声，甚至没有人知道这位高级警官的姓名。但是，一句“警察万岁”的呼喊，难道不是人民群众对张诗正这一代人民警察最高的奖赏吗？！

1992年12月9日，张诗正逝世的前两天，市公安局治安处副处长孙瑞集家中不幸遭遇了一场大火，举家被焚毁一空。吐血不止，濒临病危的张诗正，闻此灾情，艰难地嚅动着双唇，要爱人夏碧琳拿出300元钱，嘱咐儿子辛杰尽快送到孙瑞集家中。

望着辛杰送来的人民币，孙瑞集，这个性格刚硬的汉子禁不住嚎啕恸哭：这哪里是300元钱啊？这分明是一个共产党人炽热、纯真的一颗心啊！刹那间，金钱的商品价值荡然无存，无瑕的灵魂，在宇宙天地间，在商品世界里，如一座挺拔的丰碑，高高地耸立起来。

他唱着“没有共产党就没有新中国”被抬上手术台
省委副书记说：你是一位无名英雄，公安战线的一员好干将

许多两鬓染霜的老公安，都为失去这样一位好战友而悲痛哭泣。张诗正的亲属肝肠寸断，嚎啕恸哭。许多女民警呜咽悲泣，哭红了双眼。

送别的人群中，有一位身材瘦削、手拄拐杖的老同志——原福建省公安厅副厅长，曾任福州市委常委、市公安局局长的何锋涛。作为感情笃深的老战友，他对张诗正太了解也太理解了。他记得，早在1979年，张诗正就患了胆囊炎。1981年12月，医生又诊断张诗正患有严重的冠心病、高血压。每一种疾病，都严重损害着张诗正的身体健康。医生多次嘱咐他注意休息，切忌熬夜。在1981年9月的一次检查中，医院根据病情，开出了“病休条”，建议张诗正休息一个月。

时任市公安局局长的何锋涛,在“病休条”上郑重其事地签署了自己的意见 :“请遵医嘱，休息三个月。”张诗正却以工作忙脱不开身为由，悄悄将“病休条”锁进了抽屉。

1992 年 3 月底，张诗正从北京出差归来，莫名其妙地患上了“感冒”。张诗正吩咐驾驶员小林上门诊部随便拿了点药，想应付了事。却不料，“感冒”久治不愈，体重在半个月内骤然下降了 16 斤，四肢乏力，腰膝酸软，肝胆疼痛。此后一个月,他夜晚已无法仰卧入眠,只能坐在沙发上,靠在床帮上勉强入睡。妻子，儿女见他时常面色铁青、额冒冷汗，就三番五次地劝他上医院诊治。听得多了，他竟大为恼火 :“我半天的时间都没有！告诉你们，我没事，吃些药就好了！”

死神的阴影笼罩着张诗正。

检查工作，研究案情，审批材料，开会，学习……张诗正依然乐此不疲。

5 月 14 日，张诗正的女儿辛敏、女婿王昕在驾驶员小林的配合下，将他强拉硬拽拖进了医院。诊断结果惊人 : 张诗正患的是晚期胆囊癌，生命危在旦夕!

家人哭了一夜。

张诗正还蒙在鼓里。次日一早，他像往常一样，提前十分钟赶到户政处参加会议。上午 10 时许，他来到东街口交通岗亭，与交通民警一起参加交通秩序整顿活动，再赶赴市交警支队参加会议，研究交通整顿工作。下午，他又准时参加防暴支队的工作会议，听取夏钢副支队长汇报工作。

家人心急如焚，却找不到他的行踪。

下午 4 时，辛敏、王昕才在防暴支队的会议室里，找到了脸色铁青、冷汗满额的张诗正。

辛敏走进会议室，伏在他耳边悄声说 :“爸，省立医院已联系好了，去仔细复查一下。”

张诗正挥挥手，示意女儿离开会议室 :“不去不去，我哪有时间。”

女儿无奈，只好叫出夏副支队长，告诉他父亲病情严重，急需住院治疗。5 分钟后，会议匆匆结束。张诗正走出会议室，不肯跟女儿上车。

辛敏心如刀绞，却只能装着若无其事的样子“哄骗”父亲 :“就上医院检查一下，很快的。”

来到省立医院后，因怕父亲“临阵脱逃”，儿女们搬来了救兵——省立医院副院长章开典。

章副院长说 :“你就给我安心住上几天嘛！”

张诗正说 :“我没有时间啊！”他扳着指头，“明天要到福清去，后天上平潭，大后天上……”张诗正的工作日程已排到了下个星期。

“你这次不住，以后还想不想工作啦？”章副院长说。

张诗正软了下来：“那我回去交代一下工作。”

“不必了！”章副院长口气坚决。

省立医院的诊断结果很快出来了：晚期胆囊癌并已扩散，种植转移到膀胱部位。胆囊肿块为 16 厘米 ×12 厘米，为正常胆囊的十倍。胆囊炎恶变成胆囊癌的比率为千分之几，章副院长摇头惊叹：“我从医几十年，从未发现病到这么厉害才来住院的，实在无法想象，他是怎么忍受到今天的。”

凶讯，迅速传遍了榕城。

省、市及有关部门领导来了；老上级、老同事、老战友来了；许多公安民警来了；素不相识的居民老百姓来了。省立医院 315 号病房，出现了一幕奇观：最多的一天中，竟有一百余人先后来病房探望张诗正。

信仰基督教、佛教的老大娘，秉香焚烛、祈祷祝拜，乞求上苍神灵禳灾驱魔，保佑张诗正平安……

一位身患绝症的病人，托护士转交给张诗正一封信，信中夹着 50 元钱却无署名，还有一幅名家书法：“既来之，则安之”……

许多公安民警遍访名医，广收秘方，期盼着张诗正的病情能出现转机……

市公安局陈沂副局长带领政工干部到病房轮流守护……

经过专家会诊和精心安排，院方决定对张诗正施行胆囊切除手术。张诗正被抬上了手术车，他苍白憔悴的脸上，此时却浮上了一丝刚毅，他轻轻地吟唱起来：“没有共产党就没有新中国，没有共产党就没有我张诗正……”

声音很轻，却振聋发聩。是的，张诗正，这个 8 岁丧父、10 岁在日本大兵的铁蹄下修建义序机场、做过裁缝、放过牛的贫农儿，对共产党、对新中国，有着无比深厚的阶级感情。你的歌，不是吟哦小唱，而是从岁月深处奔涌而来的悲壮的生命史诗！

省委副书记、省政法委书记袁启彤在探望张诗正时，作了如此评价：“你是个无名英雄，我们公安队伍的一员好干将。工作非常艰苦，累得倒下了。我们公安战线就是靠这样一些默默无闻的英雄，才能把工作做好！”

病榻上的张诗正，仍然注重对党的文件的学习，吩咐办公室找出有关文件供其阅读。民警们来探望他，张诗正总是关切地询问他们的工作情况：“达标”建设进展如何？那一起刑事案件侦破有无进展？公安队伍整顿工作顺利吗？等等，却唯独没有谈到他自己。

现代医学毕竟不能包治百病。12 月 11 日，张诗正——刚刚被授予中华人民共和国三级警监警衔的这颗金光灿灿的八角衔星[①]终于悄悄陨落。

张诗正逝世后，袁启彤同志到其家中慰问亲属。他饱含深情，恭恭敬敬地向张诗正的遗像作三鞠躬，并献上一束洁白无瑕的菊花。啊，白菊花，你傲霜斗雪，抵御风沙；你不畏艰难，随处生长；你高贵纯洁，香艳人间——你不正是张诗正 58 年人生旅程的真实写照吗？！

张诗正，献您一束白菊花。

（注：此稿为合作稿，原稿署名为：张铭森、饶尚豪、高作忠、马腾宙）

原载：1993 年 4 月 18 日《福建日报》
1993 年第 3 期《福建公安》杂志

---

① “八角衔星”，92 式警衔设置中的警监警衔标志。92 式警衔标志，总警监、副总警监为金色橄榄枝环绕金色八角星，警监为金色八角星，警督为金色四角星，警司为金色三角星，警员为金色箭头星。

勇士，向前倒下……

——追记革命烈士、原福清市公安局刑警大队二中队副中队长林万霖

林万霖

1997 年 5 月 21 日，林万霖在一场与 4 名持枪歹徒的恶战中不幸壮烈牺牲，时年 43 岁。他生前是福清市公安局刑警大队二中队副中队长。

在收集林万霖烈士事迹材料的那些日子里，我们采访小组一行四人无时无刻不被一种强大的人格力量所震撼、所感动着。面对那一双双为失去林万霖而黯然神伤、悲泪涟涟的眼睛，我们也一同为一位普通刑警的英年早逝而惋惜、长叹、流泪……

面对冒着青烟的来福枪，林万霖愤然站起。

他留给后人的最后一句话："我太重了，放下我，让我自己走吧！"

1997 年 5 月 21 日，一个普通的星期三。

这一天，林万霖持续了近一周的低烧仍没有退。上午 10 时，他用病弱的嗓音给家里挂了电话，告诉妻子自己毫无食欲,中午就想喝点绿豆汤。妻子知道，万霖是条泰山崩于前而面不改色的汉子，像感冒发烧之类的小毛病，一向不当一回事——这次可见病得不轻。妻子的鼻子一阵酸楚。

妻子林玉彬曾经是福清市渔溪中学有名的校花，还是文艺骨干。1980 年，她与在部队当副指导员的林万霖结婚时，还是个丰满水灵、端庄俊秀的人儿，可自从丈夫转业当了警察，尤其是干了刑警之后，她就时不时闹些小病小灾。对平均每天都有一名民警牺牲的公安工作的危险性，她略知一二，但玉彬不是个多嘴饶舌的女人。嘴上不说，心里却时常担惊受怕，加之不知何时缠上的神经衰弱症日日折磨着她，她的身体日显消瘦、单薄。

中午时分，万霖回家喝了点绿豆汤就匆匆躺下了，昏沉沉竟难以入眠。下午 1 时 45 分，万霖按以往的习惯提前起床，准备上班。妻子将几瓶药塞进他的手提包，嘱咐他要按时吃药。万霖一边应着，

一边匆匆下了楼。

林玉彬万没想到，这一别，竟成永诀。

下午，林万霖和侦查员黄剑榕一道，为侦破“3·20”特大假冒警察入室抢劫案又奔波了一个下午，他交代有关群众及时提供破案线索。傍晚时分，考虑到还有几项任务尚未完成，万霖和小黄在路边小饭店随便填了肚子，就匆匆上路继续工作去了。晚 7 时，一位姓郑的群众打来传呼，告诉万霖有一条关于“3·20”案件的重大线索要反映，因惧怕遭人报复，郑某提出接头地点应避人耳目，不宜放在公安局，能否放在融城渔市街不夜城卡拉 OK 厅二楼 8 号包厢内。在向刑警大队长叶泽明报告并征得同意后，万霖答应了郑某的要求。

晚 8 时许，万霖和小黄按约定时间到达了 8 号包厢，郑某已在那里等候。因包厢内还有郑某的几位朋友，不便说话，万霖便把郑某叫出门外，两人在包厢外一角交谈。约 15 分钟后，两人一起回包厢。万霖带着惯有的那种自信微笑重新落座，与郑某继续交谈。

谁也没料到，一场恶魔导演的惨剧即将发生！

晚 9 时许，一名神色异样的青年男子走进包厢，朝郑某叫道 ：“官 (郑某的绰号)、官，出来说话。”郑某不知是计，应声出门。可他刚走出门，便有几支黑洞洞的来复枪对准了他，随即“呯呯”几声枪响，郑某本能地捂紧脑袋，缩回了包厢。三名手持来复枪的杀手和另一名青年男子紧随其后，追入包厢，朝郑某又是一阵乱枪，郑某“哎呀”一声惨叫，一头栽倒在沙发上，当场死亡。距歹徒仅一两米之遥的万霖见状，腾地从沙发上挺身站起，边朝歹徒大喝一声 ：“不许动，不许开枪！”边伸手拿起放在沙发上的手提包，准备取枪还击。一名歹徒恶狠狠叫骂了一声 ：“关你屁事！”就朝万霖右上臂开了一枪。这一枪，导致万霖右肩胛骨断裂，动脉、静脉全被击断，仅剩一点皮肉与肢体相连，手提包也被打落在地。面对三支冒着青烟的来复枪，万霖没有丝毫犹豫和退缩，而是以泰山压顶之势朝歹徒们奋勇扑去。

“呯呯”，见万霖扑来，歹徒们慌忙又朝万霖连开两枪。万霖的左肩胛骨和左颊部再次中弹。其中左颊部一枪导致颅底粉碎性骨折。

万霖突感一阵晕厥，站立不稳。小黄急忙上前把他扶坐在沙发上。万霖拉开手提包取枪，发现手枪已被击弯变形，便大叫道 ：“小黄，你的枪呢？快，快把他们追回来！”说罢便从沙发上再次站起，拔腿冲出门外。

凭借运动员出身的良好素质，万霖大步流星冲过两个走廊、拐过两道弯，追出 21 米。在距歹徒三四米处，万霖以惊人的毅力飞身而起，一个鱼跃拼死扑向歹徒。歹徒们惊恐万状地瞅了瞅倒在他们身后，一只手不断前伸的万霖，加快了逃窜速度。

血，从万霖的伤口处不断喷涌。随后追来的小黄跑到万霖身边，蹲下身将他搂抱起来。万霖一把推开小黄："快，快挂电话报警！"就在小黄挂电话时，万霖以钢铁般的毅力用独臂支撑起身体，奋力追往楼下。

他迅速跳下 26 级台阶，拐过三道弯，又冲出了 41 米，追至街道旁。此刻，4 名歹徒已启动了两辆事先备好的摩托车。见浑身是血的万霖迎面扑来，众歹徒惊恐万状，一名歹徒慌忙端起来复枪朝万霖的腿部射击，这一枪洞穿了万霖的右大腿。万霖保持一种冲锋的姿势，重重地向前一扑，几乎扑倒在歹徒的摩托车旁。另一名丧心病狂的歹徒朝已经倒地的万霖再次开枪射击，击中了万霖的左腰部，导致肾脏、脾脏破裂……英雄的血，染红了渔市街。

随后赶到的小黄见万霖伤势严重，急忙拦下一部"的士"，与两名在场群众一起将他送往驻军医院抢救。三人轮流背着身高 1.82 米、体重达 82 公斤的万霖朝急诊室赶。在通往急诊室的台阶上，奄奄一息的万霖苏醒了，他艰难地对背负者说："我太重了，放下我，让我自己走吧……"

这是万霖弥留之际的最后一句话。

凶讯,迅速传遍了融城。当获悉医院急需大量血浆为万霖输血时,15 分钟内，即有 40 多名刑警陆续赶往医院，人们纷纷捋起袖子，争先恐后地朝医生面前挤，大声叫喊："抽我的，抽我的！"5 月 22 日凌晨 5 时 30 分，噩耗传来，经连续八小时的奋力抢救，输血一万八千余毫升，但林万霖终因伤势过重，不幸牺牲……手术室走廊外，上至政法委书记，公安局局长、政委，下至普通民警，无一不沉浸在巨大的悲痛之中，抽泣声此起彼伏……

当晚，在策划这起谋杀案件的犯罪团伙的一处巢穴内，也同时上演了一出闹剧——首犯林某某跪在一尊香炉前，嘴中念念有词："林万霖大哥，我们不是冲着你来的，对不起，我们真瞎了狗眼！"林某某转回身，早已是泪流满面："弟兄们，我们彻底完了！从现在起，我们各奔前程，能多活一日是一日吧。"

连他的敌人也不得不佩服他、敬畏他，这便是刑警林万霖。

每月六元的津贴费，他总能省下五元寄回家里
他常常是手持微型冲锋枪、踹门而入的第一人

在林万霖牺牲后的一天，我们静静地踏上了林万霖用生命的代价冲刺过的那 62 米血路。渔市街上车水马龙，人流熙攘，景色、灯火依旧，卡拉 OK 厅的生意依然是那么红火……

林万霖的壮烈牺牲，为的不正是这样一种温馨、祥和的景象吗？！

1954 年 8 月的一天，万霖出生在福清市上迳镇梧冈村一户普通农民家庭，9 岁时父亲因病去世，29 岁就守寡的母亲含辛茹苦把三个儿子养大成人。万霖 19 岁参军，1988 年 10 月转业开始警营生涯。

母亲郑好宋清楚地记得：万霖是个懂事的孩子。由于家里穷，万霖 9 岁才上学读书，每天放学，他一放下书包就去扫树叶、捡猪粪；14 岁时因家贫被迫辍学，和母亲一起下地干活，挣一点微薄的工分，帮母亲养家糊口；19 岁参军后，每月六元钱的津贴费，他总能省下五元钱来，按月寄回家里……

二弟林万珍清楚地记得：长兄如父。哥哥小小年纪时就挑起了沉重的家庭重担，挑水、劈柴、烧饭样样都干。12 岁起，哥哥就能像村里的大人一样，带着年幼的弟弟到十几里外的大山上砍柴。砍柴时随身带的煮地瓜之类的“干粮”，他总是让给弟弟吃，自己靠喝山上的泉水充饥……

妻子林玉彬清楚地记得：万霖是个好丈夫、好父亲。她随军时，部队驻在漳州。有一次，她发高烧卧床不起，万霖当时正在福州参加体育集训，晚上打电话回家，妻子因病未能起床接听，万霖以为家中出了什么事，连夜请了假，冒着倾盆大雨赶回漳州，见妻子没什么意外，第二天一早又匆匆赶回福州……儿子中考前，学习成绩不太理想，因家庭困难，上不起辅导班，恰巧有个家住渔溪镇的亲戚是退休教师，万霖每个星期天都用摩托车载着儿子到亲戚家补习功课，自己则匆匆返回工作岗位。不论刮风下雨，还是严寒酷暑，整整坚持了两年，直到儿子考上福清一中……

身高 1.82 米的福清汉子，魁梧健壮，膂力过人，翻山越岭像只鹿，搏浪击水像条龙，擒拿格斗像只虎。比这更重要的是胆大心细、足智多谋，机敏果敢、从容自信，更兼有不怕流血牺牲的献身精神。林万霖天生是块干刑警的好材料。

那还是万霖刚刚转业到福清市公安局城关派出所工作期间发生的事。一次，两伙流氓恶棍因争风吃醋，在一家舞厅聚众斗殴。挑头者外号叫“黄蜂”，身高 1.82 米，是个虎背熊腰的家伙。双方互掷甩炮，舞厅里硝烟弥漫，爆炸声不绝于耳，已有多人负伤倒地。万霖和战友们闻讯赶到现场，包围了舞厅，可舞厅大门紧闭，久踹不开，情况十分危急！

万霖向所长请缨：所长，让我从后门绕进去，擒贼先擒王！

战友们大吃一惊：不行，那太危险了！

可转眼间，万霖已一阵疾跑绕到了后门，轻舒猿臂，灵巧地攀上了 2 米多高的围墙，纵身跳进了舞厅。透过浓重的烟尘定睛细看，一眼就盯住了明显比别人高出一截的“黄蜂”。万霖抖擞精神，截住“黄蜂”，操练了一阵擒敌拳，将五大三粗的“黄蜂”制伏，随即一声怒喝：“住手！我是派出所的。你们的头儿已被我抓获，你们还打什么？！”“黄蜂”想戴罪立功，也跟着嚷嚷：“别打啦！别打啦！”“黄蜂”的手下仗着人多势众，在殴斗中已渐渐占了上风，猛听得炸雷般的断喝，眼见“头儿”已栽在了警察手中，一班小喽啰难成气候，于是纷纷丢弃了手中的凶器，打开舞厅大门，鱼贯般向警方投降。

战友们见万霖上衣被撕得稀烂，脸上被烟熏得发黑，紧张地围拢上来。万霖露出满口白牙，憨厚地一笑：“没事，没事。”

在刑警大队，万霖是个脏活、累活、险活样样抢着干的角儿。抓捕手持凶器、枪支的凶犯，他常常是手持微型冲锋枪、踹门而入的第一人；长途奔袭、追捕，他是条敢于和犯罪分子拼体力、拼消耗、拼斗志的铮铮铁汉；蹲坑、守候，他又是个耐得住性子、沉得住气的人，他创下的仅靠几块面包和几瓶矿泉水在荒野中连续埋伏六天六夜、最终抓获罪犯的纪录，至今仍让人啧啧称道。

1997 年 1 月 23 日上午 11 时，福清市龙田镇积库村村民林某某向龙田分局报案：家中失窃现金 8500 元和一盒装有黄金、白金、蓝宝石、绿宝石钻戒等价值 34 万元贵重首饰的首饰盒。正在龙田侦破“1·19”杀人抢劫案、已连续奋战了五个通宵的刑警大队二中队民警和龙田分局民警一道迅速赶赴现场。

这是一桩棘手的案子。据房东家的女保姆李某某反映：当日上午 11 时许，她正在厨房烧饭，忽有两个戴墨镜的男青年从女房东的卧室内蹿出，一拳将其击倒，随后夺门而逃。而女房东却反映上午 10 时，她因腰部疼痛，曾从衣柜中取出 500 元现金上街看病，当时柜内现金与首饰盒均完好无缺，此时，室内并无外人。

当技术人员进行现场勘查时，工于心计的林万霖，默不作声地倚在室内一角，悄悄端详着保姆李某某。这是个粗俗的乡下女人，相貌平平、衣着不整，在叙述遭到“两名戴墨镜男子”的袭击时，脸上颇有几分悲戚戚的神情。而万霖的目光却犀利地穿透了这一切表象，注意到她那时不时游移飘忽的眼神。那眼神仿佛在问：我编得像不像，警察会相信我吗？

万霖的脸上露出了自信的微笑。他和战友们认真地完成了现场勘查和调查访问工作，获取了大量重要线索。其一，当日上午，女房东一直在家，另有本村两个小孩在房东家看电视，所谓“戴墨镜的两名男子”事先潜入埋伏的可能性极小。其二，大衣柜系对锁打开而不是撬开，只有掌握锁匙的人才具备作案条件，而失主的锁匙是两天前在家中丢失的，不可能被外人捡取。其三，当日上午 10 时，失主出门约 30 分钟后，李某某即将在失主家看电视的两名小孩打发走，出门一番张望后，慌忙将大门关紧。另据调查，李家经济拮据，李夫嗜赌成性，发案期间，李夫曾上门向李某某要钱。显然，李某某有重大作案嫌疑。

孰料，这女人却是块难啃的“骨头”。审讯的架势一摆开，李某某就哭天喊地地撒泼、耍赖，除了“冤枉”就再没别的词了。几位民警沮丧地走出审讯室：“妈的，这种女人打不得、骂不得，大道理又是对牛弹琴，真拿她没办法。”

万霖以兄长的姿态走进了审讯室，他态度和蔼、言辞亲切：丈夫是干啥的？孩子多大啦？跟妈妈还是跟爸爸？有多久没见到孩子啦？想不想啊？话题绕着家庭、母爱、亲情等线路走，就是不切入正题。女人先是抵触，后是松弛，再后就是懊悔，说着说着，最后的一点良知终被唤醒，眼圈一红，鼻子一酸，眼泪就止不住往下掉。临了还说：“大哥，你是好人。”

凌晨 1 时许，根据李某某的交代，万霖和战友们冒雨奔赴窝赃地点，起获了被盗的全部赃物，完璧归赵。

仅 1996 年一年，林万霖就负责侦办破获了重大刑事案件 58 起，抓获犯罪嫌疑人 25 名，其中有 9 名罪大恶极的犯罪分子被送上了断头台。

在情与法的天平上，林万霖泾渭分明。
万霖一听，就瞪圆了眼珠子“这事怎么能干……”

林万霖是一名优秀刑警，更是一名廉洁奉公、铁面无私的执法者。

那还是万霖在城关派出所工作时发生的事。一天，正在所里值班的万霖接到报案：一名运送柴油的个体户开着满载柴油的车从长乐运抵福清，不曾想同车的一个福清人别有用心，汽车到达福清后，此人借故支开个体户，暗中将柴油变卖，随后溜之大吉。

这是万霖当警察后经手的第一桩案子。万霖毫不含糊，经一番内查外调，终于将诈骗嫌疑人吴某某抓获，给吴某某戴上手铐的那一刻，是颇富戏剧性的。那一边惊叫一声：“指导员！”这一边也愣住了：“吴某某！”两双手随即紧紧地握在了一起。原来，吴某某是万霖同一部队的战友，交情甚笃，已有多年未曾谋面。个体户见此情景，心里直嘀咕：这哪是警察和小偷啊，分明是故友重逢嘛。

交情归交情，法律是法律。在情与法的天平上，林万霖泾渭分明。几天后，处理结果出来了：被骗的700余元柴油款如数归还，吴某某被依法劳教处理。

拿回了被骗的钱款，失主也有些于心不忍了：老林，你们是老战友了，反正我也没损失，对吴某某，你就网开一面，教育教育算啦。

晚上，吴某某的妻子提着一袋礼物来到万霖家中，苦苦恳求：万霖大哥，你是他的老首长，念他是初犯，就高抬贵手吧。

万霖将吴妻礼貌地送出门外。

吴妻以为礼薄，又托万霖的另一位老战友，捎上3000元现金，再次来到万霖家中，求万霖通融。万霖不软不硬地笑道："这是不可能的事嘛。再说，这件事也不是我说了就能算的。"

任凭吴妻和老战友软磨硬泡，万霖还是那句话。无奈，吴妻只好揣上钱，与老战友一起悻悻而归。

不久，吴某某被依法处以两年劳动教养。

打那以后，社会上便有了传言：万霖这人很不"肝胆"，不讲"义气"。

此言倒也不虚。万霖的一位老战友的同学，暗地里搞了一笔倒卖黄金的生意，不料却遇上了"黑吃黑"，被人骗走了价值10余万元的黄金。老战友找到万霖，一出口便让人"心动"：我那位朋友说了，这批黄金追回来，一半归你。你是刑警，办法多。再说，对方反正是个黑道上的人物，你怕什么？！不料万霖一听，就瞪圆了眼珠子：这事怎么能干，你要我找死啊？！

1995年10月，一年一度的征兵工作开始了。

一位战友的小舅子想当兵，可此人曾有过偷窃行为，派出所还挂着"账"呢。战友拿了2000元钱到万霖家，求他到派出所给"灵活、灵活"。万霖哈哈一笑：这种人还能送到部队去？！一句话就把老战友给顶了回去。

像这类"拉关系""托人情"，权钱交易的勾当，万霖从不染指，对此类风气更是深恶痛绝。对同事、战友、亲戚如此，对自己的妻子、儿子也不例外。

1995年7月，儿子林友初中毕业了。在考高中时，遗憾地以5分之差未能达到福清一中的录取线。妻子、儿子急了，让万霖找校领导给疏通、疏通，万霖却坚决不干，家人无奈，只好东挪西借凑足了一万元赞助费交给校方，林友这才进了福清一中。

民警们都说：万哥爱兵如命

虽然是分外事，万霖却很热心

人高马大、粗门大嗓的林万霖，其实是个感情丰富、细腻的人。

1996 年 2 月 8 日，刑警大队二中队民警魏慧在执行一次追捕逃犯的战斗中，不幸被犯罪分子用浓硫酸泼伤脸部，造成毁容，出于种种原因，整容的巨额医疗费无法报销，相恋多年的女友又离他而去。

小魏那一阵子情绪低落，整日无精打采。万霖看在眼里，急在心里，一得空闲，就找小魏谈心，办公室里谈，办案现场谈，单身宿舍里也谈，不断鼓励小伙子正确对待挫折，勇于从逆境中奋起。小魏也真是条汉子，在那以后就像换了个人，整个“严打”斗争期间，就凭着一副墨镜，带着一脸横七竖八、凹凸不平的疤痕，照样在第一线冲冲杀杀，连获“福州市严打标兵个人”“福建省优秀人民警察”“全国特级优秀人民警察”等殊荣。

二中队的刑警们都说：万哥爱兵如命。

魏某某，是个负案累累、恶贯满盈的歹徒。此人于 1994 年 11 月 16 日伙同蔡某在渔溪镇开枪打死一男一女后，又在 1995 年 2 月 25 日伙同蔡某等 15 人持枪、持刀假冒武警在上迳岭脚路段洗劫大巴，抢走财物达 10 余万元。同年 3 月 25 日，又持枪窜进上迳一鳗场，打伤老板并抢走 23 万元人民币。该犯在潜逃期间还利用福厦线搞拓宽工程时汽车受阻之机，一夜作案 10 多起，并公开扬言：“我，魏某某，就是要搞一两起震惊全国的大案！”面对气焰如此嚣张的魔头，疾恶如仇的万霖义愤填膺。他主动请战，发挥他在渔溪地区威信高、群众基础好的优势，缉拿魏犯。

1996 年 12 月 30 日，万霖得到举报：魏某某携带枪支从贵州返回渔溪，准备继续作案。万霖心头一紧，立即召集队里的几员干将，挎上微型冲锋枪，穿上防弹背心，火速赶赴现场设伏。万霖让其他几位民警到现场 300 米外的一处地点守候，自己却单枪匹马进入魏犯可能出现的房屋内埋伏。面对一名极可能会铤而走险的持枪凶犯，万霖再一次把生的希望留给了别人，把死的危险留给了自己。中午 11 时 30 分左右，魏某某乘坐一部“桑塔纳”出租车到达万霖潜伏的房子门前。可是，狡猾的魏犯似乎嗅到了一丝危险，他用手提电话叫房里的人送钱出来，自己并不下车。魏犯不下车、不进屋，捕歼行动的突然性和隐蔽性就无从谈起；正面强攻，又容易暴露我方目标，甚至导致不必要的伤亡。

时间在一分一秒地流逝……怎么办？生死考验关头，万霖坚信“狭路相逢勇者胜”，他迅速通知在300米外等候的战友乘车赶到，从正面堵住魏犯车子的逃路。就在我方车辆在魏犯车辆前紧急刹车的一刹那，万霖如猛虎下山，从房子的小围墙上一跃而下，突然出现在魏犯的跟前，万霖的冲锋枪直抵魏犯的胸前，同时惊雷般一声怒喝：“警察！不许动！”魏犯显然还沉浸于作案即将得手的得意之中，面对天降神兵，一时茫然不知所措。万霖抓住战机，猛力拉开车门，一把将魏犯从车内拖出，按倒在地，当场从其身上搜出一支子弹已经上膛的仿制“五四”式手枪和六发子弹。

遇有危险的时候，万霖总是抢着打头阵。时间长了，兵们就嚷嚷着也想找一回赴汤蹈火的感觉，万霖一把夺过冲锋枪，笑骂：“去去去，你们还没结婚，好日子长着呢。我可是过来人，你们有革命后代吗？跟我比！”

上班，他总是提前10分钟到达，扫地板、抹桌子、打开水，从不间断。深夜加班，他常常悄悄买来面包、矿泉水给战友们充饥。工作困了，他自己趴在办公室桌上打盹，却把床位让给战友……

爱兵情浓，爱民情更浓。

1990年春节前夕的一天深夜，一名青年女工下班途经城关桥南路段，不慎跌倒在一块巨石上，摔得头破血流，不省人事。万霖恰巧巡逻到此，见状急忙将这名女工抱起，送入附近医院抢救，还为受伤女工垫上了90多元医疗费，又通知了伤员家属。待其家属赶到医院后，他才悄然离去。

浙江籍退伍战士李自成，曾是万霖在部队任副指导员时的战友。由于自身素质限制，小李退伍后一直找不到一个合适的接收单位。无奈之中，小李忽然想到了老领导林万霖。于是，小李辗转来到福清，求万霖帮他联系一家单位。万霖念着旧情，把小李安顿在家里，又东奔西忙地为他联系单位。可几家单位一经面试，对小李都表示爱莫能助。待了两个多月，小李自知惭愧，向万霖提出辞行。万霖只好塞了200元钱给他，小李挥泪而别。

1997年2月间，万霖的家乡——福清市上迳镇梧冈村，两户姓林的村民因债务纠纷，引发了一场斗殴。双方互不相让，告状信满天飞。村调解无效！派出所调解无效！上迳派出所的领导急了，忽然想到了林万霖——这位在上迳镇颇有威望的汉子。虽然是分外事，万霖却很热心，抽空四下上迳，苦口婆心地劝说、疏导，东家跑完跑西家。望着茶不喝一口、烟不抽一支的林万霖，两户人家终于被感动了，从此重归于好……

……

不抽烟，不喝酒；不会跳舞，不唱卡拉；至死一直过着一种苦行僧似的清苦生活——林万霖，这位向前倒下的无私无畏的英雄，让我们真正理解了共和国忠诚卫士的内涵，真正理解了牺牲和奉献的内涵，真正理解了一名共产党员的内涵。

勇士，向前倒下了。身后，是英雄用鲜血染红的那一片生机勃发、充满希望的沃土。

原载：1997 年第 12 期《福建公安》杂志

永远的“黑琛”

——追记德化县公安局巡警大队副教导员林新琛

林新琛

这是一位值得我们永远怀念的平凡人。在他黝黑瘦弱的躯干中饱含着对人民的忠诚，对职责的坚守。

在22载的警官生涯中，他用一腔热血铸就了神圣的“金色盾牌”。

在他离去后，本文作者到他家中，希望能找到一张他的生活照片，却一无所获。他留给人们的仅有一张着警服的工作照……

年过半百的老警官林新琛牺牲时，
距21岁的二儿子不幸遇难刚刚过去4天

林新琛是德化县公安局巡警大队副教导员，在小小的山城也算个不大不小的官儿，可老警官天生不会摆官架子，一张黝黑、粗糙的脸，一副瘦弱、单薄的身板，如果脱下那身威严的橄榄色警服，老警官活脱脱就是一个土里吧唧、饱经风霜的乡下老农。林新琛被同学、同事、战友和当地百姓唤作“黑琛”，久而久之，一些人甚至忘了他的真名。老警官扛着这个不雅却十分亲切的称谓，在山城的山山水水间没日没夜劳碌了二十二年。老警官一生清贫如洗，可他从不自己作践自己。老警官不贪不馋、不捞不占，直到牺牲前，抽的仍是自己卷的“喇叭”烟①，喝的是块把钱一斤的“地瓜烧”，自得其乐，要的就是个清清白白、堂堂正正的“活法”。

1998年7月19日，老警官特别疼爱的二儿子和几位朋友到浐溪河游泳，谁料想一个猛子扎下去，竟再也没有上来……晴天霹雳使“黑琛”吃不下饭，睡不好觉，神情恍惚。他破天荒地请了从警二十多年来的第一次“长假”——四天，回乡下料理二儿子的后事。老年丧子使“黑琛”蒙受了精神上的巨

①“喇叭”烟，系用专用的卷烟纸或薄纸，撮入少量烟丝，卷成“喇叭”状而吸食的自制烟，因状如“喇叭”，故得此名，其价格低廉。

大打击，但他是条硬汉子，默默给儿子殓尸、殡葬，既不哭也不嚎，却常常独自一人躺在小阁楼的地板上，用一床毛巾被捂着头，悄无声息地流泪。也就是天把时间，“黑琛”几乎衰老、憔悴得不成人样……7 月 23 日，他听说局里有个紧急“追逃”任务，自己恰巧与逃犯陈某某打过交道，就自告奋勇，主动请缨。老警官殁了活蹦乱跳的爱子，心中有难以排遣的巨大忧伤和悲痛，可他知道自己毕竟还是一名警察，不能老这么陷在自家的悲欢离合里，哭哭啼啼像个没主张的娘儿们。老警官甚至想象着在抓捕逃犯陈某某的一刹那，能像一头出山的猛虎，以泰山压顶之势扑倒对手，抖擞一番英雄豪气……

有着山里人憨厚、质朴、刚毅的性格，能吃最大的苦，能受最大的罪

1965 年年底，20 岁的“黑琛”，想当兵。

公社来了个带兵的军官。可“黑琛”右脚多了个脚指头，六指，体检第一关就被刷了下来。皮肤黝黑、体格健壮的“黑琛”不解：挑百十来斤的担子行走如飞，脚底生风，爬几座大山脸不红、气不喘，怎么就“不合格”呢？“黑琛”缠着带兵的军官，固执地申辩：“我什么苦都能吃，我不怕死……”

军官连连摇头：“你说的我都相信。可是，你是个‘六指’，征兵条件是不允许的……”

“黑琛”问：“就因为多了个脚指头啊？”

“是啊，哪有六指的解放军啊？！”军官笑答。

“黑琛”一溜烟走了，片刻，提了把柴刀又回到军官面前。“我如果变成五个脚指头，就能当兵吗？”“黑琛”认真地问。

“当然能。”军官挺喜欢“黑琛”这股子倔强劲。

“黑琛”不说话了，脱下鞋，将右脚往一张椅子上一架，扬起柴刀，“嚓”的一声，剁下了多余的第六脚趾，也不管伤口还汩汩冒血，就把伤脚重新套进了胶鞋，昂首挺胸“啪”地在军官面前打了个立正，大声请求：“首长，我坚决要求当兵！”

鲜血洇湿了“黑琛”的鞋，“黑琛”的脸上还挂着憨憨的笑。

军官“你、你、你……”了半天，就再没说出一个字来。军官紧咬着腮帮子，泪水在眼眶里打转。良久，军官忽然蹲下身子，提起“黑琛”的右腿，脱下“黑琛”的鞋，顺手又扯过一块布条，细心地为他包扎起伤口。一扎好伤口，军官就“嗵”地站起了身子，背过脸擦了擦眼泪，呼号般一声喊：“这个兵我要定了！”

“黑琛”自此当上了兵。八年后,又从军营转业跨进了警营。除了老成了点儿,他的身板还是那么瘦，皮肤还是那么黑……

“黑琛”赤着脚，挽着裤腿，穿着那身皱巴巴的旧警服，低一脚、高一脚地行走在德化县汤头乡的崎岖山路上

汤头乡距德化县城有六十多公里之遥，是全县最边远、最贫穷的乡镇之一。

1993 年，已是汤头乡派出所主持工作的副所长的“黑琛”，此行是为了侦办发生在汤头草村的一起盗窃案。

不能不说此案没有难度。农民赖某某省吃俭用积攒下的 4500 元现金宝贝似地藏在自家的箱底，无人知晓；失窃前的一段时间，家中并无外人走动……“黑琛”在汤头乡工作了好些年,跟老少爷们混得厮熟,不怕你个“毛贼”不露出马脚。“黑琛”蹲在猪圈一角,跟喂猪的老伯聊；“黑琛”坐在农家小院的石阶上卷着“喇叭”烟，跟房东大娘聊；“黑琛”跳进水田，边熟练地帮着中年农夫插秧，边跟他聊……暮色四合，远处的农舍炊烟袅袅，“黑琛”赤条条跳进山间的小溪，洗净了周身的污泥，然后啃一口糕饼，就一口山泉，再卷上一支“喇叭”烟，惬意地踏着夜色而归……

这四天,“黑琛”夜夜合衣睡在村委会的办公室里，吃完了自备的八块糕饼，靠着良好的群众基础，终于攻破了这起盗窃案，为农民赖某某追回了全部现款……

“黑琛”出生在德化县桂阳乡桂阳村,父母都是大字识不了一箩的乡下农民。“黑琛”的母亲生育了“黑琛”姐和“黑琛”,在“黑琛”5 岁时患上了一场重病，因家贫不治而死。“黑琛”和祖母、父亲、姐姐相依为命，在艰难的日子里苦熬着长大。“黑琛”念到初一就失学了，因为家里交不起他的学费。“黑琛”因此没有太多的文化，但他有着山里人憨厚、质朴、刚毅的性格，能吃最大的苦，能受最大的罪；再大的不幸也不直说，再多的眼泪也自己往肚里流……

农历正月的一天深夜，风雨交加，寒风瑟瑟。农民赖某亮驾驶的大卡车在邻县尤溪出了车祸。山里人睡得早，况且又是天寒地冻的雨夜，上哪儿找交通工具啊?！赖某亮心急如焚，忽然就想到了“黑琛”。赖某亮虽与“黑琛”素无深交，但久闻其乐善好施的大名，就抱着试一试的念头敲响了“黑琛”的房门。“黑琛”果真钻出热被窝，披上雨衣，二话没说就启动了三轮摩托车，连夜驱车 100 多公里,把赖某亮送到了目的地。望着一身泥一身雨、佝偻着腰不停地搓着手、

跺着脚暖和身子的“黑琛”，赖某亮再也控制不住自己的眼泪……

1994年春节前的一天，“黑琛”下乡工作，不慎在泥泞的山道上摔了个跟头，一根肋骨摔折了。“黑琛”没有吭声，自己在伤处贴了块膏药，照常在所里上班。熬过了除夕，又熬过了初一。大年初二这天，妻子苏碧霞赶到所里来看望他。“黑琛”拉下了脸：“谁叫你来的？这里是派出所，春节我们还有任务。”妻子是个乡下农妇，对丈夫的“公家事”一向不敢多问、多管，就埋下头躲进了丈夫宿舍。“黑琛”这已是连续三个春节在所里值班了，所里的民警和乡干部们都很过意不去，就好说歹说、左推右搡地把“黑琛”劝回了家。入夜，“黑琛”与妻子相伴而眠，妻子一个转身，不小心碰到了“黑琛”的伤处，“黑琛”下意识地“哎哟”一声叫唤，妻子这才知道丈夫伤痛在身。夜深了，破旧的老屋经不住寒风的侵袭，妻子披一件旧棉衣下了地，端来热水、山药，细心地为丈夫擦洗、按摩、敷药……

“黑琛”过惯了苦日子。

“黑琛”在德化县最贫困的杨梅乡、汤头乡干了近二十年警察，常年饱一顿、饿一顿、没一顿，营养不良，积劳成疾，得过肝炎，患过胃出血，老胃病久治不愈；一米七多的骨架子，体重却只有100来斤。“黑琛”虽然也是个官，却没学会吆五喝六地使唤人，没学会嗯呀哈地打官腔，没学会保养自己，“封妻荫子”……

“黑琛”上有年迈的岳父，下有四个子女，一家八口仅靠他微薄的一份工资和妻子耕作的几亩责任田维持生计。“黑琛”家的灶台上，一年到头难得见到几回荤腥。逢年过节，“黑琛”才掏钱买回几两猪肉，瘦的让给儿女吃，肥的则炸成油渣，一日三餐放在嘴里慢慢嚼。在汤头乡工作多年，同事和乡干部们很少见到“黑琛”来食堂就餐，时间长了，大伙才知道，为了省钱，“黑琛”总是独自一人躲在宿舍里，用煤炉煮稀饭吃，下饭的菜，是妻子腌制的咸菜头。

1995年，德化县公安局搞集资建房。可所需的6万元集资款对于“黑琛”来说，几乎是一个天文数字。对集资一事，他想都没敢想。亲友们却觉得可惜：“黑琛”完全符合集资条件，错过这个村，可就没这个店了，就纷纷鼓动“黑琛”参加集资。“黑琛”想想也对，儿女都已长大，也快到成家的时候了；再说，两个儿子都在县城干临时工，总不能让他们天天往乡下老屋跑吧？！辗转反侧了几个晚上，“黑琛”终于放下老脸，向亲戚朋友东借西借凑足了6万元现金，参加了集资建房。集资房分配到手后，“黑琛”却没钱装修布置，拣几块废弃的砖头当灶台，铺几张草席当床铺，也算感觉到了一回乔迁之“喜”。

为了偿还6万元债务，“黑琛”一家省吃俭用，不乱花一分钱。吃的饭，是自家从乡下带来的大米；吃的菜，是自家种植的南瓜、马铃薯、青菜和自制的咸菜。“黑琛”牺牲前三个月，他一家四口花费的伙食费，每月仅是令人难以置信的区区 150 元……邻居大嫂见他家两个大小伙子一日三餐吃南瓜、青菜，见不到一丝荤腥，很是同情，常常在开饭时，端来自家的鸡鸭鱼肉，往“黑琛”老大、老二碗里拨……

“黑琛”穷，却穷得有骨气

1995 年 8 月，“黑琛”调任巡警大队副教导员。离任前，汤头乡党政领导出于对“黑琛”的敬重和同情，从乡林业站拨出十多立方米砍伐林木指标，执意要送给他。“黑琛”笑笑，摇摇手拒绝了。

1993 年夏秋之交，汤头派出所查获了一起聚众赌博案。时任副所长的“黑琛”自然成了说客们“主攻”的目标。一夜之间，“黑琛”的办公室和宿舍里，来来往往闯进了一批又一批老熟人、老朋友。“黑琛”认真起来，可就不管天王老子了，对提烟酒的、塞红包的，一概冷言相向：对不起！走走走……该怎么处理就怎么处理，谁说也没用！说完，就自顾自地卷起一支“喇叭”烟，悠然自得地抽了起来……

20 世纪 90 年代初，德化县汤头乡、桂阳乡周围地区发现了金矿。一时间，形形色色的“淘金者”蜂拥而至，引发了一场长达几年之久的“淘金”狂潮。巨大的利益诱惑，扭曲了一部分人正常的良知和理智。动枪的、动刀的；杀人的、抢劫的……金矿附近地区一度被狂热的“淘金者”闹得乌烟瘴气，鸡犬不宁。自然，更有那一批技高一筹的“明白人”，开始拨打起金矿附近地区“实权派”们的算盘，以巨大的金钱诱饵极力寻找“靠山”和“保护伞”。不止一个“金老板”找上“黑琛”，极力鼓动他到金矿入伙，明股行、暗股行、空股也行。有的“金老板”说得更为“透彻”：不要你出一分钱，只要你到金矿上走一走、看一看，起个哈哈哈……那个“震慑”作用就行……“黑琛”像往常一样卷起自己爱抽的“喇叭”烟，翻来覆去还是那句话：政府有规定，共产党员不能参与“淘金”活动，我不能昧着良心去干违纪的事……自己不干，也不许家人、亲属干。妻子苏碧霞总有些心动，心想不能参股，干些苦力活总可以吧？！就背着丈夫，利用农闲时间上金矿挑矿石。挑百十来斤一担的矿石，走两三公里的山路，一天可以挣上十来块工钱。干了半个多月，苏碧霞累倒了……

疯狂的“淘金热”，掀翻了金矿附近地区数十位掌握一定实权的基层党政干部，却没有撼动腰杆子并不挺拔的老警官“黑琛”……

“黑琛”和山里人最亲
他总认为自己首先是一个山里人，而后才是一名警察

一天深夜，汤头乡格中村一位村民气喘吁吁地来到乡政府，叫嚷着要办一份户口迁移手续。一位乡干部拦住了他：“现在都什么时候了，明天再来吧。”刚刚躺下休息的“黑琛”听到动静，一骨碌翻身起床，向乡干部解释说：“格中村离乡政府很远，这位兄弟来一趟不容易。”说完，就让这位村民走进派出所，很快为其办妥了户口手续。

又一天深夜，汤头乡去山村一对青年夫妻因琐事闹翻了脸，妻子一气之下跑出了家门。丈夫赖某左等右等，直等到下半夜，仍不见妻子回家，当下慌了神。情急之下，赖某心急火燎地敲响了“黑琛”的房门。“黑琛”问明缘由，真担心赖某的妻子有个三长两短，就操起一支手电，与赖某一起漫山遍野地寻找赖妻下落，一直找到6公里外的一处水库，才发现了正嘤嘤啜泣的赖妻。“黑琛”故意板下脸来，高一声低一声地训斥赖某，尽把好听的话说给赖妻听。直说到凌晨4时，赖妻这才破涕为笑，小两口重归于好。山风袭来，“黑琛”卷起一支“喇叭”烟，算是解乏，烟头明灭中，“黑琛”满意地笑了。

“黑琛”在50岁的年纪，当上了巡警大队副教导员兼第一巡逻组组长，佩戴上了黄色的“110”袖标，挎上了棕色的武装带，实实在在地当了一名一线巡警。这在全省范围内恐怕也绝无仅有。“黑琛”却很认真，同年轻小伙子一样，巡逻、设卡、出警、接受求助、擒拿疑犯、处置突发事件……

一天凌晨，“黑琛”带队巡逻了一个通宵，正准备回家休息。途经德化西门车站突见一名老人晕倒在地，口吐白沫。“黑琛”急忙抱起满身污泥的老人，驾车火速驶往德化医院，把老人送入了急诊室……

一天深夜，110指挥中心接到一个电话求助：福美瓷厂隔壁的私房内有人服毒自杀。“黑琛”叫上民警，驾车风驰电掣般赶赴现场，将呼吸困难、生命垂危的青年杨某火速送往医院抢救。“黑琛”垫上了急诊费、治疗费，楼上楼下地跑……由于救助及时，杨某安然脱险。

据统计，“黑琛”当了三年巡警，为群众办的好事、实事，大大小小竟有1000余件。

……

“黑琛”死于追捕途中的一起车祸。不幸，但很平淡。

“黑琛”的死却在山城德化引起了轰动。一拨又一拨的人们自发地赶来参加“黑琛”的追悼会，追悼会现场人山人海……街头巷尾，人们唏嘘赞叹，议论、品评着“黑琛”的穷……德化县有线电视台破天荒地在午间、晚间新闻中，连续两天滚动播出“黑琛”追悼会的实况。

“黑琛”死了，留下的全部遗产，是十多本工作日记、几套旧警服、一包烟丝和一笔4万余元的沉重债务。

一抔黄土让“黑琛”重又回到了大山的怀抱。山城的百姓相信：高峻绵亘的戴云山是“黑琛”永远的脊梁；蜿蜒清澈的浐溪河是“黑琛”不朽的血脉……

（注：1998年10月间，受福建省公安厅政治部指派，前往德化县公安局采访林新琛同志事迹，故有此作）

原载：1998年11月10日《海峡都市报》
1998年第12期《福建公安》杂志
1999年第4期《方圆》杂志

附：演讲稿

永远的“黑琛”

我向大家介绍的，是一个既平凡又不平凡的老警官林新琛的故事。

林新琛是福建省德化县公安局巡警大队副教导员。因为他长得黑，久而久之被人们叫作“黑琛”。“黑琛”一生清贫，唯一的嗜好是抽一口自己卷的“喇叭”烟。自得其乐，是个清清白白、堂堂正正的“活法”。

1965年年底，20岁的“黑琛”想当兵。

可“黑琛”右脚多了个脚指头，6趾，体检第一关就给刷了下来。从小立下报国志的“黑琛”缠着带兵的军官：“只要能当兵保卫祖国，我什么苦都能吃。我不怕死……”军官连连摇头：“哪听说过，有6个脚指头的解放军？”“黑琛”一溜烟走了，片刻，提了把柴刀又到军官面前：“我如果变成了5个脚指头，就能当兵吗？”“黑琛”认真地问。

“当然能。”

“那行。”“黑琛”脱下了鞋，将右脚朝一张椅子上一架，扬起胳膊，一柴刀，“嚓”的一声，齐刷刷地剁下了多余的第六脚指头。军官紧咬着腮帮子，良久，他背过脸擦了擦眼泪，大声喊道：“这个兵我要定了！”

八年后，“黑琛”从军营转业跨进了警营。

德化是个贫困山区，而“黑琛”转业后又在县里最贫困的两个乡工作了近20年。长年饥一顿、饱一顿，积劳成疾，一米七多的骨架子，体重还不到110斤。“黑琛”一家人，仅靠他微薄的一份工资和妻子耕作的几亩责任田维持生计。1995年集资建房时欠下了6万元的债务，为还清这笔债，“黑琛”一家省吃俭用。“黑琛”牺牲前三个月，他一家四口人，每月的生活费用，仅是令人难以置信的150元。

20世纪90年代初，“黑琛”所在县的两个乡镇发现金矿。一时间，“淘金者”蜂拥而至，不止一个“金老板”找上“黑琛”，极力鼓动“黑琛”到金矿入伙：不要你出一分钱，只要你到金矿上走一走、看一看……“黑琛”像往常一样卷起自己的“喇叭”烟，翻来覆去还是那句话：政府有规定，共产党员不能参与“淘金”活动，我不能违纪……

疯狂的“淘金热”，掀翻了金矿附近地区数十位基层党政干部，却没有撼动腰杆子并不挺拔的“黑琛”。

去年（1998 年）7 月 19 日，“黑琛”的儿子不幸溺水而亡。“黑琛”破天荒地请了从警 20 多年来的第一次为期 4 天的“长假”，回乡下料理儿子的后事。可“黑琛”实在太穷了，甚至拿不出钱来操办儿子的丧事，靠着战友们捐助的 3000 来块钱，“黑琛”的儿子才入了土。“黑琛”是条硬汉子，给儿子殡葬，既不哭，也不嚎，却常常独自一人，悄无声息地流泪。儿子去世后的第四天“黑琛”听说局里有个紧急“追逃”任务，就主动请缨参战。

在紧张的追捕途中，警车遇上车祸，翻下山崖，战友们顾不上擦去自己满头满脸的鲜血，攀着、爬着把“黑琛”抬上了公路，开车的副大队长，扯下身上的背心拼命地想按住“黑琛”汩汩冒血的伤口……“黑琛”那双期盼的眼睛，死死盯着身边的战友，他似乎想说些什么，但最终还是没能说出来……

“黑琛”就这么无声无息地走了，留给了家人一笔 4 万余元的债务，他成了 1998 年全国公安系统因公牺牲的 443 位民警中的一员。

“黑琛”的牺牲在山城引起了轰动。一群又一群的人们，自发地赶来参加“黑琛”的追悼会，肃立在“黑琛”的身边，人们同他作最后的告别。没有豪迈的语言，没有耀眼的勋章，“黑琛”走完了他作为人民警察平凡的一生，走完了也许是我，也是您见过的某一位普通警官所可能经历的人生路。望着“黑琛”平静的面容，人们在心底发问：“黑琛”你在想什么？无语……唯有群山回应：位卑未敢忘忧国，放心吧祖国，我所想到的，我都做了；我未做完的，战友们正继续着……

（注：此作获全国公安系统“祖国颂”演讲比赛一等奖，全国总工会“祖国颂”演讲比赛一等奖）

“为了胜利，向我开炮”①

——追忆革命烈士、全国公安系统二级英模我的父亲黄振顺

黄振顺

人间最大的亲情莫过于父母与子女。在女儿的眼里，亲情幻化为父亲那朴素无华的工作和那身永不褪色的警服，还有那萦绕在女儿耳畔永不消失的——

爸爸黄振顺生前是福州市公安局盖山派出所的一位责任区民警，他长年累月忙活的，仅仅是一些户口管理，帮教失足青年，最多抓几个偷鸡摸狗的小毛贼，可爸爸却忙得那么开心。我们一家平时难得在一起安安稳稳地吃顿饭，常常是妈妈煮好了饭菜，盼啊、等啊，盼到了天黑，等到了饭菜全凉，爸爸一个电话挂回来，说：“我晚点回去，你们先吃吧。”就算爸爸在家，责任区的事，爸爸也是随叫随到。妈妈有时免不了发几句牢骚,可爸爸总是“嘿嘿”一笑，穿上警服就走。

爸爸的文化程度不高，听爸爸的同事说，每写一份心得体会，爸爸总是皱着眉，挠着头，苦思冥想半天才写出几页来。可辖区的老百姓却说，爸爸是个把老百姓当亲人的好警察，为老百姓办的好事，几本书也写不完。辖区的一位工人要结婚了，可没有房子，一时难以成婚。爸爸知道后，竟把自家的房子腾出来，让给他住，却动员我们挤进了一间不足 10 平方米的简陋小屋。一位无儿无女的老人病逝了，当“段警”的爸爸，为了老人身后事，竟为老人穿上孝衣，当起了孝子，捧起了遗照，护送老人走完了人生的最后一程。

这些事，都是那些自发来家中吊唁爸爸的人，流着泪告诉我们的。爸爸为群众办好事，没有写进

① “为了胜利，向我开炮！”是红色经典电影《英雄儿女》主角王成的一句经典台词。

他的工作日记，没有写进他的心得体会，却写在了辖区许许多多老百姓的心坎上。

2000 年 12 月，黄振顺同志事迹报告会现场，图中左 2 为黄见芳

爸爸不抽烟，不喝酒，对社会上一切新潮的玩意儿从不感兴趣。爸爸唯一的爱好是看那些老掉牙的革命故事片。记得爸爸牺牲前的那个星期六，不知哪个台正在播映电影《英雄儿女》。爸爸那天难得那么清闲，就陪着家人一起看电视。可这时，《欢乐总动员》开始了，我不客气地把节目转了过来。到了插播广告时间，爸爸赶紧把节目又转了回去。他手舞足蹈地跟着电影里的人物比画着，口中念念有词："为了胜利，向我——开——炮！"爸爸兴致正浓，我却"啪"地一声，把节目又调回来了——爸爸在他最后的一次难得的和家人团聚的日子里，最终没有完整地看完这部电影。我恨我自己，我一辈子也不能原谅自己：为什么就不能让爸爸看完这部电影呢？为什么就不能让劳累的爸爸享一份"清福"呢？为什么就不能让爸爸满足这份小小的心愿呢？

去年（2000 年）6 月 20 日，对于我们家来说，是一个天塌地陷的日子。这天早晨 7 时 30 分，一条凶讯传到了我们家：一大早出门晨练的爸爸，在菜市场抓捕一名扒手时，赤手空拳与持刀歹徒英勇搏斗，被刺 12 刀，身负重伤，正在医院抢救。我和妈妈急忙赶到医院。过了一会儿，泣不成声的妈妈，让我回家去取爸爸的警服。当我匆匆赶回医院，爸爸已经走了……爸爸安详地躺在手术车上，手术车缓缓从我们身边推过，妈妈和亲戚们悲痛欲绝，哭天喊地。而我，木木地捧着爸爸的警服，靠在急救室的门角。那一刻，我突然感到我手中捧着的爸爸的警服竟是那样的沉重：这身警服，真是要用鲜血甚至生命才能换来的吗?!

爸爸走得匆匆，没有给我们留下片言只语的遗言。但我相信，爸爸在冥冥之中留给女儿的遗言，一定是那句“为了胜利，向我开炮!”（黄见芳口述，马腾宙执笔）

（注：此作获全国公安机关“三项教育”演讲比赛三等奖）

原载：2001 年第 17 期《人民公安》杂志

用生命铸就忠诚警魂

——追记优秀共产党员、原长乐市看守所教导员林建仁

林建仁

2012 年 6 月 6 日，长乐。

这是个乍晴还阴，时雨时晴的闷热日子。

上午 8 时 30 分，长乐市看守所例行早会。参会的人坐满了小小的会议室，独独缺了教导员林建仁一个。林建仁是该所的“快乐源”，哪里有他在，哪里就有欢声笑语。众人齐聚，岂能无君？所长陈孝亮向内勤挥挥手：“催。”内勤小陈又是手机又是电台地呼叫起来。也怪：打手机，无人接听；电台叫，全无应答。林教导员是个守时、严谨的人，从未有过开会迟到的事。民警们开始嘀咕：“林教连续两天值班，最近身体又不大好。也许睡过了头？”到上午 10 时许，同事们这才感觉情况有异，开门进入林建仁的办公室，发现林建仁和衣瘫在值班的床上，地上，散落着一本工作日志，身体已经冰凉……

这一天，成了长乐市看守所全体民警心中永远的痛……

危险时刻挺身而出是林建仁办案的一贯作风

1966 年 5 月，林建仁出生在长乐市梅花镇一个渔民家庭。出生仅 3 个月时，父亲便在一次海难中离世。坚强的母亲靠地瓜饭、咸菜头，把小建仁含辛茹苦养大成人。中学毕业后，他考入厦门体育学院散打专业，曾获得过华东地区散打冠军和“国家二级武术裁判”证书。

散打“小拳王”，宽大的胸膛，壮实的肌肉，加之聪敏好学，手脚灵快——林建仁确是干警察的好材料。

林建仁短短 23 年的警察生涯，是从公安工作最艰苦、最劳累的看守所监管

民警、派出所责任区民警干起的。都说“越是艰苦的地方越锻炼人”，纵观林建仁的从警之路，当说此言不谬。

1994 年至 1998 年间，林建仁在金峰分局任责任区民警。快乐的“小拳王”，把责任区当成了自己的家。“热爱是最好的老师”，小伙子虽不是科班出身，却凭着股热情，很快胜任了责任区民警工作。小伙子人缘好，脸上的笑容总透着热乎劲，金峰地区的老百姓没几个不认识他的。

林建仁在长乐市看守所

这年夏天，金峰地区连续发生路面持刀抢劫案件，林建仁配合刑侦民警广泛调查摸底。很快，一名外来流窜人员就浮出了水面。这天夜晚，林建仁在摸清情况后，和刑侦民警一起展开便衣抓捕。翻墙、破屋、突入，一连串的动作之后，犯罪嫌疑人被困在了床角……不料，犯罪嫌疑人狗急跳墙，在上铐的瞬间，突然从枕头下抽出了一把明晃晃的尖刀，一道寒光闪过，刑侦民警被刺受伤。犯罪嫌疑人叫嚣着：“反正我也活不了了，我跟你们拼个鱼死网破！”林建仁迅速安顿好受伤民警后，把犯罪嫌疑人逼向了室内一角。2 米、1 米、80 厘米……犯罪嫌疑人的刀还在滴血，持刀的手却不停地颤抖起来，声调中不但有惊恐，还有怯懦：“你、你、你，别过来！”林建仁一笑：“来！你出招我接招……”望着林建仁胸前健硕结实的肌肉，犯罪嫌疑人扑通一声跪倒在地，弃刀就擒。

长乐市公安局党委慧眼识珠。不久，林建仁被提任刑侦大队漳港中队副中队长。

1999 年 6 月 21 日，漳港山边村东瓦厂炸药库被盗 2 包炸药、2 包电雷管。随后，漳港山边村水塔被炸毁……村民李某启动三轮车时发生爆炸……一时人心惶惶……

案件侦破工作紧锣密鼓地展开。7 月 12 日晚 7 时许，林建仁和专案民警正在山边村村部召开案件摸排会议。突然，村部后山上传来“轰”的一声巨响……林建仁操起一把大号电筒就往爆炸方向冲去。跑了个“五公里越野”，果然，在爆炸点百米开外，看到了一个狂奔的黑影。又追了十多分钟，借着朦胧夜色，“小拳王”依稀辨明此人约莫二十五六岁，瘦小、单薄，跑动时耸肩……这不是山边村无业青年李某吗？侦查目标既已确定，破案就是时间问题了。3 日后，林建仁带领民警在金峰一旅馆内将李某抓获，从其住处查获被盗的雷管、炸药等物。李某供认了因邻里矛盾偷炸药并制造爆炸案件以泄私愤的犯罪事实。此案的破获，受到了上级公安机关和长乐市委、市政府的充分肯定。

事后，同事们笑谈侦破体会，对林建仁的体能赞叹不已。林建仁也幽默了一把："没想到，跑，居然能'跑'出个全案告破。看来平时这五公里越野跑，没白练。"

"攻心计"是林建仁三十六计中的一计

1999 年 3 月 26 日，中队接到报案，受害者林某于当日凌晨 4 时许，将 15 万元现金放在漳港镇万沙村万利鳗场财务办公室内，到 5 时许发现被盗。

案情既简单又复杂：涉案的 6 个人，都是买卖鳗鱼的朋友，从晚上 11 时到凌晨 5 时许一直在一起，凌晨 4 时许，6 人困了先后"睡"去，15 万元巨款不翼而飞……5 人中必有 1 人是"娄阿鼠"，会是谁呢？

同事们轮番上阵，对 5 名被监视居住人员审了又审。可口供翻来覆去还是那几句话：6 个人在一起，谈生意，聊天，喝茶，睡觉。一周后，决定对 5 个嫌疑人进行取保候审处理。那时，"小拳王"早已成竹在胸——5 人中的李某虽是鳗场股东之一，但此人嗜赌、好色，还欠有赌债，嫌疑最为重大。突破的这一幕，煞是精彩。但见铁门"哐当"一声洞开，监居的 5 人中有 4 人被取保，鱼贯而出，独独留下了"娄阿鼠"李某。李某被带到了审讯室，林建仁笑容可掬，稳稳坐定，把厚厚一摞案卷不经意地搁在审讯台上，随后一言不发，直视李某……对李某来说，那数十秒的静场，空气足可令人窒息。对视中，李某的心理防线崩溃了，竟脱口而出："钱，是我拿的……"

案子破了，15 万元巨款完璧归赵。

同事们丈二和尚摸不着头脑，没见"小拳王"出招，怎么未置一词就拨云见日了？他婉拒了受害人送来的 8 条"中华"烟，只见林某怀抱巨款满意而去。"小拳王"春风拂面，也跟大家打趣："三十六计，我用的是以退为进、敲山震虎之计。记好喽，中华武术的最高境界就是——不战而屈人之兵！"

2004 年 4 月，林建仁提任长乐市看守所指导员，后转教导员。

邓某是一名涉嫌贩毒的重刑在押犯，也是一名艾滋病毒感染者。入监后，抵触情绪强烈，多次闹着要寻短见。这日，单独关押的他，用压折的塑料杯割破了手，在号房闹开了……管教民警缺乏处理艾滋病患者的经验，面对这一“棘手”情况，急忙请来“救兵”林建仁。林建仁打开了重重的铁门。邓某叫嚷着：“你们别管，我有艾滋病，你不怕死啊？”林建仁笑了，竟在大通铺前缓缓坐下。“哈哈，怕死我还敢进来啊？！”说着，把一支烟递给邓某，点着火。“号房里不能抽烟，你知道。今天你我都破个例。”邓某的情绪缓解了……“你的手在流血，我看着心慌。来来，我先帮你扎好伤口。扎好伤口咱们再说话。来啊，坐下！”这场谈话从上午一直延续到下午，谈人生，谈家庭，谈母爱……其间，邓某多次痛哭流涕……林建仁还让伙房给他送来了一碗热气腾腾的病号饭……

在那以后，林建仁多了项“业务”——他开始认真研究治疗艾滋病方面的最新科研成果，还经常把这方面的新信息及时转告邓某，鼓励他重新燃起生活的希望。邓某不再灰心丧气，像换了个人，积极服从管教，身体也渐渐好起来。羁押近一年后，邓某要送往监狱服刑。行前他向管教民警说出了自己的一个小“心愿”：“我临投牢的最后一天，我想再见教导员一面。”尽管是在家休息，林建仁还是匆匆赶到监区面见邓某。刚一相见，邓某眼圈就红了，“扑通”一声跪在林建仁脚下，泣不成声地说：“没有林教导，我不可能活到今天。”

2009 年 11 月初，管教民警刘开成在工作中获取了一条深挖犯罪线索：在押人员“老猫”知道一名持枪杀人在逃人员的落脚点。几番动员、开导，“老猫”口风甚紧，滴水不漏。小刘挠着头找上林建仁：“姜是老的辣，林教，这事，非你出马不行。”来了“大活儿”，林建仁的眼睛就睁得溜圆，手脚就痒痒，兴奋得难以名状，声音嚷嚷得震天响：“换茶、换茶！”把铁观音沏上了。这又是近一个通宵：研究线索的真实性，研究“老猫”的一贯表现，研究“老猫”的案底，研究“老猫”的可能突破口，研究让“老猫”开口的语言、对策……

台下做足了“功课”，台上方能“出彩”。对话“老猫”，林建仁用的是“攻心计”：“你的罪，少说也是 10 年以上的有期徒刑。这事，你烂在肚里，对你无益，说出来，却有诸多好处，立功减刑不说，还为受害人申了冤，怎么说都是善事一件。好好考虑考虑，我等你。”

“老猫”心动了，多日后，“老猫”主动向林教导员和管教民警检举了一名化名“林伟”的在逃人员于 1992 年 12 月 10 日，在福州市持枪杀人后在逃的犯罪事实。至此，一名持枪杀人潜逃 17 年之久的在逃人员落入法网，该案被省公安厅评为“2010 年深挖协破 10 起大要案件”之一。

在林建仁和所党支部及全体民警的共同努力下，长乐市看守所连续 6 年被评为二级看守所，2007 年 2 月荣立集体三等功，2007 年 3 月被评为福州市监管场所规范化管理先进单位，2009 年 10 月被评为全省监管工作先进集体……

“没事的，有我在！”是林建仁常说的一句话

转业干部民警梁涛分配到看守所工作时，面对枯燥繁杂且危险系数高的监所工作顾虑重重、难以适应，加上刚转业，孩子的就学问题还没着落，情绪十分低落。林建仁笑盈盈摸进了其家门。喝茶，拉家常，话更暖心：“你的事我来办。要想把工作搞好，就要先把家里的事搞好。”梁涛的心结打开了。随后，林建仁一直帮着梁涛联系有关单位，让梁涛的孩子顺利就学。

老民警多也是看守所里的一大特点。民警郑龙官身体一直都不大好，患高血压、甲状腺肿大、糖尿病等疾病。一次住院动手术，老郑刚从手术室出来，林建仁的笑脸就迎上来了，告诉他，老郑的调班问题已经解决了，续假的事也没问题。临走，还留下一句话：“有事随时找我。”“良言一句三春暖”啊！那一刻，望着林建仁早已被汗水打湿的背影，老郑好一番感动。6 月 1 日，民警陈明勇值班时，小孩突发高烧，小陈向教导员请假，林建仁心直口快：“没事的，有我在。孩子要紧，快回去。你的班，我顶着。”

4 月 30 日，长乐市突降强暴雨，傍晚 5 时，市区大面积停电，恰巧又是林建仁带班。林建仁操起手电，一溜小跑冒雨冲向内监区，边跑边招呼：“紧急情况预案，动作要快！”很快，后备电源启动，监区内重现光明。可好景不长，晚 8 时许，后备电源因设备老化，电机烧毁，一番抢修未果，监号内骚动不安。林建仁和所长商议后，下令：“点蜡烛吧，咱们辛苦点。”看守所是严禁烟火之地，点蜡烛也是无奈之举。一番紧锣密鼓地安排之后，管教民警、内勤人员全员到齐，在巡逻道上依次排开。红红的烛光在监号的窗台上亮了起来……

监号的通道，没有雨披，林建仁一个监号、一个监号巡视，警服干了又湿，湿了又干，忙到了下半夜。

夜深人静，监号内传来了呼噜声，林建仁才有机会小憩，他站在巡逻道一角，时不时抹一把脸上的雨水、汗水……

5 月 23 日到 6 月 1 日，所长陈孝亮参加公安部业务培训，全所的担子都压在了他一个人身上。连续四天，业务、政工一大摊事，加之睡不好、吃不香，是个铁人也扛不住。6 月 2 日，所长陈孝亮一下飞机，就急急回到所里，和林建仁相见。共事 8 年，俩人知心知底，情同手足，无话不谈。10 日小别，揪心着

林建仁的身体，陈孝亮见林建仁脸色晦暗，面有病容，就有些愧疚："这些天，我不在。辛苦你啦！"林建仁大笑："你我兄弟，说这干嘛！"陈孝亮说："我看你气色不好，还是赶紧去医院检查下吧。我不放心。"林建仁执意不同意。话题又扯到了工作上……

6月4日、5日又是林建仁的值班日。陈孝亮见其嘴唇发紫，脸色晦暗，就瞒着他，私下联系好医生把他"赶"到医院检查。没多久，他就赶回所里。5日上午，陈孝亮"强行"顶了林建仁的班，"轰"他到福建省协和医院进行进一步检查。没想到，仅过了几个小时，他就带着几盒药笑嘻嘻地回到单位，他说："我说吧，没事的。现在你们可以放心啦。我的心脏没问题。"他坚持让陈孝亮回家陪伴即将参加高考的女儿。晚上10时许，他还在各个监区巡视……

谁也没想到，那一夜，看守所墙尖上那一盏明亮的烛光，悄然燃尽……

"见老者敬之，见幼者爱之"是林建仁一向的品性

长乐市看守所有近四分之三的民警是军队转业干部，很多民警老家在外省。民警王代为那年要回湖南省老家探亲，向教导员辞行。刚寒暄两句，林建仁就忙着从一旁拿出一大袋早已备好的营养品和长乐土特产递到王代为手里，说："你母亲身体不好，让她老人家补补身体。"

"见老者敬之,见幼者爱之"是林建仁一向的品性。在金峰镇当责任区民警时，辖区里70多岁高龄的郑大爷儿女都在外地工作，林建仁就把他当成自己的亲人，有事没事就常往郑大爷家里跑，还时常从自己微薄的工资里，拿出几十上百元现金接济老人。一次，老人突发疾病，林建仁得知消息后一溜小跑来到郑大爷住处，背起老人叫上出租车就往医院跑，在医院忙碌了一个通宵，老人病情稳定后，又把老人送回家中。

看守所的4名女民警，现在提起教导员仍会流泪："教导员对咱们的好，体现在细微处。通过漆黑的楼道，他会给你递上一支手电；雨天出门，他会给你送上一把伞；妇女节，必有他的一声问候；过生日，他会发给你一条温馨短信……感觉他像兄长，像一个儒雅的绅士，更像一个温厚的长者。"

林建仁牺牲后，当地群众获悉噩耗，主动登门凭吊林建仁的人络绎不绝。在参加吊唁的队伍中，有不少白发苍苍的老大爷、老大娘。同事们都有些不解，这些又都不是林建仁的亲戚，哪冒出这么多高龄老人哪？互相垂泪聊起来，大

家才知道，这些老人有长乐梅花镇的，有金峰镇的，也有城关地区的，这些年来他们都受到过林建仁的帮助。老人们相互议论着："建仁是个很有孝心，尊重老人的孩子，这么年轻就走了，可惜啊！"

6月6日晚上，一名悲凄的中年人从河南急飞长乐。他伏在林建仁的遗体上嚎啕大哭，事后，又主动帮着料理治丧事宜。林建仁的家人也纳闷：非亲非故的，中年人缘何如此不遗余力？一问，才知道，中年人姓陈，如今是河南一家知名钢铁企业的副总。当年，他可是个"二进宫"，林建仁悉心帮教，费尽了心血。老陈二次出所后，林建仁发现了他的才干，动员朋友为他筹资。由小生意到大生意，再到今天的大企业副总……老陈成了当地的纳税大户。老陈说："建仁兄弟对我恩重如山，没有他就没有我的今天。可他，都没有吃过我请的一顿饭。"

林建仁同志遗体告别仪式上，原计划500人参加的吊唁大厅，足足来了上千人。大厅外都挤满了人。人群中，一名中年汉子哭得格外伤心。看守所的老民警都认识他。他叫老邹，是长乐市小有名气的企业家。可谁能想到，他也曾是长乐市看守所的"座上客"。老邹能干，也有经商头脑，只是嗜赌如命。钱抛在了赌桌上不说，还犯了赌博罪。林建仁动之以情，晓之以理，苦口婆心、不厌其烦，磨破了嘴皮地开导他……出所后，老邹洗心革面，痛改前非，果真成就了一番事业……

林建仁同志遗体告别仪式

6月4日，长乐市委追授林建仁为"优秀共产党员"。15日，福州市公安局党委作出了《关于向长乐市看守所原政治教导员林建仁同志学习的决定》。6 月 27 日，福州市委作出决定，追认林建仁同志为“福州市创先争优优秀共产党员”。11 月 29 日，时任中共中央政治局委员、国务委员、中央政法委书记、公安部部长孟建柱签发命令，追授长乐市看守所原教导员林建仁“全国公安系统二级英雄模范”荣誉称号。

追授林建仁同志全国公安系统二级英雄模范荣誉称号纪念封

林建仁牺牲后，有一首小诗在微博、微信上广为流传：

那一年，我们日复一日穿梭巡逻过的街和巷。
那一月，我们一起追缉凶犯跋涉过的山和水。
那一日，贤惠的妻子和“大一”的女儿刚刚为你过完 46 岁的生日。
那一夜，监区那长长的过道还回响着你坚实的足音。
那一个拂晓，谁曾想你超重负荷的心脏骤然停止了跳动。
那一轮日出，再也唤不回你办公桌上熟悉的笑容……

原载：2012 年 6 月 28 日《法制日报》

浩气长存

——追记福州市公安局原警卫处中校科长潘浩

潘浩

2011年2月13日，农历正月十一。福州，阴有小雨。福州市公安局警卫处中校科长潘浩的妻子周晓燕，前往市公安局警卫处清理丈夫潘浩的遗物。

拉开抽屉，映入眼帘的是2本工作笔记、10多本警卫工作书籍、1个军用指北针、1份捐资助学证明函和10多张汇款凭证。

睹物思人，周晓燕心头不禁一阵酸楚：潘浩啊潘浩，你不讲究吃，不讲究穿，没给自己买过一件像样的衣服，却把零花钱攒下来，捐出去……

那一刻，周晓燕趴在丈夫的办公桌上，泪如泉涌。

窗外，流光溢彩，爆竹喧天；窗内，斯人憔悴，肝肠寸断……

他熟悉福州的每一条道路、每一个岔口、每一座建筑和每一处制高点

方脸、大眼、浓眉，1.78米的身高，魁梧健壮，声若洪钟——按现代人的标准，潘浩当属帅哥之列。

孝敬父母，与爱妻相濡以沫，相敬如宾，且教子有方——这一切，又让潘浩足可进入“新好男人”一族。

懂电脑、会驾车、外语流畅，军姿军容全处标杆，3000米越野、1000米泅渡、手枪头靶快速射击样样优秀，全省警卫部队的优秀警官——潘浩距离英雄的目标，似乎也并不遥远。

“化作春泥亦无悔，甘当人民铺路石”，这就是潘浩——领导倚重的“浩子”、同事朋友敬重的“浩哥”、妻子女儿深爱的“小嘚爸”。

1986 年 11 月，17 岁的潘浩参军入伍，分配在武警福州市支队。那些年，支队驻扎在市区群众路上，与潘浩的家不过咫尺，父亲潘贻亮是茶亭街道的党委副书记。时常回家走走是人之常情，可当了三年义务兵，潘浩竟一次都没有迈进过家门。

当兵前，潘浩父亲有言在先："到了部队上，心志在苦、气度要宏、言动要谨、意趣要乐，把公家的事件件干好。"小伙子谨遵父训，军事技能样样优秀，很快成为干部培养苗子。之后，他顺利考上武警石家庄通信学院。

毕业后，潘浩提任武警福州支队通信参谋。他勤奋好学，刻苦钻研业务。1991 年，武警部队装备 350 兆通信设备后不久，支队新启用的电台时常出现发射功率下降、通话中断现象。他与总队维修人员反复检查试验，终于发现问题出在控制头部分，是国外厂家在控制系统设计上的错误。总队将这一情况上报武警总部通信部，有关部门责成厂家召回已装备部队的同批号设备，并赔偿损失。之后，厂方工程师惊叹道："这种设计上的错误，我们都没有发现，竟被你们的通信警官检测到，真佩服你们的技能和水平。"为此，潘浩等人受到武警总部的通报表彰。

潘浩（左）在训练中

1997 年，武警福建总队组织通信比武，潘浩带领福州支队通信士兵，进行高强度封闭训练。比武前夕，老父亲患病住院，他匆匆把父亲托付给家人照看后，重返训练场。比赛中，潘浩发挥出色，勇夺通信参谋业务个人全能第一名及其他 2 个单项第一名。

1997 年 12 月，潘浩以优秀干部的身份，被选拔到福州市公安局警卫处工作。老处长是个爱才惜才之人，见潘浩言辞不多，腿脚灵快，工作充满激情，就有心栽培。小伙子一身虎劲，在最初的那几个月里，他蹬着一辆破旧的自行车，把福州的大街小巷、道路、岔口跑了个遍，绘制了数百张图样，写下了百万字的基础数据资料，一个夏天就磨破了 5 双鞋。

一天，老处长向他布置了一次总共 5 个点的警卫任务，要求一周内拿出方案。没想到第四天上午，潘浩就把方案递给了老处长。老处长仔细察看方案，见行走路线、要点图示、警力配置、应变预案等科学合理，对接严密，就有些感慨：一个点用车跑一趟，也要花上小半天的工夫，更何况 5 个点，小潘还是用一辆破旧的自行车跑出来的啊！望着潘浩额头上的热汗，老处长欣慰地拍了拍他的肩膀，潘浩竟“哎哟”一声叫唤。老处长察觉有异，拉开潘浩衬衣，这才发现潘浩因连日暴晒，后背通红发紫，肩膀处正在脱皮……老处长有些感动，故意“虎”着个脸，命令道：“今明两天补休！”潘浩笑着说：“我手上基础调查还有一大堆事呢！”

潘浩被誉为福州“活地图”。在长达 15 年的警卫工作生涯里，潘浩跑遍了福州的山山水水、沟沟坎坎。他熟悉每一条道路，每一个岔口，每一座建筑，每一处制高点。而这一切，不仅需要“踏破铁鞋”的韧劲，更需要绣花针似的精细。

他能一口气放倒 3 个人，有他在，警卫工作可保“零差错”

警卫工作是个严之又严、慎之又慎、细之又细的活儿，圈内人称“白加黑，五加二”，意思是说，工作起来不分白天黑夜，没有节假日。

2008 年盛夏，有一个重要警卫任务，潘浩和其他工作人员一直忙碌到晚上 10 时才返回家中。刚躺下不久，有位重要客人突发疾病，入住省立医院。潘浩闻讯，急如星火赶赴医院处理有关事宜，一直忙碌到第二天凌晨 3 时。两个小时后，他未曾合眼，又急赴南江滨跑点看线。8 时，他再次精神百倍地出现在警卫车上。市委接待办的同志由衷赞叹：敬业莫过如此，潘浩精力过人啊！

几任市公安局分管领导对其总是勉励有加：有“浩子”在，福州警卫工作可保“零差错”！

完成一次警卫任务不难，难的是十五年如一日，场场、件件任务“零差错”。2010年的一天，一批北京客人走访福州三坊七巷。不巧的是，一部电瓶车发生故障，一车的北京客人无法与车队同行。潘浩获悉情况后，立即启动工作预案，科学调度各部门力量，用最短的时间、最快捷的路线，让北京客人与车队安全会合。

1998年夏天，一名外国政要来访福州。晚上9时许，外宾提出要逛逛福州夜市。潘浩和几个同事随行保卫。在温泉路的一家商场，机敏的潘浩忽然发现一名剃着光头的醉汉口中“老外，老外”叫着，踉踉跄跄朝外宾撞来。潘浩迅速卡位，光头一下撞在潘浩身上。几分钟后，光头面露挑衅斗狠之色，再次小跑着撞向外宾。潘浩气沉丹田，待光头跑近，再次沉稳、准确卡位，光头又一次重重撞在潘浩身上，只得悻悻离去。10多分钟后，外宾沿原路返回。不料，光头竟纠集了一批打手，寻机报复来了。伴随着急促的刹车声，从路旁的一辆轿车内猛然跳出四五个如狼似虎的壮汉，个个手持短棒，气势汹汹朝潘浩他们逼来。潘浩冲战友们使了个眼色，向外宾的相反方向引开了光头一伙，光头一伙恶狠狠地向潘浩逼近。说时迟，那时快，潘浩飞起右脚，将左面的一个壮汉撂倒，又飞起左脚，将右侧的另一壮汉踢飞，随即以泰山压顶之势，对正面的光头折腕别臂，掀腿压颈，将光头放倒在地。潘浩一口气放倒3人，光头同伙顿作鸟兽散。那名外国政要及其随从人员浑然不知……

潘浩在训练中

潘浩在勤务工作中已不是第一次遭遇险情。

2005 年 10 月，福州遭“龙王”台风袭击，灾情严重。这天，潘浩接到命令，省领导要前往闽侯上街大学新区察看灾情。潘浩从天泉路家中出发，一路涉过多处齐腰深的积水，及时赶到处里受领任务。随后，又火速赶赴闽侯上街踩点探路。在一处看似平坦的烂泥路上，潘浩脚下一滑，竟跌入了一个 2 米多深的塌陷泥潭。好在同行的战友眼疾手快，迅速向他伸过一节树棍，好不容易才把潘浩拖出泥潭。

近年来，随着警卫工作科技含量的提升，潘浩为警卫部队的信息化建设倾注了大量心血。他为信息管理中心提供了数以千计的现场影像、图文数据，让福州警卫处数据库建设跃居全省警卫部队前列。

他是一个有血性的汉子，视战友如兄弟，在工作中享受快乐

2008 年 1 月至 2009 年 9 月间，警卫任务异常繁重。

当时主持工作的处领导黄建如履薄冰。“警卫工作无小事”，如何才能让全处上下拧成一股绳，调动全处同志的工作积极性？

潘浩主动请缨，承担了几乎所有大型警卫任务总协调的角色。那一年，警卫任务极其密集，光超大型的警卫任务就有 7 场。踩点勘查、制订方案、巡查驻点……潘浩忙得昏天黑地。

其实，处领导并不知道，那一段日子，也是潘浩家庭最困难的时期。妻子患病，需要悉心照顾；8 岁的女儿是过敏体质，需要往返接送、照顾；鳏居在家，刚做完心脏搭桥手术的老父亲，也需要照顾……常年超负荷工作，体力严重透支的潘浩患上了高血压、胃炎、椎间盘突出等多种疾病。黄建后来回忆说：“潘浩是一个有血性的汉子。他常说‘警卫处就是我的家’，那是只讲奉献，不求索取。他家里、自己有再大的困难，也总是独自扛着，从不向外人提起，更不想给组织添麻烦。”每念至此，黄建总是热泪盈眶……

在采访的那些日子里，我们常常为之感动不已。我们的双眼，一次次热泪盈眶；我们的心灵，一次次饱受震撼……

潘浩视战友如兄弟。20 世纪 90 年代初，武警广西总队同学覃长和因父母重病，家庭生活极度困难。潘浩获悉后，带头号召同学向小覃捐款捐物，自己在当时月工资只有 200 多元的情况下，一次就给远在广西的覃长和汇去了 300 元。

警卫处副科长李家忠 1998 年从西宁武警指挥学校毕业，分配在武警福州支队。潘浩有个同学在该校当教员，听说小李就要分配到福州工作，就说："我有个同学叫潘浩，我可以帮你们联系联系。" 火车到站时，来接站的正是潘浩，看着在寒风中伫立着的浩哥，小李十分感动。从那以后，潘浩时常拎着水果到福州支队探望小李。再往后，两人成了事业上的好搭档。

潘浩的敬业精神让人钦佩，但更让人敬重的，是他的博大胸怀。2010 年，处里有个调正团的机会，潘浩是符合条件的 3 个同志之一，但他却找到处领导，说其他同志比我优秀，我以后还有机会，把这次机会让给别人。曾任警卫处处长的省公安厅政治部现役办副主任吴京晓大校回忆说："潘浩勇挑重担，却淡泊名利，荣誉面前从不伸手，多次让出了立功受奖的机会。"

老家在河南新乡的士官王晓辉在福州举目无亲，但凡外出勤务误了饭点，潘浩便拉上小王到自己家中吃饭。次数多了，小王就有些不好意思。潘浩不容分说，拽上小王就往家里走："你在福州又没亲戚，我就是你大哥。你不上我家，上哪儿吃去！"

也下棋，也打牌，还研究菜谱，潘浩其实是个很有情趣的人。2010 年 8 月 1 日晚，警卫处处长吴建生大校把全处同事请到家中，欢度建军节。军人的节日，军人的狂欢，没喝趴下几个，就不能算是尽兴。潘浩自告奋勇，当起了掌勺大厨。一道道风味正宗的福州名菜鱼贯般摆上了餐桌——荔枝肉、香露河鳗、白灼黄螺、爆炒双脆，虽不能说是色香味俱全，但也是爽滑鲜嫩，香脆可口。吴建生高举酒杯，眼睛微微有些湿润："我从 2009 年 9 月到任至今，全处承担了近 300 场警卫任务，实现了'零差错'，全仰仗各位给力，我敬大家！" 说罢，举杯、仰头、一饮而尽。潘浩那天也有点微醺："工作在警卫部队这么一支光荣而又温暖的集体，我真的很满足，很快乐。我们没有理由不干好工作。"

军人畅饮，是袒露心扉，是真情告白，是返璞归真的男儿血性。情到深处，酒至半酣，忽已东方破晓……那一刻，潘浩的脸上笑容分外灿烂。

兔年春节来临前，他倒在回家的路上，生命定格在 42 岁

都知道潘浩有个"三过家门而不入"的故事。那年，他母亲病危，潘浩在勤务点上脱身不得，无法在母亲床前尽孝。工作期间，他多次途经母亲住处，同事们都劝他回去看看，潘浩却说："军人嘛，总是忠孝难以两全。" 直到任务

潘浩一家

结束，潘浩才匆匆赶回家中，见了母亲最后一面。

潘浩生前曾不止一次与妻子周晓燕调侃："我可是有'小金库'的哦。"妻子也曾是武警部队的老兵，心想你工资全上交，银行卡不在手，哪还能有什么"小金库"啊，最多就是单位发的一点补贴罢了，便笑着说："只要用在正道上，我不反对。你平时的零用钱都有哪些用处，不妨说来听听？"潘浩憨憨地笑着，顾左右而言他，算是"蒙混过关"。

原来，2005 年 6 月初，潘浩和邱林等 3 位好友在一块小聚。六一儿童节刚过，大家忽然就聊起了福清市龙田镇东壁小学贫困生的话题。潘浩说："现在大家的日子都好过了，我们也应该为这些孩子们做点什么。钱多钱少都是心意，对不对呀。"此言一出，众人一致响应。此后，连续 5 年，潘浩每年都要捐出自己的伙食补贴、差旅补助及零用钱共数千元，资助贫困小学生，并为东壁小学买来书籍、文具、体育器材、钢琴等。2011 年年初，4 人曾有约定，要为该校捐建体育场……潘浩牺牲后，邱林一再表示："浩哥未竟之事，我们将一如既往地做下去，不能辜负了浩哥的古道热肠……"

潘浩与妻子感情甚笃，爱女更甚于爱自己。每年正月初六，只要没有工作任务，他都要亲自下厨，邀上几位至亲故交，在家中为妻子庆贺生日。女儿"小嘚"7 岁时，因患鼻腔息肉，被送到医院做手术。想到"小嘚"小小年纪，就要遭此痛苦，潘浩躲在手术室门外的角落里，悄悄抹眼泪。爱，但绝不溺爱。"小嘚"3 岁时，潘浩就让她学习乐器，练习书法。上小学后，潘浩对"小嘚"的学习抓得很紧，天天检查作业，辅导功课。四年级时，"小嘚"被评为市"三好学生"，书法作品还获得全省警卫部队书法比赛三等奖。近年来，"小嘚"先后被评为鼓楼区"三好学生"，钱塘小学"三好学生"、优秀学生干部，书法作品还获得中国少教中心"小天使"杯福建赛区儿童画类三等奖。

潘浩生命中的最后 36 小时并无异兆。

1 月 27 日晚，妻子突发高烧，腹泻不止。潘浩几乎通宵未眠，量体温、喂药、喂水，悉心照料。第二天一早，潘浩匆匆赶往单位，安排新年系列安保活动。中午还赶回家中，为卧病在床的妻子做饭、喂药，随后又返回单位，起草工作方案。下午 4 时，潘浩与有关人员一道前往鼓楼、台江等多处工作地点，实地勘查现场，部署安保事宜，一直忙碌到次日1时许。同行的工作人员主动提出要派车送潘浩回家，潘浩却说："大家一起忙到半夜，都很累了，我还是自己回去吧。"29日1时17分，在回家的途中，潘浩突然眼前一黑，撞在路边的一棵大树上，当场牺牲，让生命定格在永远的42岁。

潘浩牺牲后，妻子常常自责：我们约定的每晚11时左右，都要互通电话，那晚我浑身酸痛，早早就睡了，此前潘浩还打电话回家，说是晚上加班，恐怕很迟才能回家，让我自己吃药，早些休息，谁能想到，几句嘱托，竟成永诀。

潘浩就这么走了，平平静静，了无声息。11岁的女儿"小嘚"亮出了自己新的QQ签名："失去的就失去了，一定要坚强！"军人之后，生就一副铮铮铁骨，让我们为之动容。

公安部警卫局领导和省、市各级领导先后作出批示，或打来电话，对潘浩牺牲表示哀悼，并向潘浩的家属表示慰问。

闻听噩耗，省市区公安部门相关领导第一时间赶赴事发现场、医院处理善后工作。市委常委、政法委书记、市公安局局长王鑫三次到潘浩家中慰问。王鑫动情地说："潘浩是新时期公安警卫部队英雄人物的典范。"

1月31日，福州市殡仪馆庄严肃穆，哀乐低回。王鑫等各级领导、各界人士、民警代表、亲朋好友800余人赶来送别潘浩。

千秋堂内，心已碎，泪蒙眬，情未了……

2月2日，除夕夜。王鑫来到潘浩家中，送上了一顿特殊的年夜饭。福州传统名菜"佛跳墙""太平面""鱼丸肉燕"摆上了桌。王鑫深情凝视着墙上潘浩的遗像，哽咽地说："在这个合家团圆的时刻，全市武警官兵、公安民警更怀念潘浩。团圆年、团圆夜、团圆饭，独缺一人哪……"

潘父潘贻亮、潘浩之妻周晓燕、女儿"小嘚"泪如雨下。

因为爱，所以忠诚；因为爱，所以执着；因为爱，所以舍得。这就是潘浩的"铺路石"精神。

潘浩，浩气长存！

原载：2011年2月24日《福州日报》

阳光路上的奔跑

——追记福建省优秀共青团员、一等功臣民警陈光淡

陈光淡

2013年10月24日，原福清市公安局江镜派出所民警陈光淡荣登9月份福州“敬业奉献好人榜”。生如夏花之绚烂，死若秋叶之静美，这是陈光淡短短24岁生命的真实写照。谈起这个喜欢奔跑的阳光大男孩，至今，战友们仍热泪盈眶……

2013年9月13日晚。著名侨乡福建省福清市。

正是中秋时节，虽说天气仍有些闷热，但海风徐来，入夜，已多少有些凉意。

福清市公安局江镜派出所灯火通明。

晚9时许，所长钟建清、副所长薛弟弟和探长老马正在二楼的办公室里，研究当晚对涉嫌危险驾驶罪的批捕在逃人员吴某的抓捕行动，说着说着，就提到了陈光淡。钟所说：“光淡这几天连续加班，估计这会刚从核电站安保现场撤回，太累了，今晚就算了。”薛所就笑：“他闲不住。不信，一会就来。”话音刚落，随着“咚咚咚”一阵上楼奔跑声，门口冒出个多少还有些稚气的脸，笑盈盈的：“钟所、薛所、师傅，晚上有行动啊？”三人相视一笑，说曹操，曹操到啊。来人正是陈光淡。小伙子今年（2013年）24岁，1.72米的个头，身材健硕壮实，眼睛不大却明亮有神，笑起来，像一弯清澈的明月，露出齐齐几颗白牙，挺招人喜欢。薛所见陈光淡眼里布满血丝，知道这几日小伙子都是大半个通宵、大半个通宵地忙，超负荷了，就故意板着个脸：“你今天值班，好好在家里待着，晚上睡个好觉。”小伙子嬉皮笑脸跟薛所拗：“让我去呗。干完活，才能踏踏实实睡好觉啊。”薛所拗不过他，只好同意，话里就带了几分关切：“好吧好吧，回来后，要好好休息啊！”“是！”小伙子立正挺胸，脸上顿时笑容灿烂：“谢领导关怀，一

定注意休息。”又一溜小跑，下楼去了。

晚上 9 时 40 分，薛所率老马，新警陈光淡、陈宗涵等，乘一部警车，静悄悄向目的地进发。

这是公安基层派出所司空见惯的一次夜间抓捕行动，不足为奇。然而，谁也没有想到，陈光淡，这个刚刚 24 岁，入警不过半年的阳光大男孩，他灿然、纯净的笑脸，会在这一夜黯然飘逝……

母子相拥而泣，热泪长流……
大男孩铁了心立志当警察

1988 年 12 月的一天，一个男婴在福清市东瀚镇后营村“呱呱”降生。小家伙按族谱排名，取名陈光淡。陈光淡的父母，都是以讨小海为生的普通渔民，家境贫寒。小家伙渐渐长大，父母又常年疾病缠身，日子过得挺艰难。年景不好的时候，陈父还得靠做馒头、肉包，走几十里山路，担到镇里集市上卖，赚几个小钱，以补贴家用。

都说“穷人的孩子早当家”，还真是，光淡小小年纪，就成了这个海边小渔村人见人爱的孩子，他尊重老人，听话，有礼貌，功课之余，还常常帮父母刨地瓜、剥海蛎、干家务。

村里有位老爷爷最喜欢小光淡，夏天常常在小光淡放学回家经过他家门口的时候，给小光淡买冰棍吃。小光淡就念着爷爷的好。五年级的时候，老爷爷病重，瘫痪在床，小光淡一放学，就往老爷爷家里跑，小小年纪，竟能给老爷爷推拿按摩，还经常鼓励老爷爷：“爷爷、爷爷，你会好起来的。”这样坚持了几年，直到老爷爷去世。

小光淡上初二那年，陈家原本有一间不足 20 平方米的破旧老石屋，老石屋在一场台风中，被泥石流冲毁。母亲急火攻心，好端端的就患上了精神病，被送往福州一家精神病医院治疗，家人怕小光淡经受不了这样的打击，就瞒下了这事。周末，在学校寄宿的小光淡回家，四下找不着父母，就急了，往亲戚家这家跑跑，那家问问。伯伯见小光淡着急，不忍心再瞒，就告之原委。小光淡向伯伯借了 50 块钱，匆匆前往福州。谁也没想到，这个连镇子都很少逛过的孩子，竟是风尘仆仆一路辗转，于当晚 11 时左右，摸进了母亲的病房。问明病情后，小光淡就宽慰母亲：“妈妈，你放心吧，我长大后，一定努力工作、赚钱，我们家会有自己的房子的。”母亲经过治疗，那时病情已基本稳定，见小光淡一身泥一身汗，一双眸子闪闪发亮，就一把抱紧儿子 ：“儿啊，家没啦，以后你怎么念书学习啊？”小光淡为母亲擦去泪水 ：“妈妈别哭，老师说了，书山有路勤为径，勤，才是念书的根本，不靠屋大屋小。”

那一刻，母子相拥而泣，热泪长流……

从那时起，小光淡就没了自己的家，一家三口、四口（后来小光淡又添了个小弟）常年寄宿在老祖母家一间 7 平方米大小的旧石屋里。家贫出孝子，清贫出英才。小光淡继承了海边人坚韧、坦荡、自强、自立和直面艰难困苦、勇于战胜挫折的优良品德。从小学到初中、到高中，小光淡一直是各个学校的优等生，为家里捧回了“数学竞赛一等奖”“英语竞赛一等奖”“物理竞赛一等奖”以及期中、期末“考试一等奖”等一摞又一摞各式奖状证书。

小光淡成了福清市东瀚镇后营村——这个偏僻、贫瘠小渔村品学兼优好孩子的楷模。

2008 年夏，小光淡以优异的成绩毕业于福清二中，参加当年高考。在厦门大学任教的舅舅，根据光淡的学习成绩，极力动员光淡填报厦门地区的本科院校，说是一来学习条件好，方便照顾 ；二来便于毕业后在厦门找工作。那时，小光淡唇上已经长出了细细的绒毛，虽说没有一件光鲜时尚的服装，但身材挺拔，肌肉健壮，加之眉眼举止间，与著名音乐人黄家驹多少有几分相像，很有些帅气大男孩的味儿。

大男孩已经到了有主见的年龄。他铁了心立志当警察，非公安院校不报。他对在厦门的舅舅说 ：“我从小的理想就是当警察，当警察可以帮助更多的人。”他婉拒了舅舅的好意，在高考志愿填报表上，一口气填写了“福建警察学院”等多所公安院校。

事遂人愿。2008 年秋天，陈光淡以优异成绩被福建警察学院录取。

拉起同学上拳击场，自愿当活靶子
陈光淡向着自己的人生梦想一路迅跑

福建警院的日子，充实、单纯而快乐。

陈光淡的名字，成了警院同学茶余饭后的笑谈。有叫他“穷光蛋”的、有叫他“蛋蛋”的……其实，陈光淡在警院的名气，不因其名字特别，实因其是个“喜众乐乐，不喜独乐乐”、爱管闲事、爱钻牛角尖的主儿……

“喜众乐乐，不喜独乐乐”——“蛋蛋”是个坦荡、豁达、磊落的人，很少有藏着掖着的事情，不论好事、坏事，都愿意跟大家分享、向好友倾诉。他虽不是班干部，却是班里的智囊人物。班里的重大活动，出谋划策总少不了他，都说“蛋蛋”其人，点子多、脑子灵，常有别出心裁的高招。同学黄浩亮，警院时期的班长，谈起“蛋蛋”，就唏嘘不已：“他没有班长之名，干得却是班长之实。班里的大事小情，他总能给你出谋划策。有功劳、成绩的时候，他不争不抢，总是远远地躲在人后。”同学们回忆说，“蛋蛋”做人做事，总给人一种“蓦然回首，那人却在灯火阑珊处”的感觉，很有一种“非淡泊无以明志，非宁静无以致远”的味道。

“爱管闲事”——“蛋蛋”厚道、豁达，关心同学，助人为乐是出了名的。大三时，班上一名同学脚踝扭伤，行走艰难，宿舍在五楼，上上下下极为不便。“蛋蛋”就主动背他上下课，照顾他的饮食起居，那位同学有些过意不去。“蛋蛋”就笑：“你知道，我耐力差，背你上下五楼也是锻炼，双赢。没事的。”这样坚持了一个多月，直到那位同学脚伤痊愈。“蛋蛋”有时也批评后进者，诟病恶习，但语言委婉，旁敲侧击，不伤人。有同学出操时双手插袋，违反条令，“蛋蛋”就提醒：“双手插口袋，摔倒会磕掉牙的。”违令者会心一笑，赶紧抽出双手。有同学闹情绪，闷头大睡，“蛋蛋”就附耳轻言：“怒伤肝、思伤脾、忧伤肺，身体可是自己的啊！”强拉起同学上拳击场，自愿当活靶子。一番拳来脚往，大汗淋漓，同学怒气全消……

“爱钻牛角尖”——大学四年，“蛋蛋”是积极发言、课堂提问最多的同学之一，爱刨根问底、深究钻研，一个课堂问题，没弄个一清二楚，绝不善罢甘休。一次，老师讲“群体性事件的处置原则”课，课中有个先“稳”还是先“疏”的话题。“蛋蛋”课间就一再发问，下课后，意犹未尽，跟着老师来到办公室。“是先稳定群众情绪，避免事态扩大呢？还是先疏导交通，恢复正常秩序？”非要“打破砂锅问到底”。也不知过了多久，“蛋蛋”抬头看看挂钟，不知不觉早过了饭点，就赶紧起身向老师道歉：“对不起，对不起，耽误老师时间了。”不单“钻牛角尖”，他还常常给自己加压，向极限挑战。长跑、引体向上是“蛋蛋”的弱项，有大半年的时间，“蛋蛋”发了狠，每天下午从学校跑步到3公里外的高盖山，练引体向上和擒拿格斗，再原路跑回。据说，这么大的运动量，专业运动员也不过如此。

2012年7月底至11月间，“蛋蛋”随队参加上海世博会安保工作，在上海嘉定区外安道口执行安保勤务工作。整整100天，他是组里工作最认真、最积

陈光淡参加上海世博会安保工作

极的一个，就是生病也始终坚守岗位，毫不松懈，还经常主动为其他民警替班。8月24日下午，他在值班时发现大巴车上下来一名可疑男子，“蛋蛋”爱钻研业务的优点，这时派上了用场——通过灵活机智的盘问、快速准确的信息核查，发现此人身份证是伪造的，还是一名网上在逃人员，一个猛扑，将其拿下。鉴于陈光淡在世博会安保工作中的突出表现，上海市公安局嘉定分局破了例，给这位外省籍的警院在校生予以个人嘉奖一次。

从上海返回后，“蛋蛋”郑重地向警院党组织递交了入党申请书。那一日，“蛋蛋”异常兴奋，见谁都打招呼、问好，和好友从食堂聊到操场，从傍晚聊到熄灯……

在这条洒满阳光的从警道路上，陈光淡向着自己的人生梦想，一路快跑……

小伙子这个临时“交警”干得有模有样，这个年轻人，浑身散发着“正能量”

2013年3月，陈光淡考上了福清市公安局的公务员，随即和同批被录用的几名战友一起，被派往福清市公安局交巡大队，参加当年的“春运”管理工作。

警姿挺拔，交通指挥手势准确、标准，查处交通违法的时候，不急不躁，笑容可掬，纠正违规行为时，总是敬礼在先……小伙子这个临时“交警”，干得有模有样。

“春运”高峰期的一天，福清南山、东门一线，车辆剧增，出现了严重堵塞状况。机动中队的陈光淡被迅速派往南门中心路口。小伙子挺拔的身姿挺立在道路中央，科学调整信号控制、人工指挥车辆通行、电台呼叫上下左右路口有序分流……有条不紊，忙而不乱……很快，车辆通行恢复正常。看着每小时千余部从他身边驾过的长长“车龙”，小伙子拍拍身上的尘土，笑了。

大队领导在全队会议上，经常表扬陈光淡。分管中队长事后常说：这个年轻人，跟大多数“80后”“90后”就是不一样，少了几分娇气、脆弱；多了几分担当、大度；上进、虚心、好学，浑身散发着“正能量”，难得！

77天的临时性交警工作结束了，小伙子被正式分配到福清市公安局江境派出所工作。临了，也没忘了给大队留下一篇《关于城关地区交通管理工作的建议》，字迹清秀工整：

一、构建结构合理、运行高效的交通方式。推进城区交通社会化管理，开展城区交通秩序联合整治，尤其要对夜间不按规定使用远光灯、加塞、占道这些突出问题加强整治……建议对南门中心到小桥南口路段上的公交站重新设置。因为当公交车停靠此站点时，常导致后面车辆无法前行，且马上左拐容易造成交通事故……

二、建立通达、便捷的道路交通网络，科学规划，提前筹划停车场。随着近年来福清道路交通量的日益剧增，违章占道停车现象也日益增多，出现了白天商业办公集中区停车难，夜间则是居住区停车难现象，从而影响路网整体通行能力，这在老城区尤为明显。建议近期可以利用城区退出单位场所设置路外停车场，采用立体停车楼、多层停车架等形式，充分利用有限的用地面积，提高路网整体通行能力。

三、强化科技含量，提高管控能力。建立由现在的点信号控制发展成线控、面控的智能交通系统，实时采集交通数据，根据交通流量数据，适时调整交通信号，使高峰通行得以充分保证，平峰尽量减少延误……

虽不是字字珠玑，却也颇有见地，可圈可点。至今，它对福清市城关地区的交通管理，仍具有参考价值。

一个“抱腿顶摔”顺势将持刀男掀翻在地
领到第一个月工资后，给母亲留下3000元钱

4月9日，陈光淡和新民警刘华清、陈宗涵等，一同前往江镜派出所报到。所里没有住房，三人被安排到江镜农场的一间集体宿舍住宿。午饭后，所长特批，让三人回宿舍整理内务。陈光淡笑嘻嘻的，说是：“先走一步，去趟超市。”待两位伙伴回到了宿舍，陈光淡优雅地比画了一个“请”的手势，把刘华清、陈

宗涵让进屋来。二人进屋后，眼前顿时一亮：床上，是3床整齐的“豆腐块”；长条凳上，摆放着3套崭新的脸盆、牙缸；卫生间内，沐浴液、洗发液、衣架、卫生纸……一应俱全。二人这才明白陈光淡“去趟超市”的原因，就相互使了个眼色，一声“走起”，把光淡摁倒在床上。三个好兄弟嬉笑不止……

一天晚上，派出所接到突发警情：江镜镇文房村一男子因无钱购买毒品，在家打砸东西，并以持刀挟持家人的手段索要钱款。所长钟建清迅速带领民警赶往现场。陈光淡脱下警服换上便装，迅速闪进屋内，和近在咫尺的持刀男展开对话。讲法律、讲政策、讲道理，磨了一个多小时。经一番折腾，持刀男面露疲态，打起了哈欠。说时迟那时快，陈光淡突然飞身前扑，如猛虎下山一般从持刀男左后侧发起攻击，先是一个“折腕别臂”，将持刀男右手菜刀打落，接着一个“抱腿顶摔”顺势将持刀男掀翻在地。一连串漂亮的擒拿动作，干净利落，一气呵成，虎虎生威。围观群众自发地鼓起掌来，连声叫好……钟所是个不苟言笑的人，很少在非正式场合当面褒奖下属，这会，也情不自禁地拍了拍小伙子的肩膀，用了四个字“干得不错”，算是表扬。小伙子就“嘿嘿”憨笑：“在警院，天天练的就是这个。”

陈光淡（前排左一）与江镜派出所全体同事合影

教导员吴谢彪不愧是个老公安，眼“毒”。时间不长，就看出陈光淡是个好苗子。心想小伙子工作主动，表现积极，又有一定的文字功底，好好历练历练，经经风雨见见世面，将来可堪大任。就跟所长商量，建议给陈光淡多压压担子，让小伙子任派出所内勤同时兼任责任区民警。

派出所内勤这个活儿，烦琐、精细、劳累，婆婆妈妈却又吃力不讨好。各种总结、简报、信息、反馈、动态等材料的撰写，各种数据、报表的统计，还有备装、器材……挺累人。小伙子白天出警、疏导交通、下社区，晚上写材料、填报表，干得挺欢。

7月间，台风“苏力”入侵福建。一时间，狂风大作，暴雨如注。下午，派出所接了个“警”：辖区谢塘村两户人家发生纠纷，要求迅速前往调解。小伙子和老民警冯仲辉抓起雨衣匆匆出警。返回途中，见台风吹倒了一棵树。小伙子急叫停车，一个人冲进了狂风暴雨中，招呼着周围老乡，把大树挪到了安全地带。回到值班室，小伙子整个人跟“落汤鸡”似的，冻得瑟瑟发抖，还不停滴水。老冯心疼，匆匆找了条干毛巾递给他。小伙子擦擦脸上的雨水，露出一口白牙，笑了：“师傅，任务完成！”老冯望着眼前这个“不知愁滋味”的年轻人，心中好一阵感动。

8月28日深夜，薛所、陈光淡等在辖区农场路路段设卡检查过往嫌疑车辆。晚11时许，一辆黑色助力车加大油门欲强行闯关。陈光淡不顾危险，一马当先冲上马路将助力车拦下。车上两名嫌疑人仓皇丢下沉甸甸的提包，弃车逃跑。刹那间，一人被迅速扑倒，另一人挣脱开来，逃向暗夜。陈光淡见状，以百米冲刺的速度奋力直追，将嫌疑人制伏抓回。经搜查，小有“收获”：查获冰毒1000余克、毒资4100元人民币、匕首1把、“冰壶”一个。

此后，抓毒贩、擒贼人，破门、翻墙、上房这等急难险重的危险活、体力活，几乎悉数由陈光淡“承包”了，小伙子乐此不疲。

不光冲冲杀杀，小伙子还心细、心善，有孝心。

路旁见个老汉，衣衫褴褛，知其没钱回不了家，就让老人家吃饱喝足再“打的”，一路护送老人回家；各种灾害捐款，总是最积极的，500元、1000元，倾其所能；跟奶奶感情甚笃，打听到一个偏方，说是蚕豆能治风湿病，就时不时买上2斤，托人送回家里；派出所距东瀚镇老家，不过半小时的车程，他却只是在第一次领到工资后的一天，匆匆回了趟家，给母亲留下了3000元钱……

家人回忆说：光淡当警察，领了5个半月的公务员工资，他的月工资不过3000多元，却给家里汇了9800元钱。孩子从小就省，这半年，都没怎么花钱……

不到半年，就实现了全流程独立办案
从 3 米高的二楼重重摔落，后脑着地

有强烈的进取心、上进心，却不刻板、守旧，玩微博、玩微信，还练书法，小伙子挺“潮”。

9 月初的一天晚上，陈光淡唤来好友刘华清、陈宗涵，一脸喜色：“两个好消息，先听哪一个？”刘、陈就催：“别卖关子了，拣重要的先说。”“第一件，所里已经确定我们 3 人为入党积极分子，上报市局啦。”“真的呀？”刘、陈狂喜。“第二件……”陈光淡喜不自禁，“本人今天已经全流程实现独立办案啦！”按常规，基层民警实现独立办案的时间，警察院校的毕业生要半年或一年左右，地方院校的毕业生要一年以上。陈光淡不到半年，就实现了全流程独立办案，可喜可贺。刘、陈就嚷嚷：“请客请客！”陈光淡哈哈大笑：“当然，老地方，捞面火锅。”

独立办案绝非易事，刘、陈向陈光淡真诚请教。小伙子那日乐不可支，用了段“甄嬛体”①：“本人想来，能够独立办案是极好的，除本人的一点点悟性外，真真没辜负所领导、师傅、师兄的一片苦心。”陈宗涵当胸擂了陈光淡一拳，笑骂道：“你就给我玩‘不明觉厉’②吧！”三兄弟兴犹未尽。陈光淡起了个头，三人手挽手，唱黄家驹的《光辉岁月》：“愿这土地里，不分你我高低，缤纷色彩闪出的美丽……”

那夜，青春似火，热血正炽。

9 月 13 日夜 10 时许，薛所率领的抓捕小组一行，悄悄摸进辖区林厝村吴某暂住处。这是一栋老旧的二层瓦房，吴某暂住该楼东侧一卧室内。还是老规矩，陈光淡打头阵，薛所随后跟进，老马、小陈分堵前后门。陈光淡带着取证设备冲到二楼，却发现人去屋空。准备收队时，陈光淡发现吴某暂住处结构特殊，其一楼厨房屋顶平台与吴某暂住处的二楼卧室相连。这是不是一个藏身、潜逃的秘密通道呢？陈光淡向薛所汇报了自己的想法。陈光淡、薛所等再次返回搜捕。厨房屋顶平台是一个宽只有 40 厘米、长约 2 米的石条。陈光淡一阵疾跑翻过厨房屋顶，冲向狭窄的石条平台，脚步急、步伐大、动作猛，一脚踩空，从 3

---

①“甄嬛体”是中国一网络模仿文体，始于电视剧《甄嬛传》的热播，剧中的台词也因其“古色古香”、包含古诗风韵而被广大网友效仿，并被称为“甄嬛体”，是电视体的一种。不少观众张口便是“本宫”，描述事物也喜用“极好”“真真”等词，于是“甄嬛体”红遍网络。

② 网络热词，即“虽然不明白说什么，但感觉好像很厉害的样子”的简略说法。

米高的二楼重重摔落，后脑着地，颅脑严重损伤……

战友们紧急将陈光淡送往医院救治。抢救中，陈光淡苏醒了，望着周围的同事，眼神里恋恋不舍，断断续续地说："今天，可能是我最后一次值班了……"

9月15日晚9时，任战友、亲人千呼万唤，陈光淡终因伤势过重，没迈过那道"坎"。

陈光淡同志牺牲后，福州市委、市政府追授其"优秀公务员"光荣称号，福清市公安局党委、福州市公安局党委、福清市委分别作出《关于向陈光淡同志学习的决定》，福建团省委、福州团市委、福清团市委先后追授其"福建省优秀共青团员""福州市优秀共青团员""福清市优秀共青团员"荣誉称号，福建省公安厅为其追记个人一等功。

陈光淡同志牺牲后的一天，弟弟来所里清理哥哥的遗物。一番清理后，用两个不大的塑料袋装走了哥哥的全部遗物：3套旧警服、2件T恤、1块爷爷留下的旧手表、2本相册、几十块零碎钞票和一袋没来得及送给奶奶的蚕豆……弟弟默默拎起哥哥的遗物，一言不发，缓缓走出哥哥的住处。临上车前，弟弟驻足，回望派出所，眼中泪水盈眶。那一刻，送行的人们无不动容……

生如夏花之绚烂，死若秋叶之静美。

这就是陈光淡，一个以奔跑者的姿态永生的卫士。

原载：2013年10月28日《福州日报》

第二辑

时代先锋

一、无影“天桥”的架设者

二、“三星”所长的魅力

三、战马的“风骨”

四、丰碑在榕城

五、寂寞人生也风流

六、好汉闯黑道

七、黄毅：学会执着

八、锐眼探疑案

九、我自豪，我是刑警的妻子

十、舍生忘死驱虎豹

十一、“神探”陈榕生

十二、警长林新

十三、神探陈乃宁：蛛丝马迹破悬案

十四、“其局”其笑

十五、好警“清哥”

无影“天桥”的架设者

——记省新长征突击手、福州市公安局通讯处民警李军

李　军

1991年荣获福建省新长征突击手称号的福州市公安局通讯处民警李军，平素敦厚、质朴、寡言，即使参加“省、市学雷锋先进事迹报告团”周游了一番“列国”，也还是那个憨厚的样子。

1985年，李军以优异的成绩毕业于厦大物理系，分配到福州市公安局通讯处工作。凭其学历和娴熟的无线电维修技术，有人鼓动他脱下那身警装，另迁它枝，三五年就可变富。有些人说得更白：凭你这一热门技术，到外面“捞外快”，还不是“小菜”一碟。他们说外头修一部对讲机，光开机费就是80元；你当警察，每个月的工资只够修二三部对讲机，何苦呢？对此，李军总是憨厚一笑，似乎不懂得这笔“账”怎么个算法，照样当他的警察。几年来，他精心维修公安通讯仪器设备累计千余台，仅此，就为国家节约资金6万余元。

无私才能无畏。1990年6月，李军交上了“霉运”。在短短9天出车下基层的时间里，先后4次出车祸，好在大难不死。其后，亲人们劝他不要再出差了，好心人也劝他暂且避避“风头”，但李军就是不信这个邪。不料几天后，他在再次出差途中，又一次出了车祸，驾驶员颈动脉破裂大量出血，生命垂危，李军和同事王誓超也负了伤，头部、腿部血流不止。在此危急关头，李军和同事没有忘记自己是公安通讯兵的职责。他们不顾伤痛，拦下一辆车，让随行人员护送伤员上医院抢救，同时带伤架好通讯设备，向有关单位急报情况，要求医院立即作好抢救准备。由于赢得了时间，医院抢救及时，伤员终于化险为夷。事后，伤员及其家属对李军和同事小王千恩万谢，特别称赞李军用现代通讯工具铺设下一条“空中救命之桥”。

李军在工作中

1992年1月，闽清县公安局为了沟通全县的公安无线通讯网络，急需在海拔1000多米的白云山顶上，架设一部双工转讯台。但因资金缺乏，无力购买价值昂贵的现成设备，不得已向市公安局通讯处求援。李军主动“请战”，接受这一任务。他在仅有一部单工台的基础上，自己动手，大胆革新，设计改善出一台大功率的双工转讯台，并与同事陈庆文一起，二上白云山，将双工转讯台架设成功。在此期间，他放弃了春节与家人团聚的机会，也放弃了市公安局组织功模人物到杭州疗养的机会，翻山越岭，不辞辛劳地跑遍了闽清县辖区内的17个派出所，精心安装、调试通讯仪器，终于使双工转讯台得以覆盖全县，沟通了该县公安无线通讯网络。这一网络，在“7·7”抗洪抢险斗争中，发挥了重要作用，受到了当地干群的称赞。

在7年的警官生涯中，李军连年受嘉奖，多次被评为全省公安系统优秀值机员、市学雷锋积极分子、省新长征突击手……对此，他却说：“荣誉只说明过去。公安通信科技的高峰在远方，我还要努力攀登。”

1991年3月，作者与李军（后排左起第五人）在一起

原载：1992年8月13日《福建日报》

“三星”所长的魅力

——记洪山派出所所长张明星

在全国明星乡镇——福州市郊区洪山乡，有一个闻名遐迩的“明星”派出所——省级“达标”所洪山派出所。凑巧得很，这个所的所长名叫张明星。有缘于此，明星乡明星所的张明星所长，素有“三星”所长之誉。他貌不出众，语不惊人，除一副军人般结实、健壮的身板给人一种厚实感和力度感外，其余皆难以恭维。可就是这样一个明星，靠着一股坚忍不拔、脚踏实地的奉献精神，在洪山乡这片人杰地灵、群莺竞飞的土地上，踔厉风发，施展了一番抱负。张明星浑身闪烁着一种迷人的人格魅力……

一

洪山乡地处城郊结合部，社会治安一度比较混乱。担任所领导之初，张明星那双犀利睿智的瞳仁，宛若摄像机的镜头，将被害人的哭诉、报案人的惊恐、居民群众的惶惑不安，一一尽收眼底。接着，张明星风雷鼓板、翠羽明珰，拿出足够的胆略和胆识，实实在在地烧了“三把火”——

军警民联防队伍成立，清除了许多治安死角，发案率逐年下降，辖区居民普遍有了安全感。

治保会、联防队、护村队等 10 支群众性治安自治组织建立健全，发挥作用率达 100%，使派出所如虎添翼。

基层基础工作扎实高效，案件的侦破、查处能力显著提高，廉政爱民活动红红火火，派出所成为保一方平安的坚强战斗实体。

张明星挺羡慕那些谈锋犀利、口若悬河的同行，但同行们更敬重他以身作则、率先垂范的工作作风，抓队伍建设他靠的就是这种影响力和感召力。上班，他从来都是第一个到位；发案，他风雨无阻总亲临现场指挥；加班，他次数最多，时间最长；孩子生病、祖母病危，他没请过半天假……民警们不无感慨：“所长为公安工作这么玩命，我们不好好干，还说得过去吗？！”

沉甸甸的使命，如一个神奇的雕塑大师，把张明星雕琢得沉稳、凝重、深沉。不到作报告的时候，人们很难看出张明星有丁点的为官之相。行伍出身的他，几十年了，还是一副土大兵的模样，时常穿着那套质地粗糙、式样陈旧的军便服。张明星不嗜烟酒，不好吃喝，不谙寻欢作乐之道，数十年粗茶淡饭，乐于清贫，但却有慈母般情怀，慈父般胸襟。听说哪里闹了水灾地震，他次次慷慨解囊；被拐卖的妇女儿童解救出后，他拿出妻子儿女的衣物相送；数九寒天，被关押审查的人犯难免受一些冻馁之苦，他主动让出自己的棉被给人犯披上，宁可自己挨冻。

张明星爱思考，好琢磨。稍微空闲时，他在办公室里能干坐几个小时，捧着个大号瓷杯，眉心正中留着深深的“川”字。这时候，他的脑子里便有作家的灵感、哲人的睿智、学者的妙想，随后便冒出思想火花。斗池新村一度治安状况相当混乱，仅自行车在短短时间里就被盗 92 辆，居民群众颇有怨言。张明星一番实地调研，发觉这里的内部治安管理机制尚未建立，防范力薄弱乃问题的关键。马上便与段警卓光敏一起先后走访居民以及新村有关单位 171 人次，不厌其烦地磨嘴皮，经过苦口婆心的宣传发动，治安保卫委员会等管理机构终于成立并开始运转，由 15 名治安工作积极分子组成的联防巡逻队，也开始了 24 小时全天候的武装巡逻，这一招震慑了犯罪分子，打击了他们的嚣张气焰，1991 年全年这个新村仅发生失窃自行车案件 3 起，治安状况明显改观。

张明星的脑子，一天 24 小时均处于高速运转状态。什么业务建设、队伍管理、基础工作等，事无巨细，都在张明星脑子里装着。他为此绞尽脑汁，在经历了一次又一次的感性认识之后，获得更深、更高层次的丰收。1990 年年底，洪山派出所被省公安厅授予首批省级“达标”派出所后，张明星就一天也没有平静过。他不满足现状，对工作提出了更高的要求：“达标之后，我们怎么办？”张明星冥思苦想，将所里各项业务逐一在脑子里梳理了一遍，查找出派出所和自身存在的薄弱环节。于是，在全所民警会议上，张明星带头向全所民警公开“亮丑”，提出了“超达标”的奋斗目标。在那些日子里，民警们发现，张明星一脸憔悴，双眼常常布满血丝。大家明白：劝张明星多保重身体，显然白费口舌；对所长最好的报答、最大的安慰，就是把工作干得漂亮、更漂亮些。

二

身为一所之长，张明星鲜有假日。他每天工作时间总不少于 12 个小时，常常以所为家。有人做过统计：1991 年一年，张明星共加班 1200 小时，等于一年多干近两个月。有一次，为侦破一起特大抢劫案，张明星已两个通宵没合眼了，第三天，发现了罪犯的踪迹后，他又执意带领民警上山围捕，几十里山路的跋涉，张明星精神抖擞，歹徒被抓获后，他却突然两眼发黑，一头栽倒在泥水里……戎马倥偬间，张明星就是以这样一种超人的体力和精力，带出了一个特别能战斗的队伍。

张明星还有一个“老铁”的雅号，此谓因他铁面无私，不徇私情而得名。为制止走后门，顶住说情风，张明星不知得罪了多少人，其中有他的老上级、老同事、老朋友，还有亲属家眷。一次，本所民警察查获一起赌博案，赌徒中有他的外甥，知情群众料想张明星必定会网开一面。外甥求他放人一马，亲戚来所请求他高抬贵手，个别民警也提醒他不必太认真了。可张明星决心已定，嘱咐办案人员不许降格处理。第二天，案件处理情况公布了，人们大吃一惊：作为一般参赌人员的外甥，被科以罚款不算，还附带治安拘留 15 天。一件、十件、百件，件件秉公而断，事事执法如山，张明星作为一个共产党人，光明磊落、坦荡无私的胸怀如日月昭天。辖区居民群众和民警无不称赞：“张明星所长真不愧是焦裕禄式的公安干部！”

近年来，洪山派出所在张明星的带领下，除连续两年保持“达标”所荣誉称号外，还多次被市、区、乡授予“双文明单位”，并获得了市委、市政府颁发的文明服务“勇士杯”，多次荣立集体三等功。有 4 名民警荣立个人三等功，一名民警被授予“全省优秀户口民警”荣誉称号。张明星本人也多次被评为“优秀共产党员”，荣立个人三等功。1992 年年初，洪山所又被市委评为“社教工作先进单位”。4 月 22 日，中央“社教”联络组前往洪山所视察时，对这个所在“社教”工作中取得成就给予了高度评价，称赞他们是“廉政爱民模范所”“创达标规范所”“文明服务明星所”。

以巨人的步伐走向富裕的洪山人，日子红火，生活安定。小伙子西装革履，姑娘们仪态万方；老人院、居民楼、游艺场，到处都飘荡着温馨、祥和、安宁的幸福歌声。可杜鹃啼血般效力公安事业二十三载、执着地为明星乡保驾护航的张明星，年届半百，本来正是为官之人发福的年龄，却依然还是那副清瘦结实的身板，那张饱经风霜、历尽坎坷的脸上，写满了岁月的艰辛磨难，浑然一个地地道道、土气未脱的洪山“土著”。

这便是魅力无穷的张明星，这便是大地般纯朴、松柏般坚贞、长城般刚强的“三星”所长——张明星。

原载：1992 年第 9 期《福建公安》杂志

战马的“风骨”

——记三等功臣、东街派出所所长黄荣魁

黄荣魁——公安战线上的一匹忠心赤胆、铁骨铮铮、永远向前冲锋的战马：你24年如一日，任劳任怨，无畏无悔，奋力冲刺……

那年初夏，正值“严打”斗争进入高潮之际，一场可怕的疾病笼罩了你，先是左耳阵痛出血，再后腮帮浮肿，嘴角歪斜。可你却一直没往心里去，总是在路旁的药店随便买盒药，应付了事。同志们见你吞咽困难，吃一餐饭，往往要吃上一个多小时，就再三劝你休息，可你见所里任务繁重，硬是不愿离开自己的岗位。当你欣慰地看到你所在的集体扛回了那块金灿灿的“集体三等功”的光荣匾时，疾病却给你留下了无法消除的后遗症，原本英俊的脸庞永远留给了记忆。可你坦然大度，哈哈一笑说：“早已过了谈恋爱的年纪，老婆不会计较的。”

从一般民警到派出所所长，从血气方刚的青年到沉稳干练的壮年，24年的警营生涯，只有一颗忠心任物换星移而永不变色。你曾冲入烈焰滚滚的火海，奋力抢救被火魔吞噬的居民；你曾不顾有被挤倒、踩伤的危险，冲入人山人海之中，疏散、解救被围困的群众。就是在狭小的户籍室里，你都没忘记让群众时刻感受到春天般的温暖。你大胆改革，率先使用坐式户口申报台，[①]让前来办理户口的群众有个座，喝上茶。1992年初夏，辖区省立医院连续发生摩托车被盗案件。你忧心如焚，寝食不安，迅速组织“反盗窃摩托车专案组”，精心组织警力，巧妙设伏。8月8日晚，两个盗车犯进入伏击网，很快被擒获。你亲自组织审讯，三天三夜过去了，你从歹徒的言谈举止中，判定罪犯绝非初犯。在扩大战果、与歹徒斗智斗勇的那些日子里，你面容憔悴，咽喉肿痛得说话都十分困难，但你却越战越勇，仿佛有使不完的力量。在全所民警的共同努力下，一

① 将几十年一贯制的户籍窗口高柜台，改成现在的低柜台，柜台前排着一溜整齐的座椅，来所办事的群众坐着而不必站着等了。这是东街派出所的首创，也全国公安机关有文字记载的第一例。原福建省委常委、省公安厅厅长黄松禄对此赞赏有加：“这是和群众平起平坐，平等对待。”

个以黄某鸿、陈某为首的盗、销一条龙特大盗窃摩托车团伙被一网打尽，破获摩托车被盗案件16起，追回赃车9部。

正如你自己书写并贴在派出所门口的那副对联一样：当公仆，时刻关心人民群众冷暖安危；从严治警，永远记住廉政勤政忠于职守。群众的安危冷暖，队伍的廉政勤政，是你日之所思，夜之所梦。1992年年初，你为开门整改，接受群众监督，在全所会议上大胆提议，向居民群众寄发征求意见书，广泛征求群众意见，欢迎揭短批评。四千多份意见书寄出了，但出人意料的是，意见书换回的竟是两千多封言辞恳切、感情真挚的表扬信。

辖区群众对这个所的工作给予了中肯而又高度的评价。看着那一封封热情洋溢的表扬信，从不喜形于色的你被深深感动了。人民群众的鼓励、信赖，被你视为事业最大的动力。果然，在这一个夏季里，你和你的战友们主动进攻、多路出击，一仗接一仗，取得了抓获违法犯罪分子121人、摧毁犯罪团伙5个、破获刑事案件156起的辉煌战果。

24年，你在公安事业的漫长征程上，执着地工作。战马奋蹄、旌旗所向之处，一路捷报频传：全所除保持24年无民警违法违纪外，近年来，还两次荣立集体三等功。省公安厅、市政府授予全所“全省公安系统廉政爱民优秀基层单位”“省级达标所”“双文明先进单位”等荣誉称号。你个人也荣获“最佳政务工作者”、三等功臣等多项表彰。

如今，你提任新职，前方，是更广阔的事业天地。你又将不断扬鞭催马……

原载：1992年11月14日《福州晚报》

丰碑在榕城

——记优秀警犬驯导员黄和平和他的功勋犬“吉克”

黄和平和他的功勋犬“吉克”

功勋犬“吉克”——这只华东地区优秀警犬驯导员、福建省“五一”劳动奖章获得者、三等功臣黄和平的忠实伙伴，永远离开了大家。

1993年3月25日。

这一天，新上任的刑警大队①副政委曾光耀将到警犬训练基地检查警犬训练工作。早晨7时40分，黄和平早早赶到犬舍，唤出警犬“吉克”，按上级即将举行的“国际标准”训练要求，对“吉克”进行预练。随着黄和平不断下达的一串指令，警犬“吉克”跳越“大板墙”，跨过“天桥”，飞跃“鱼鳞板”，衔物，扑咬……一连串基础训练科目完成得干净利落。“好样的，‘吉克’！”黄和平不由得夸奖道。随后又进行了“随行”科目训练，虽然这一科目对“吉克”是头一遭，但它天资聪慧，很快适应了，蹦跳腾挪，前进停止，一招一式，练得有板有眼。

谁能料到，这竟是“吉克”的最后一堂训练课。

训练归来，黄和平将“吉克”带入犬舍，奖励、鼓励并爱抚地为它梳理犬毛。这时，恰巧有一名工作人员走过犬舍，“吉克”警觉地吠叫起来，仅仅几秒钟后，“吉克”突然用脖颈求助似的蹭着黄和平的大腿，低低地凄惨呻吟了几声，用那恋恋不舍的目光深情地望了黄和平一眼，瞬间，那长达1.80米的巨大身躯便猝然倒地！

此刻，是上午8时10分。

“吉克，吉克！你怎么啦？你要挺住啊！”黄和平紧紧将它抱在怀里，急切

① 刑警大队，现刑侦支队的前身。

地呼喊着兽医的名字。兽医和同事们匆匆赶来，发现“吉克”的心脏已停止了跳动。

强心针，无效！

人工呼吸，无效！

黄和平，这位曾因公负伤，医生在未打麻药的情况下为他进行缝合手术，未喊过一声疼的硬汉子，此时此刻，却嚎啕痛哭，肝肠欲断，撕心裂肺的哭喊声在警犬基地久久回荡。

8岁的“吉克”1986年投入使用，5年来，它跟随黄和平风里雨里驰骋在刑侦第一线，先后出现场100余次，其中直接破案18起，间接破案80余起，为打击严重刑事犯罪立下了赫赫战功。在1992年的“全国警犬工作效益年”竞赛破案活动中，勇夺全省全能第一名的好成绩，同年，被公安部南京警犬研究所、省公安厅授予“功勋犬”荣誉称号。

整整两天，黄和平精神恍惚，黯然神伤，茶饭不思，粒米未进……

如果说，枪是军人的第二生命，那么，警犬就是驯导员的第二生命，而且是有着感情维系的第二生命。枪毕竟是钢铁家什，而警犬，却是有血肉、有感情的人类的忠实伴侣。黄和平爱犬胜似爱妻爱子。有一次，“吉克”患上了“细小病毒病”，[①]黄和平卷起铺盖住进犬舍，一住就是一个月。还有一次，“吉克”在训练中不慎被玻璃划破后腿，血流不止，黄和平自己掏钱买来西洋参，为“吉克”熬汤滋补身体。不论逢年过节或是星期天，黄和平总是亲自跑到训练基地为“吉克”喂食，从不让别人代劳。

往事历历在目，黄和平禁不住泪水涟涟……

1991年7月的一天，市区某单位发生一起恶性强奸杀人案。省、市公安机关的领导同志亲临现场督战，市区各交通要道也遍布重兵。当晚10时许，仍未发现案犯行踪。市公安局副局长张诗正[②]下令：“调警犬！”接到命令的黄和平率“吉克”和战友们火速奔赴现场，迅速投入战斗。从杀人第一现场开始追踪，“吉克”低头嗅认，很快跟上了嫌犯逃跑的路线，追至一片灌木丛后，“吉克”突然出现明显兴奋反应，随着一声“袭”的口令，“吉克”腾空跃起，将平吊在屋檐下的嫌犯扑咬下来，一举抓获。在场的张诗正副局长和民警们纷纷称赞：“神犬！神犬！”

---

① 细小病毒病（CPV），是由犬细小病毒感染幼犬所引起的一种急性传染病。临床上有两种表现型，出血性肠炎型以剧烈的呕吐、出血性肠炎和白细胞显著减少为主要特征；心肌炎型则以突然死亡为特征。无论哪种类型的临床表现，均以发病率高、死亡率高和传染性强为特点。

② 见《献您一束白菊花》。

1991年8月的一天，烈日炎炎。中午时分，警犬队突然接到出征命令：一名持刀歹徒劫持一名妇女逃往郊区登云水库方向，出逃前，歹徒曾扬言要将人质杀害。案情紧急，黄和平和战友们拉上警犬立即前往追捕。警车行至山脚下，黄和平等人开始徒步追踪。因山路崎岖、山势陡峭，驯导员们登上山顶，已全身湿透，大汗淋漓。几头警犬均伸长舌头重重地喘着粗气。“吉克”随着黄和平下达的指令，继续循迹追踪。当它跳过几个陡坡后，突然出现兴奋反应，黄和平见状紧急发出强化指令，但见“吉克”如猛虎下山奋力扑到一片草丛中，将下身赤裸，正欲对被害人施暴的嫌犯捕获，人质安然无恙。

一天凌晨，黄和平率“吉克”执行夜间巡逻任务，在铜盘路段，发现了3名正欲抢劫的嫌犯。歹徒见警犬追来，狡猾地分路逃跑。“吉克”抖擞神威，追上去，扑倒第一个后，又返身扑倒第二个、第三个。几分钟时间，就将三名歹徒一一擒获……

黄和平待“吉克”如好兄弟、好战友。“吉克”也善解人意，与主人通力合作，在战斗中总是冲锋陷阵，一往无前；训练中刻苦认真，从不偷懒，不幸病故的几分钟前，还出色地完成了一连串训练科目……

残酷的现实，使黄和平难以接受。

据兽医解剖检验，“吉克”患肝硬化病，肺呈煤渣状，心脏肿大，肾有多处肿块，系心力衰竭、脑缺氧而死。

好兵“轻伤不下火线”，好犬“吉克”重病缠身，却依然奋战在执勤、训练场上！

告别“吉克”这一天，黄和平以泪洗面，静静地抱着“吉克”的遗体……

功勋犬"吉克"之墓

一抔黄土，埋下了功勋犬“吉克”那曾经叱咤风云、令犯罪分子闻风丧胆的高大的身躯，墓碑上写着“功勋（犬）吉克之墓、战友黄和平敬挽”。

黄和平和战友们含泪肃立，举手向战友“吉克”庄严地敬以军礼。

1991 年夏，作者（前排左二）与黄和平（后排左六）等同志在警犬基地合影

原载：1993 年第 3 期《生活创造》杂志
1993 年第 5 期《警犬》杂志

寂寞人生也风流

——记福州市公安局通讯处民警王誓超

同样作为警察，王誓超所从事的这份公安通讯的活儿，就显得寂寞无比。长年累月跟那些没有生命的电子元件、集成电路、焊点、管线打交道，枯燥、单调不说，热血一腔的小伙子，还得像大姑娘摆弄绣花针似的细心侍弄它们，啥时候也别想轰轰烈烈、灿烂辉煌上一回。

王誓超羡慕刑侦战线上的格斗厮杀，也敬重审讯室里的斗智斗勇。不过，自打从中国人民警官大学科技系毕业分配到福州市公安局通讯处工作的那一刻起，这个在大学里便成为共产党员的英俊小伙，似乎就已意识到应该怎样奉献和牺牲，才能把公安通讯事业——这个被人们誉为“千里眼”“顺风耳”的人生旋律，奏得高亢响亮。

1992 年 5 月开通使用的福州市公安局指挥中心

1991 年 8 月，福州市公安局为了适应社会治安形势的需要，更好地发挥公安机关的职能作用，决定兴建以现代化通讯技术、计算机技术为依托，高度集中、统一指挥、高效灵敏的现代化指挥中心。王誓超领受了建设指挥中心电视监控系统、宽屏幕投影和综合调度台的技术任务。庞大的指挥中心建设工程，质量要求高、工期时间短，这一切对于一个只有 4 年警龄的年轻人来说，是一副多么沉重的担子啊。在那一段时间里，细心的人们注意到，除了上班时间外，几乎每一天中午、晚上，在指挥中心的办公室都能看到小王的身影。电视墙的第一稿方案被否定了，小王毫不气馁，精心修改、重新设计、几易其稿，终于拿出了得到专家肯定的方案。在攻克省内尚无成功先例的 3400 小型计算机终端图像调至 ECP——4100 大型投影仪这一技术难关时，小王再一次发挥了他的聪明才智。小王在副科长刘宁的密切配合下，反复设计、调试。每次操作，仅每路信号经投影仪投至 100 英寸大屏幕上，都要经过 48 个步骤的光学聚焦和 384 个交叉线的图像分段电子聚焦调整。经锲而不舍的顽强技术攻关，终于获得成功，受到了有关专家和公安部的好评。

长达 9 个月的技术攻坚仗的关键时期，正是小王与相爱多年的未婚妻谈婚论嫁的阶段，小王为此几次推迟婚期。1992 年 1 至 4 月，也即指挥中心的最后安装调试阶段，他就牺牲了 10 多个星期天，70 多个午、晚休时间，并加班布设专用电缆 89 根，总长达 2.2 公里，焊接各类转接头 100 多个。小伙子耐得住这份寂寞，未婚妻却看着心疼，见体格健壮、身材魁梧的棒小伙，短短 4 个月就瘦了 7 斤，两次病倒在机房里，难过得悄悄抹眼泪。

1992 年 5 月 1 日，指挥中心按计划竣工开通使用。省公安厅黄松禄厅长在参观后评价说：福州市局指挥中心的设备技术功能是先进的，布局是合理的，是目前全省第一流的。公安部对此也给予了高度评价。

在纷至沓来的参观者的赞誉声中，甘于寂寞的王誓超，腼腆得像个大姑娘。

原载：1993 年 2 月 1 日《福建日报》
1993 年 4 月 1 日《人民公安报》

好汉闯黑道

——记鼓楼公安分局刑警队民警徐芳毅

徐芳毅

失敬——还真没看出眼前这位汉子，竟是威名远扬、功盖一方，绰号“拼命三郎”的福州市公安局鼓楼分局刑警队[①]侦查员徐芳毅。

着一身新潮且花哨的便装，看似蔫不拉叽的性格，嘴皮儿“吧唧吧唧”地能侃会逗，豪爽、洒脱，阔老板派头十足——笔者见到侦查员徐芳毅的时候，刑警队里正弥漫着临战前的紧张气氛。小伙子行色匆匆，腋下手枪套里的“六四式”已顶上了火，外衣里面罩上了一件坚硬的防弹背心，手铐别在最顺手的地方，说是准备外出执行一项代号叫“神风”的紧急行动。一番乔装打扮后，小伙子已经是一副可以任意周旋于三教九流之间的行头，真实身份倒扑朔迷离了。

显然，我来的不是时候。

一

说不清这类事儿究竟有多少回了。反正，徐芳毅总能根据猎物的不同身份、不同情况，不断进行角色变换。天赋的表演才华让他将各色人物都装扮得活灵活现、惟妙惟肖：一会儿是派头十足的大老板，一会儿是土气未脱的工程队包工头，一会儿又成了市井倒爷、无赖，扮什么还真像什么。这些年虎穴龙潭闯黑道，小伙子还不曾失过手呢。

徐芳毅担负着刑事侦查最具风险的那部分工作，这活儿被诗人们壮怀地誉为“距鲜花最近，离死神最近”，而战友们则称之为“在刀刃上舔血”。凭借着

① 鼓楼分局刑侦大队的前身。

一身超人的胆略和深厚的武术功底，小伙子在打击严重刑事犯罪活动的第一线，赴汤蹈火、冲锋陷阵，师出自然门的一副好拳脚，踢打腾挪、擒拿劈砍，打得虎虎生威。有一回，小伙子单刀赴会，装扮成一个乡下赌徒的模样，只身闯入一犯罪团伙内部，面对 7 名歹徒的刀枪棍棒，小伙子一声虎吼，平素藏而不露的贴身靠打绝活儿施展得痛快淋漓，左一个“插掌”，右一个“窝心拳”，跟着飞起一连串“鸳鸯腿”，片刻工夫，就把众歹徒打得七零八落。望着横七竖八躺倒于地“哎哟、哎哟”龇牙咧嘴呻吟告饶的歹徒们，小伙子拍拍手上的尘土，轻蔑地一笑。就这么虎口夺食，一把将主犯李某拎回了刑警队……

二

我好奇，斗胆伸手摸了摸除芳毅那一身见棱见角的发达肌肉，看看那双铁榔头似的大手，较较手劲儿。眼前这位壮实、英俊的汉子，着实让我自惭形秽。

徐芳毅在电影《木棉袈裟》中扮演的二号人物“二师兄慧慈”

徐芳毅 10 岁习武，被武林泰斗、自然门传人万籁声[①]收为门徒，14 岁入选福建省体工队武术队。武术生涯，练就了他一身高强的武艺，十八般兵器样样精通，尤其擅长短打、擒拿。1988 年 10 月跨入警营后，更是如鱼得水，有了用

① 万籁声（1903 年 2 月—1992 年 8 月），当代武林泰斗，南北大侠杜心五先生的掌门大弟子，自然门武学第三代掌门人，是一代爱国武术家、武术教育家。他 1903 年出生于湖北，1926 年毕业于国立北京农业大学（今中国农业大学），1942 年入闽，1945 年定居福州。他先后授徒 3000 名，培养出众多全国冠军和武林高手。

武之地。最让人称道的是，小伙子这些年出生入死闯黑道，竟奇迹般地未曾伤及一根毫毛。许多影视导演看好他那出神入化的武打绝活，先后聘请他出演影片《木棉袈裟》中的第二号人物“二师兄慧慈”、电视剧《卧虎雄杰》中的主要角色“宇泰拳师”及《欢乐英雄》《阴阳界》等影视片中的重要角色。银幕上的武术高手光彩照人，现实生活中的“拼命三郎”更是八面威风。至今，许多黑道上的人物，每每提起“徐芳毅”的大名，便魂飞魄散。

轶闻一：有一回，徐芳毅和战友们奉命缉捕重大抢劫犯郑某。郑某生性凶狠、胆大妄为、身上藏有砂枪。抓捕队伍进入现场后，30余人荷枪实弹，大兵压境。刚刚展开攻势，就见小伙子轻轻松松地押着郑某回到了集结地。问其缉拿过程，徐芳毅神秘地一笑，答曰：“这家伙撞到我的枪口上了！”事后得知，当抓捕队伍展开队形的那一刻，小伙子心细眼尖，一眼瞥见一个戴着摩托车头盔、手捂腮帮的人影，在昏黄的路灯下一闪而过。驻地许多百姓都往人堆里挤着看热闹，何以此人偏偏往外走？仅仅是一个闪念，小伙子向旁边的一位战友递了个眼色，悄无声息地靠近此人，紧接着一个“拉肘别臂”将郑犯摁倒在地，搜身、上铐，一气呵成，数秒之内，郑犯便稀里糊涂地落入了罗网。

轶闻二：在一次追捕行动中，徐芳毅一番拳脚干净利落地制伏了一个杀人犯。此犯一向骄横，拒不认罪伏法。小伙子得悉审讯未果，便踱进审讯室想看个究竟，烟卷儿挨个撒了一圈，不曾搭话，拣一座位坐下。此犯见来人正是抓自己的那个，可其面善，不像个爱动“狠”的，于是跷起二郎腿贪婪地吞云吐雾，故态复萌。这时就听有人说：“徐芳毅，你干了一个通宵，先回去休息吧！”话音刚落，此犯竟吃惊地瞪大了眼珠子，连声惊叫：“哎哟，你就是徐芳毅啊。我可是栽在你徐芳毅手上的，造化，造化！”嫌犯死要面子，竟为栽在徐芳毅手上而庆幸。在场主审的刑警队长抓住时机，适时进行政策攻心，果然立见神效，罪犯在一阵痛哭流涕之后，交代了自己在逃8年期间所犯下的累累罪行。

轶闻三：在一次设伏缉捕一个犯罪团伙的战斗中，小伙子打头阵，持微型冲锋枪拦下歹徒乘坐的车辆，一个箭步跳向车窗，将枪口对准了车内的一个歹徒。几乎与此同时，车内的另三个歹徒齐刷刷掏出了三支砂枪，黑洞洞的枪口对准了徐芳毅的胸膛，正待接火的一刹那，就听车内有人惊叫：“别开枪，别开枪！”说着，三支砂枪同时抛出了车外，三个歹徒高举双手，鱼贯般下了车，彬彬有礼地各自伸出双手，让徐芳毅和民警们给他们分别戴上手铐。身旁的几名民警正为徐芳毅捏着一把汗，见状均丈二和尚摸不着头脑。后来才知道，原来其中一个主犯曾与徐芳毅打过交道，认出了他，知道徐芳毅可是个“玩真格”的主儿，不愿将鸡蛋往石头上撞。

三

小伙子告诉我，结婚这些年，最大的收获便是学会了“行骗”，能变着法儿在老婆面前行使“骗术”，且翻来覆去都不带重样的。小伙子有一段自白：“毕竟有了家嘛，咱们大老爷们干事业可以豁出去啥都不管，可人家女孩子胆小心软，能不牵肠挂肚？都知道‘玩’这活儿有风险，老婆难免时常提心吊胆。‘军功章里有我的一半也有你的一半’那是歌里唱的，现实生活中人家未必要这个。所以嘛，一回、两回，时间长了就无师自通，学会了‘行骗’。有重大行动，就哄小孩、骗鬼子似地对付老婆。今天骗说在刑警队值班，明天又说在分局集中学习，强调‘安全’得很，老婆这才能安安稳稳地睡个囫囵觉。谁叫咱们是刑警呢？既然是刑警，再多的酸甜苦辣你都得深藏在心底，脸上每天还得是‘解放区的天是明朗的天’。”

笔者干过一段“准刑警”，深知“行骗”个中滋味。心中幽幽地就有了一种同病相怜的酸楚和共鸣。“行骗”是迫不得已的，起的是一种安慰效力，因为刑警的“月亮”们着实在精神上承受着别人所难以想象的重负。

面对着与刑警如影相随的死神的威胁，小伙子似乎还不曾有过“怕”的感觉。1992 年 9 月 10 日，徐芳毅和 5 名战友奉命前往福州银河酒家设伏，缉捕杀人抢劫在逃犯连某某。此次行动非同寻常——连犯系福州地区臭名昭著的犯罪团伙“盗窃公司”的骨干分子，在逃 8 年负案累累，1989 年 7 月，还用军用手榴弹在福州八中后门巷内制造了一起炸死炸伤 4 人的特大血案。该犯狡猾异常，具有相当的反侦查能力，已多次从公安机关的围捕中脱逃。为使行动更具隐蔽性，徐芳毅和战友们扮成“大食家”饕餮鬼的模样，点满了一桌酒菜，猜拳行令，吆五喝六，好不热闹。这一招果然奏效，与侦查员们仅一桌之隔的连犯丝毫未看出破绽。中午 12 时许，趁连犯酒酣耳热、忘乎所以之机，小伙子一马当先，左手持枪，用了一个自然门武功中的绝活——“狸猫上树”，扑向身高 1.83 米的连某某，一把揪住连犯头上的长发将其压入胯下夹紧。不料连犯垂死挣扎，从裤带内掏出一枚事先已揭去保险盖、拉出拉火环的军用手榴弹，企图引爆，在场的五名战友和周围群众的生命安全危在旦夕。在这千钧一发之际，徐芳毅却显得异常的沉着冷静，他使足丹田之气，扬手一记凌空重劈，将连犯手中的手榴弹猛力击落，迅速将他制伏。

四

徐芳毅在影视上扮演除暴安良、杀富济贫的好汉出了名；他当刑警，出生入死，匡扶正义，更显示了血性男儿的魅力。如今，有高薪聘请他到“三资”企业及一些大公司出任保安部部长或当保镖的；有慕名前来请教武艺的；也有不少姑娘芳心荡漾，向他表示爱慕之情……对此，幽默、开朗的徐芳毅就会顶顶认真地潇洒回“革命英雄主义气概”：“没劲，没意思！还是真刀真枪的过瘾。心里还真盼着‘玩’它一回惊天动地的呢。”

在向我讲述那些出生入死、神秘莫测的传奇经历的时候，徐芳毅总是面带微笑，神色坦然，完全像幼儿园老师向小朋友讲：“从前有座山，山里有个庙……”时那般从容和优雅，指间香烟上缭绕的青烟，随着他不断变换的手势，轻快、潇洒地升腾开去，渐渐飘散……

我看出来了，这小子根本没把那些传奇当回事。

《人民公安》杂志原稿配图

正说话间，徐芳毅手中的“大哥大”[1]“嘀、嘀、嘀”地一阵作响，小伙子“喂”了一声，对方告诉他：“海味已上齐，速来赴宴。”一听是赴宴，我顿时来了兴头，寻思着正好可以跟去“撮”它一顿，于是我嬉皮笑脸地把这层意思透露给他。

---

①“大哥大”：1973 年，由美国摩托罗拉公司工程师最早发明，是手提电话的俗称。20 世纪 80 年代末 90 年代初在国内流行，后改称手机。

徐芳毅却告诉我此次“赴宴”，无须动嘴，只要带上性命即可。说着说着，小伙子已披挂完毕，临行前回头冲我神秘一笑，贴近我的耳朵，用几分戏谑、几分调侃的口气告诉我：“徐家的种已种下了，再没有后顾之忧。即便这回出去就‘玩完’，二十年后，照样还有个姓徐的好刑警！”

那一刻，我不禁泪如泉涌。我体验到了一种从未有过的职业崇高感和神圣感，我真想冲着徐芳毅远去的背影大喊一声：“徐芳毅，我的好兄弟！”

原载：1993 年第 4 期《人民公安》杂志
1993 年第 5 期《福建公安》杂志

黄毅：学会执着

——记省优秀交通民警、福州市交警支队鼓楼大队一中队指导员黄毅

黄　毅

26岁的交通警察黄毅，站了8年马路，硬是在那一平方米多点的小小岗亭上，把自己给“操练”成了一座漂亮的城市“雕像”：连续四年的省、市优秀交通民警，1990年度市十佳交通民警、优秀校外辅导员、集体三等功荣立者……

我来寻访这座“雕像”的这天，气温高达38.5℃。榕城初秋的日头毒得仿佛正淌着浓汁，每一道阳光折射下来都有如火红的烙铁直刺肌肤。地面上，热浪如火山爆发后倾泻而下的又黏又稠的滚烫的岩浆，灼烤得人们直想立时跳进哪条大河里浸个透心凉。刚刚开始一两句客套话，我的前胸、后背已被热汗浸透，可以感到豆大的汗珠不断渗出，又不断沿腹部、脊梁滑落的那种饱受“煎熬”的奇妙的感觉。于是我想，怪不得市委领导每年盛夏酷暑期间慰问一线职工，其中总少不了交警这一行当。

这时候，黄毅站在岗亭上，我站在岗亭下，小伙子正好给了我一个“仰望”的高度。小伙子个子不算太高，身板健壮、结实，五官端正、清秀，皮肤白皙。随着口中不断发出的“快”“过”等急促、有力的口令，小伙子那双手侧平举、屈臂、高举、摆动……一招一式都显得那么干净、利落、潇洒。天太热，小伙子周身大汗淋漓，前胸后背的汗水已湿透警服，脸上的汗水从额头上不断滑落，下巴颏上挂着晶莹、闪亮的汗珠，面色因长时间高温劳作而格外红嫩……

小伙子丝毫也没有一点疲惫的迹象，仿佛尽可以如此一天、两天地“操练”下去。看着看着，我竟也“渐入佳境”，忘了太阳的灼烤，实实在在地惊叹于眼前这尊“雕像”的力与美了……

一

小伙子是 1985 年 11 月走出中学校门后跨入交警队伍的。至今已度过了 8 年的严寒酷暑、日晒雨淋时光。斗转星移，春去秋来，8 个年头，平凡、平淡中隐含着多少酸甜苦辣，不说马路上那些司空见惯的赤裸裸的金钱诱惑，单是那日复一日、年复一年的枯燥、乏味的抬手举臂，对每一个交通警察来说，实在算得上一场心灵与肉体的严峻考验。

经过 8 年磨砺，小伙子对此体会颇深："马路上一站，我就不是我了。我代表着整个榕城交警队伍的形象，代表着一座城市的形象。"年轻的小伙子，心头装着沉甸甸的交通卫士的使命。

1992 年 1 月，是小伙子与相爱多年的恋人王丽云喜结百年之好的日子。小伙子那天和新娘到照相馆拍结婚照时就商定，要利用婚假上黄山等地旅行度蜜月。这天上午，黄毅蹬上自己的那辆崭新的"凤凰"自行车，上火车站购买车票。小伙子春风得意，一身笔挺的西服在身，一脑瓜蜜月"新感觉"，恨不得立马就与新娘子携手踏上北上的列车，在西湖冷月、黄山日出里"潇洒走一回"。可那一个时期正巧是春运高峰期，车流、人流密匝匝挤满了马路。小伙子挤在自行车堆里，心急火燎地跟着人流慢悠悠地经五一路、五四路，往火车站方向骑行。小伙子一路骑过来，见几个交通路口都程度不同地发生了堵车现象。在一个路口等红灯时，小伙子等着、等着，突然就火了，车头一调，照原路返回家中，把漂亮的西服三下五除二整套脱了下来，穿上警服，武装带一扎，就回到了执勤岗位。

同岗亭的战友已"闹"了黄毅一顿喜酒喝，没少跟小伙子打趣，这时却见新郎官一身戎装风风火火地走上了交通岗亭，见小伙子给自己敬礼迅速还礼后，一脑子的狐疑就爬上了脸："黄毅，你不是蜜月旅游去了吗？"小伙子挺机灵，眼珠子滴溜溜一转就为自己找到了一个再合适不过的"借口"："人家都说这时候外出旅游不好，到处人挤人，听说，连旅社都不好找呢。"

人生最美好的一段日子，就这么"贡献"给了春运交通管理工作。小伙子自知自己挺"那个"，每天拖着疲惫的身子下班后回到家中，没少给嘟着小嘴芳容不快的妻子极尽"殷勤"之事，洗地板啦，抹桌子啦，洗菜啦，做饭啦，干得挺欢。"巴结"一会儿，"讨好"一阵儿，嘴巴子"吧唧吧唧"尽是动听的词儿，挺识情知趣，知冷知热的。女孩儿家心肠软，还真怕累着丈夫，也不经哄，撇着的嘴说着说着就“扑哧”一声换上了笑容，火气跟着就烟消云散了。

整整 8 年暑去寒来、风吹雨打的交通警察生涯，小伙子从那些貌似简单的指挥手势、抬手敬礼、纠正违章、扣车罚款等似乎永远都在重复的单调、乏味的“操练”中，悟出了使命的崇高。

二

交警是执法的，平素打交道最多的是老百姓，而且总是处在“你违章”“我纠正违章”这样一种“矛盾”的聚焦点上，这就不可避免地使交警处于一种两难境地。也难怪个别交警工作中态度不好，这年头满街的大姑娘、小伙子都无病呻吟，有玩“深沉”的，有要“潇洒”的，有赶“潮”追“星”的，有事没事就在前胸后背上写句“烦着呢，别理我！”谁还愿意大白天众目睽睽之下，让交警一二三、甲乙丙、ABC 地一通交通法规教育，而且常常还要罚款呢。

小伙子对此深有感触。有一次，有一位外地民工打扮的青年男子因骑自行车载人违章，被执勤交警拦了下来。这位交警当时忘了敬礼，语言又生硬，与民工在马路上顶撞了起来。黄毅见状，急忙上前先端端正正地给违章人来了个军礼，接着，诚恳地向违章人说明有关自行车在城市行驶的规则，也真灵，前一刻还脸红脖子粗与交警“顶牛”的这位民工，这会却像换了个人似的“斯文”起来，内疚地握着黄毅的手认了错，并说：“你堂堂警官，还给我们这些违章的乡下人敬礼。嘿嘿，真不好意思。”同样是交警，“纠正违章先敬礼”这一条执行不执行，效果截然相反。“‘为了您和他人的安全，请遵守交通规则。’这话人人都懂，可一落实到具体人头上，就完全是另一码事了。把违章人的违章行为当事，别把矛头对人，时刻牢记执法者与被执法者在人格上是完全平等的，才能取得良好效果。”在总结自己这几年文明执勤所积累的经验时，小伙子如是说。其实这正是人民警察严格执法和全心全意为人民服务的最佳结合点。

这年春天的一天傍晚，黄毅下岗后正准备回家，这时却见五四路口一个青年男子，摸摸索索、小心翼翼地从川流如梭的人流、车流中慢慢向岗亭中心走来，小伙子见状急忙一路小跑，跑到那人跟前，将此人搀扶到岗亭内安顿好。一打听，才知道这人是一位精神病患者，因想家，当日下午从一家精神病医院里偷跑出来，行至五四路时，却不料药性突然发作导致双目暂时失明，无奈中只好向路上的交通警察求援。问明情况，又问清了患者的家庭住址，小伙子二话没说，在路口雇了一部“的士”，将患者送回家。患者父母接到医院关于其子走失的通知后，正为儿子下落不明而焦急不安，此刻却见儿子由一位戴大盖帽的警察护送着安然归来，激动得一时不知如何是好。模样老实巴交、一脸本分忠厚的患者之父也没有太多的客套话，只管拉着小伙子的胳膊非留黄毅吃晚饭不可。小伙子原本并未觉得这种警察分内的小事有多么神圣，见患者父母满脸真诚，就发自内心地找到了回“雷锋”的感觉，匆匆丢下句：“不用客气，这是我应该做的。”心中美滋滋地一转身跑开了。不料这事却没完，第二天上午，患者父母揣着个不薄的红包来到五四岗亭。找到黄毅后，不容分说，便将红包往小伙子手中一个劲地塞。小伙子再三拒绝，最后无奈只得用一句挺“严肃”的话说：“你要我犯错误啊？！”将患者父母硬是给吓走了。

小伙子对我说：“其实咱们中国老百姓挺实在的，都知道‘滴水之恩当涌泉相报’这条古训。都说社会风气不好，人际关系恶化，但我相信那句歌词‘真情像梅花开过，冷冷尘世不能阻隔’，你说呢？”

说这话时，小伙子挺真诚，似乎不是他给老百姓做了好事，而是老百姓为他做了好事，感动了他。

三

小伙子并不否认队伍中存在着不正之风和腐败现象。有时听人议论说某某这几年“发”了，家中空调、摩托一应俱全，还盖起了房子；某某与社会人员合股办企业,最近用上了“大哥大”什么的。对队伍中这样极个别的“害群之马”，小伙子深恶痛绝。多行不义必自毙，“手莫伸，伸手必被捉”小伙子心里这么想。“堂堂正正做人，清清白白从警”是他的座右铭。仅近几年来，小伙子就先后拒贿 180 余次，金额达万余元。原则问题上，黄毅心明如镜。任你托人送来红包也罢，任你在接受处罚时悄悄塞来一叠现钞也好，任你七拐八弯地不知通过什么途径嬉皮笑脸摸进了家门也罢，小伙子态度坚决，毫不客气，用的是一套冷冰冰的有板有眼的“严词”：“我是人民警察，请你好自为之。”

小伙子在闪烁的红绿灯下，在五彩斑斓、流光溢彩、纷纭复杂的十字路口，学会了一个人民警察应有的执着。

1992 年 10 月 21 日，是黄毅与妻子筑起爱巢十个月后爱情的结晶即将诞生的日子，据妇产科医生预测，小王将在当晚临产。“由于胎儿体内缺氧，分娩时有一定风险，不顺利的话，甚至将危及产妇和小生命的安全。”医生在对产妇进行了一番全面检查后，忧心忡忡地告诫黄毅和在场的他的家人们。“你们要和我们好好配合，让产妇保持一个良好的精神状态，争取母婴平安。”可不巧的是，当时，华东六省一市的一个重要会议正在福州举行，以警容严整、端正，指挥手势规范、标准饮誉全支队的黄毅，那些天正担负着一项重要的交通警卫指挥任务，实在脱不开身。当黄毅细心地慢慢将妻子搀扶进产房，留给爱妻一个鼓励、信任的微笑后，小伙子咬了咬牙，把当日还有一场执勤任务的事儿告诉母亲："妈，晚上我还得去执勤。"此言一出，家人们都吃惊地瞪大了眼珠子："这都什么时候了，还值什么勤啊？！""是啊，还要不要老婆孩子啦？""就是，福州这么多交警，少你一个交通就管不过来啦？！"在家人的一片"声讨"声中，小伙子急了："妈，丽云就拜托你们照顾了，岗位上实在离不开我啊！"一向通情达理支持儿子工作的黄母这回却也眼圈红红的，几乎乞求了："毅啊，我们知道你工作忙，就请今晚一晚上的假，等丽云平安度过今晚后，你该怎么忙就怎么忙去，啊？！"小伙子也动了情，心头酸甜苦辣啥滋味都有："岗位上现在丁是丁、卯是卯，缺我就误事啦！"说完，黄毅执拗地扭过头去，一步不回地走出了医院……

一直忙碌到当晚 10 时许，小伙子这才拖着疲惫的身子匆匆赶到医院。看见母亲和妹妹脸上喜滋滋的，正守在妻子身边。妹妹脸上挂着笑容，调侃黄毅道："祝你'高升'啊。"原来，一小时前，在医生的精心手术下，小生命已平安地降临了人世，母子平安。身旁的护士见产妇分娩的前后几小时王丽云身边都没有一个男人，这时却猛然冒出个穿白警服[①]的，说道："产妇分娩时痛苦极了，嘴里一直喊着'黄毅、黄毅'，就是你吧？"说者无意，听者有心，护士一席话，深深触动了黄毅心中那根负疚的弦，小伙子心头一阵酸楚，只因一身戎装在身，急忙扭转身子避开众人眼目，紧咬着牙关没让泪水流下来……

第二天，第三天……黄毅依然没请假，继续奋战在自己的岗位上，直到几天后会议结束，小伙子圆满完成了所担负的交通指挥任务，这才请了陪产假，回家照料妻子。这天下班后，小伙子心怀忐忑地往家赶，心想已经出院回家"坐月子"的爱妻这回不知会怎么"训"自己呢？一路上自己给自己设计了不下几十条"对策"，琢磨着自己怎么也得让妻子痛痛快快地打一顿、骂一顿"解恨"了。回到家后，黄毅怯怯地在妻子床边坐下来。小伙子原本就挺实在，现在心中七上八下地回避着爱妻的目光，等着挨"训"呢，一路上想好的一大堆词儿就全没了踪影，口中讷讷地说："丽云，对不起。我……"小伙子一脸愧疚之色，似乎在虔诚地乞求妻子尽可以选择任何一种方式"惩罚"自己，却不料妻子婉转一声窃笑，用一只纤纤玉指戳着黄毅脑门，忍俊不禁地说："看你——两口子还要作'检查'啊？！我这不是好好的吗？"小伙子抬起头，望着妻子那双充满

① 八九式警服，交通警察的上衣颜色为白色。

理解和体谅的目光，脑子里刹那间出现了一片幻觉：妻子破了羊水马上就要分娩，她疼痛难支，在产床上剧烈地扭动着身子，抽搐着、滚动着，嘴里不停地叫喊着“黄毅！黄毅！”鲜红的血迹染红了雪白的产床，妻子大汗淋漓，声嘶力竭却又憔悴无力地努力挣扎着，向远方的丈夫虚弱无助地频频招手……小伙子长久地注视着妻子那双饱含深情的善良的眼睛，看着看着，突然就控制不住自己的感情，猛地紧紧拥抱着消瘦孱弱的妻子，任豆大的泪珠在脸庞上尽情地流淌、流淌……

“‘每一个成功的男人后面，都站着一个伟大的女性。’我是从那时候起，才真正品味出这句话的意义来的。”说这番话时，黄毅眼中晶莹闪亮，泪花闪闪。“从那天起，一听到董文华的那首《十五的月亮》中的那句‘军功章啊有我的一半也有你的一半’，我就很难控制自己的感情，怎么听，都是一种如泣如诉的感觉。”在那一刻，我们相对无言。喧闹、欢腾的人流、车流从黄毅和我的身边不停地、井然有序地涌过来又涌过去。

使命，人民警察的使命，让我们不得不远离温柔，不得不远离儿女情长，不得不远离妻子的笑靥和乳儿的啼音，于是，才有了这样一种唯独属于警察的浪漫的情与爱，才有了这样一种执着，才有了这样一种执着的崇高和辉煌……

原载：1994 年第 1 期《人民公安》杂志
1994 年第 1 期《福建公安》杂志

锐眼探疑案

——记福州市公安局刑警支队副支队长、全国特级优秀人民警察陈永康

陈永康

陈永康——这位战功卓著、威名赫赫的刑警队长，与我们在影视、文学作品中常见的那类孔武有力、英俊倜傥的刑警形象相去甚远：瘦且高的个子，黑黑的脸，也许是常年天南地北忙案子的缘故吧，面容中多有疲惫之色。外表看，完全属于街头巷尾过目即忘的那类普通人中的一员。

厉害的，是他的那双眼睛。

这是一双独具魅力的眼睛——精深睿智、深邃博大。这眼，有鹰的犀利、猫的机敏、虎的威猛，它是真正属于一个优秀刑警的。

靠这双锐眼，原福州市公安局刑警大队三队队长、现任副支队长的陈永康，让一个又一个凶残、狡猾的刑事犯罪分子闻风丧胆，败倒在他的脚下……

一

现年(1994年)37岁的陈永康，干刑警一晃已有12个春秋了。在刀光剑影中，他的斗争艺术日臻精湛，他的意志得以磨炼，因而造就了那双锐眼。

1990年3月，福厦路福清路段。

大雨滂沱中，陈永康和他的战友们奉命在这里设卡缉捕一个重大犯罪团伙。雨幕中，一辆面包车由远而近。

陈永康双眼一亮："来了！"随即手握一支微型冲锋枪一马当先，果断跃上道路中央，高声喝令歹徒停车。不料歹徒不听劝阻，强行闯关。陈永康寸土不让。"砰"的一声，他被高速行驶的汽车撞出了路面。说时迟那时快，但见陈永康一个"鲤鱼打挺"飞身跃起，紧追几步，紧紧抓住了汽车车帮，持枪紧逼车内歹徒，

再次喝令歹徒停车。歹徒被车窗外那对怒目逼得心惊肉跳，急忙刹车。陈永康大手一挥，众刑警一拥而上，将车内歹徒一一制伏擒获。回到大队后，陈永康这才感觉身体不支，呼吸困难，缓缓在椅子上瘫坐下来。身旁的战友们见势不妙，急忙将陈永康送入医院抢救，经医院检查，确诊为轻度脑震荡，肋骨断了两根。听了战友们的议论，值班医生摇头惊叹：“真是条硬汉子，怕是只有你们这些干刑警的，才肯这么玩命！”

作为养路工人的后代，陈永康秉承了先辈脚踏实地、埋头苦干、忠诚执着的优秀品格。1982 年步入警界后，他以吃苦耐劳、默默奉献的一贯作风，受到了领导和同志们的赞誉。1984 年，陈永康考入福建省公安专科学校刑侦系大专进修班深造，为日后的辉煌奠定了坚实的理论基础。

在校期间就曾在公安刊物上发表过刑侦学术论文的陈永康坦诚直言，早些年羽翼未丰、凭一股青春热血冲冲打打的他，就吃过缺乏理论的亏，也有过在案件的迷宫中反复煎熬的苦恼和茫然。

正是在与形形色色阴险、狡诈、凶恶的犯罪分子的较量中，陈永康意识到，当刑警不仅需要斗志与胆魄，更需要超人的智慧——要有一双明察秋毫、去伪存真的锐眼，以及准确的判断力、敏捷的反应力和高屋建瓴的综合分析能力；在侦破任何一起刑事案件的过程中，都要充分调动眼、耳、鼻、舌、身等各路“通感”，才能在严峻的对敌斗争中始终立于不败之地。

二

靠着一双锐眼，陈永康在自己的“探案史”上，留下了一篇篇让人拍案叫绝的佳作……

1989 年 4 月 12 日，在福州市台江区鳌峰洲外闽江上，发现了一具无头无四肢的男尸躯干。经一段时间的缜密侦查，专案组发现上海新村居民苏某有重大作案嫌疑，由于罪犯作案手段“高明”，现场未留痕迹，重大嫌疑人苏某抓了放，放了抓，几番较量，仍迟迟无法突破。僵局中，陈永康皱紧了眉头，一番深思熟虑后，决定深入虎穴，与苏某再面对面较量一场。

这天下午，陈永康着一身整洁、体面的便装，驾车来到上海新村苏某住处“造访”。他敲门后，房门开启了，陈永康微微一笑，彬彬有礼，含而不露地来了个“先声夺人”：“我是刑警大队的，可以到你家坐坐吗？”苏某微微一愣，他已与警方多次交手，对警灯闪烁、警车轰鸣、刑警荷枪实弹撞门入室，高声呵斥这一套烂熟于心，也早有心理防备。但在那一刻，苏某却未料到眼前这位登门的刑警，竟是如此斯文、随和。就在那一愣中，他的目光闪过一丝疑虑和惊慌。陈永康那双锐眼却敏锐地从这一瞬间中，准确地把握住了苏某内心深处的隐秘。在此后的询问中，陈永康又注意到对方一直将右手插在裤兜里不肯示人——这是一个很容易被忽略的细节。从不吸烟的陈永康灵机一动，假意抽烟，向苏某借火。就在他抽出右手为陈永康点烟时，陈永康发现了对方右手虎口上有两排新鲜的血泡——这是苏某杀人剁尸时留下的伤痕；同时发现苏某床上的一床金龙露丝棉被的塑料包装袋下落不明，而包装尸体的塑料袋与苏某自称“遗失”的塑料袋恰巧是同一个牌子……抓住这几条疑点，苏某的罪恶面目也就昭然若揭了。果然，在后来的审讯中，苏某虽对陈永康提出的疑点百般狡辩，但终究还是无法自圆其说，最终不得不低头认罪。

1993 年 12 月 30 日深夜，福州市鼓楼区王庄新村南湖一个体食杂店内，发生一起罪犯用铁锤砸死店主、劫走部分现金和财物的恶性杀人抢劫案。

陈永康率领的专案三队奉命受理此案。陈永康和他的战友们在案件现场一干就是 8 个昼夜。新年礼炮声声，家家户户都洋溢着喜庆气氛，但专案组的民警们却个个愁眉不展。经侦查认定，此案系流窜犯所为。流窜作案随意性极大，与被害人往往无冤无仇，仅从因果关系入手开展侦查，侦破工作很可能就此步入死胡同。陈永康眯缝着那双大眼，陷入了沉思：正面强攻不行，能不能迂回包抄！陈永康对前期的侦查工作过电影般回忆了一遍，决定暂时放弃对罪犯的追踪调查，集中精力对被害人家属再进行深入细致的调查取证工作，从中找到突破口。由于被害人家属意外遭到失去亲人的巨大打击，情绪极不稳定，说话时语无伦次、逻辑混乱。陈永康和战友们用委婉的话语耐心启发被害人家属，终于使其平静了下来，向侦查人员提供了一条重大线索：现场前工地一民工的哥哥，曾于发案前一天深夜来店中购买啤酒，显然有踩点之嫌。

得到这一新线索，案件侦查果然峰回路转，柳暗花明。陈永康率民警顺线追查，从这名民工的哥哥身上找到了突破口，此人正是夜半时分来店中以购买啤酒为由实施踩点的罪犯。隔日即在有关单位的协助下，将杀害两条人命的杀人凶犯捕获。

三

在采访过程中，笔者时常被陈永康引入“歧途”，与谈自己形成强烈反差的是，谈起战友们，陈永康却口若悬河，如数家珍。自然，强将手下无弱兵，陈永康的左臂右膀们，个个都算得上是英雄好汉。

指导员陈榕生，有“智勇神探”之美名。前年（1993年）年初，在前后不到一个月的时间里，他两次荣立个人三等功，并被授予福州市“新长征突击手”的光荣称号。在侦破“3·8”“6·11”两起特大案件中，他以大智大勇的气度辨凶识奸，从毫不起眼的细枝末节里发现重大线索，为案件的成功破获立下了汗马功劳。他率先掌握、使用的一种侦查手段，还被省公安厅有关业务部誉为“开辟了刑事侦查工作的一个崭新领域”。

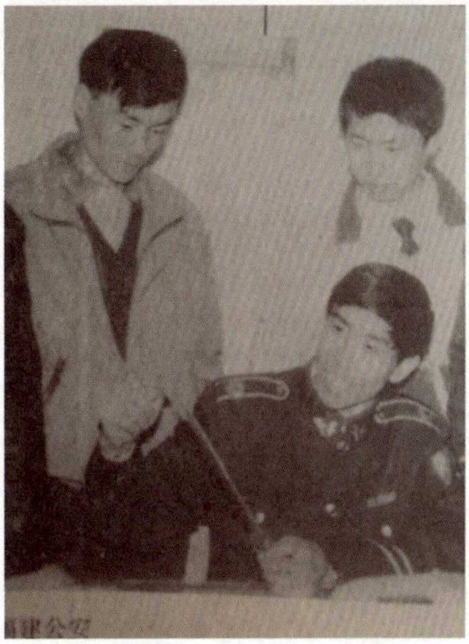

陈永康（坐者）与同事们在研究案情

侦查员齐国标，人称“预审能手”。他平时涉猎广泛，对黑道深有探究。观察、把握罪犯心态常有入木三分之功。在预审中，他有时“重锤击鼓”，有时“和风细雨”，审讯案犯时的语言技巧，可谓运用得娴熟自如。那年破获的一起震惊榕城的碎尸案，就是他预审突破的。案犯当时自恃作案手段高明，又有一定的反侦查经验，拒不认罪伏法。由于嫌疑重大但又证据不足，专案组几经“捉放曹”，迟迟无法突破全案，齐国标接手这起案子后，充分施展自己的聪明才智，巧妙运用证据，先迂回包抄，再层层剥笋，重点突破。经一个通宵不温不火、不急不躁的斗智斗勇，负隅顽抗的案犯额上冷汗直冒。决战关头，齐国标抓住要害，连珠炮般直打“七寸”，罪犯四肢颤抖，再也无法抵赖，在一阵痛哭流涕之后，交代了自己的全部犯罪事实……

四

自古忠孝两难全。当了一名刑警，便难以顾及自己的家庭，难免“儿女情短”。由于刑侦工作的特殊性，不论白天还是黑夜，不论平日还是节假日，只要案件一来，侦查人员就得义无反顾地踏上征程。这一走，可能要三五天，也可能要十天半月，只要案件不破，侦查工作就没有理由停止。

陈永康的妻子分娩那阵子，陈永康正接受了奔赴平潭参加侦破一起特大枪支走私案的任务。由于案情紧急，陈永康还来不及看一眼产后才10余天、身子虚弱的妻子和襁褓中的婴儿，就毅然踏上了征途。这一走就是半个多月，当陈永康和战友们凯旋时，可爱的小女儿已满月。人家的妻子坐完“月子”，都是体态丰满、红光满面，而陈永康的妻子非但没有保养好，反倒因丈夫不在家而不得不时常站着哄孩子入睡，累得形体消瘦、脸色蜡黄，甚至没了奶水，染上了一身“月子病”。望着风尘仆仆、形容憔悴的丈夫，妻子一言未发，眼圈儿一红，泪水就落了下来。

出于对敌斗争的需要，刑侦这台机器必须随时保持快速反应、高速甚至超负荷运转的良好工作状态。但机器上的每一个零部件也就是每一位刑警，毕竟是有七情六欲的人，对此，陈永康深有感触：“说真的，我们也怕无情、凶残的暴力袭击，也怕抛下孤儿寡妻而独身走进无尽的寒夜，也渴望安宁、祥和的美满生活，也渴望安乐窝里多一点温馨、欢愉的浪漫色彩，但我们所担负的使命，决定了我们必须牺牲一切，除此之外，别无选择。”

陈永康的女儿陈琼，今年（1994 年）5 岁了，是个聪明、可爱的孩子。但由于母亲受“月子病”的影响，没有母乳喂养，陈永康平时工作忙又不能悉心照料，小陈琼患有肺炎、支气管炎等多种疾病，抵抗力极差。5 年中，已有过 3 次因重病住院的病史。1993 年 12 月 31 日，马尾高福纺织品有限公司发生一起烧死 61 人、烧伤 12 人的特大纵火案。当时，陈永康与妻子正陪伴着因上呼吸道感染发高烧、刚刚从医院输液回来的女儿。陈永康接到指挥中心通知他立即赶赴现场的命令后，一时左右为难。妻子用一双哀怜、无助的目光望了望丈夫，轻声问：“孩子怎么办？”陈永康口中嗫嚅道：“是不是……叫你妈来帮忙一下？”小女儿也许从父母的对话中听出了什么，猛然从床上挣扎着坐起身子，一把抓住爸爸的胳膊，哭喊道：“我不要爸爸走！爸爸陪我嘛！”病中女儿的哭声，如一枚枚钢针撕肝裂肺地扎在作为父亲的陈永康那颗原本就负疚的心上。望着女儿那张蜡黄、瘦小的脸，陈永康这位断了两根肋骨也未曾喊过一声疼的硬汉子，那一刻却也禁不住心如刀绞，他咬紧牙关努力克制着自己的感情，用一种变调的嗓音哄骗孩子说：“爸爸出去一会儿，马上就回来。”说完，他含泪撇下仍在哭泣的孩子，匆匆离开了家……

五

几年来，陈永康和他率领的被人们誉为“永不卷刃的钢刀”的刑警大队专案三队，高举正义之剑，劈荆棘、斩恶魔，先后侦破各类重特大凶杀、持枪暴力犯罪案件近百起，以优异的战绩打出了榕城刑警的神威。三队党支部连续 3

年被市直机关党工委评为“先进党支部”，3 次被福州市委、市政府评为“先进单位”，今年（1994 年）6 月，又被省公安厅授予“全省公安系统优秀科所队”的光荣称号。陈永康本人荣立集体二等功、集体三等功 13 次，荣立个人三等功 2 次，2 次被市直机关党工委评为“先进党务工作者”。今年（1994 年）年初，被公安部授予“全国优秀人民警察”的殊荣，最近又当选福建省“岗位学雷锋职业道德十佳标兵”之一，同时荣获一枚金光闪闪的“福建省五一劳动奖章”……

两年间，陈永康和他率领的刑警大队专案三队，分别取得了破案率 100%、90% 的显赫战绩。去年（注：即 1993 年）以来，又连续攻克“12·30”“1·24”“5·19”等一批重特大疑难刑事案件。对此，这位对犯罪心理学颇有研究的汉子如是说：“犯罪是社会的产物，一切犯罪行为都与社会有着千丝万缕的联系。案件中任何一点蛛丝马迹，其实都可以成为破案的线索。至于如何发现它们呢？”说到这，陈永康笑了，那双独具魅力的锐眼藏着百般玄妙，“不好说。大概就是靠眼力、靠感觉、靠集体智慧吧”。

原载：1994 年第 12 期《福建公安》杂志
1994 年第 12 期《方圆》杂志
1995 年第 1 期《中国刑事警察》杂志

延伸阅读

侦破通讯一

连环命案

1993年12月31日上午6时许，福州市王庄新村南湖××座居民阿珠，像往常一样早早起床后径直往市场买菜，归来后却见住宿在一层杂物间自家开的小食杂店内的丈夫依明仍未起床。阿珠推开虚掩的店门进内察看，但见依明俯卧在地，头骨破碎，早已四肢冰凉，地面血迹斑斑。阿珠一声惊叫，顿时昏厥过去……

凶杀案现场之一：
福州市王庄新村南湖小食杂店

夜半惨案

接到报案后，福州市公安局副局长王小洪携福州市公安局刑警大队大队长陈仪，政委肖玉英、副政委曾光耀和专案三队民警、技术人员等火速赶赴现场，开展侦查。

现场位于该楼一层依明小食杂店内，室内弥漫着浓烈的白酒气味。据王庄派出所民警反映，该楼系不久前落成的拆迁房，楼内稀稀落落仅住十几户人家，且大多未办理落户手续，相互之间甚少来往，周围系施工工地，住有大量民工，人员关系极为复杂。

法医许钟宏对尸体进行了解剖检验，发现：死者后脑枕部遭直径2~3厘米长的圆形铁质钝器多次重击，导致颅骨粉碎性破裂而死，其他部位未发现伤痕，尸体无抵抗伤，凶器似为铁锤之类工具。

技术科科长陈乃宁对现场进行了细密的技术勘验，从放置在啤酒箱上的一个空啤酒瓶上，提取到10枚指纹，经比对，证实系外人所留。

经阿珠清点店内物品，发现该店被劫走天香花生油3瓶、卡尔比果奶30瓶，红塔山、双喜、小熊猫等香烟5条及蜜饯、饼干等物，钱柜内零散毛票100多元亦不翼而飞。

显然，这是一起作案手段凶残的恶性杀人抢劫案。

画像觅踪

依据现场勘查结论，专案民警对案件进行了研究分析：从死者身上无抵抗伤、致命创口又位于后脑勺这一情况看，死者显然是在毫无防备、并背向凶手的情况下而惨遭杀害的，现场遗留犯罪嫌疑人十指指纹的空啤酒瓶，搁置在两箱满布灰尘的啤酒箱之上，空啤酒瓶下方灰尘的厚度与左右边缘一致，表明此酒瓶是新近才放置在啤酒箱上的，据此分析凶手极可能是以购买啤酒当场饮用为借口，突然向被害人下手的；从死者身上及现场中心酒味浓重，柜台上6瓶白酒被开启洒光、现场原始气味遭严重破坏这一情况上看，凶手显然具有一定的反侦查能力；从被劫财物上分析，凶手显然不具备高消费能力和爱好，生活需求属于较低层次。

据此，侦查人员对犯罪嫌疑人的“画像”进行了如下精心刻画：凶手系外地流窜来榕的可能性极大，选择侵害目标具有很大的随意性；凶手家庭生活困难，目前手头拮据，穷困潦倒。

根据犯罪嫌疑人“画像”，侦查人员兵分多路，先后走访现场及附近居民、沿线夜间劳作及上下班人员700余人，重点审查了附近建筑工地的外地民工100余人，大面积展开侦破行动。

秘访工地

1月5日上午，侦查员方加杰、林建兴在多次走访死者妻子，对其进行了多方耐心启发后，一直处于极度悲痛之中的阿珠，终于冷静了下来，向侦查人员反映了一条重大情况：12月30日上午，死者曾对阿珠说过这样一件事：当日凌晨1时许，对面建筑工地木工组的一位民工的哥哥，曾从门缝中塞进来7元钱买走了3瓶啤酒，临走时，此人自言自语道：“从家里带了一些香菇来，没办法处理掉……嘴巴很渴。”

这一情况引起了专案组的高度重视，旋即，专案组派出指导员毛建忠率侦查员齐国标、黄文明前往该建筑工地，探访这位神秘的“买酒人”。经访问工地负责人得知：该工地木工组的活计早于12月25日就全部结束了，现木工组全套人马已迁赴上海新村茉莉园建筑工地。民警们马不停蹄立即移师上海新村，找到了该木工组组长，据组长称，现木工组有5位木工，除其本人外，尚有其弟一人，其子一人，同乡一人，另一外乡人是其徒弟，叫黄某某，现年22岁，系古田县鹤塘乡路上村人。依据工地负责人提供的情况，侦查人员对木工组的几位木工逐一进行了审查，从作案动机、作案时间上一一排除了4位木工的作案的可能性，唯独迟迟不见黄某某的踪影。

柳暗花明

1月6日晚上10时许，当喝得酩酊大醉的黄某某刚刚迈入茉莉园建筑王地时，便被守候多时的毛建忠、齐国标、黄文明等人传唤至刑警大队讯问。经正面了解和外围调查访问，黄某某完全不具备作案的可能性。面对挫折，民警们毫不气馁。陈永康队长等人对黄某某进行了进一步讯问，从黄某某口中“挖”出了一条重大线索：黄某某有个胞兄叫余三根，现年(1994年)28岁，去年(1993年)11月份从省第二监狱刑满释放归来后，就来到王庄新村南湖建筑工地与黄某某一起打工，12月25日一块搬迁至上海新村茉莉园建筑工地，发案当日去向不明，1月4日晚返回茉莉园工地住宿，次日离去。

据此，曾光耀副政委立即指令情报资料科对余三根的情况进行微机索检。陈廷宇副科长启动微机，片刻，电脑屏幕上出现了一行醒目的文字：余三根，1966年出生，1983年因犯有强奸、盗窃罪被判刑6年，1988年因盗窃罪被判刑5年，并存有一枚指纹。

技术员林来瑞将现场遗留指纹与余三根指纹进行比对，发现两指纹特征完全相同。

显然，余三根曾到过现场，有重大作案嫌疑。

正当专案民警分路前往古田县鹤塘乡、省第二监狱劳改农场等地对余三根的行踪进行全面布控、追查余三根下落之际，1月8日，福州市杨桥路中段“××五金店”又发生一起杀人抢劫案，女店主阿英后脑勺被人用铁锤砸击致死，店内500多元现金被洗劫一空。专案一队副队长黄锦光率民警迅速赶赴现场勘查，从作案使用的工具、作案手段、凶犯选择的侵害目标等方面认定此案与“12·31”案件相类似，似为同一名犯罪嫌疑人所为，遂决定并案侦查。

1月9日上午10时许，从闽侯县公安局荆溪派出所传来捷报：当日凌晨0时45分，该所民警钟宇希、王斌等人在夜间巡逻时，查获一名行迹可疑、身上带有 500 多元零碎钞票（其中 2 张沾有血迹）、旅游鞋上还沾有血迹的青年男子，经与古田县公安局联系，证实此人是余三根。

凶杀案现场之二：
福州市杨桥路中段“某某五金店”

当日上午，余三根被刑警大队民警押解回榕，出征省第二监狱的专案组民警齐国标、林锋也从余三根“狱友”余某、陈某某处取回了余三根赠送给两犯的天香花生油、卡尔比饮料、香烟等部分赃物。

滔天罪恶

经审讯，余三根在事实证据面前，供认了自己的全部犯罪事实：

原来，余三根自去年（1993 年）11 月间刑满释放后，因生活无着，遂产生了强烈的悲观厌世情绪，决定铤而走险“大干”一场，“捞”几个钱。2 月 29 日，余三根在王庄新村南湖工地食堂偷窃了一个学生的书包，将包内书籍丢弃后，到一家五金店购买了一把铁锤，放置在书包内，伺机作案。次日凌晨，余三根潜入南湖新村依明小食店门口，假买啤酒，企图骗开店门作案，却不料依明紧闭店门，因此未曾得手。当晚 9 时许，余三根再次潜入，躲在暗处窥探依明店内动静，至晚 10 时许，见依明准备打烊，余遂上前假意购买啤酒饮用，乘依明收拾空酒瓶返身时，从书包内掏出铁锤，朝依明后脑勺猛击，将依明击倒，怕其未死，随后又补击两锤，然后关上店门，将店内财物装入两个纸箱，而后开启白酒泼洒在尸身及现场周围，破坏现场嗅源后逃窜。次日凌晨 6 时许逃离福州，潜往古田县，随后又前往省第二监狱，将部分赃物赠送给“狱友”。1 月 4 日再次潜入榕城，当晚在其胞弟处留宿，次日上午离开。1 月 8 日晚用同样手段将阿英杀害，欲取道闽侯返回古田县藏身。

双手沾满群众鲜血的余三根，终究未能逃脱正义的惩罚。（注：文中犯罪嫌疑人、被害人及相关关系人均为化名）

原载：1994 年 2 月 1 日《福建法制报》

侦破通讯之二

白骨疑案

白骨女尸

1994 年 5 月 19 日上午 9 时 40 分。

福州市 ×× 房产开发公司的两名临时工，在鼓楼区晋安新村 ×× 座北面东侧化粪池清理堵塞。两人揭开顶盖，发现化粪池内漂浮着一团用衣服包裹的东西，出于好奇，两人用长竿将衣服拨开，发现衣服下是一根根白森森的人体肋骨……

两人顿时头皮发麻。扔下长杆后，急匆匆向居委会跑去……

接到报案后，福州市公安局副局长王小洪、刑警大队大队长陈仪、副大队长陈永康率专案三队民警及技术人员火速驱车赶赴现场，会同东门派出所开展侦查。

侦查人员不顾恶臭，将化粪池内的粪便细心地捞排干净，最后捞出完整的人体骨骼一副。经法医检验，认定这具已呈白骨化的尸骨，系女性，身高在 1.50 米至 1.60 米之间。

侦查人员在发案现场调查访问中了解到，该座楼房下水道自去年（注：即 1993 年）10 月份起，就时常发生堵塞现象，当地居民曾多次向有关部门反映，但迟迟无人来此疏通堵塞。

种种情况表明，这是一起杀人抛尸案，死者遇害时间在 1993 年 10 月间。

发现嫌疑

侦查人员立足发案现场，就地发动群众，摸排疑人疑事。

有群众反映：该楼 ×05 室居民陈大胆，去年（1993 年）10 月间曾雇有一个外地小保姆，后不知为何这个小保姆突然失踪了。小保姆的家人为此曾多次到陈大胆家大吵大闹，向陈大胆要人：此事还惊动了当地派出所。

经走访东门派出所，证实，陈大胆雇请的这个小保姆名叫小香香，女，1970 年出生，江西省贵溪县人。1993 年 10 月 1 日，小香香从东门晋安河劳务市场受雇于陈大胆家从事家务劳动，后突然失踪。当时据陈大胆自述，小香香是 10 月 12 日深夜突然离家出走的。

侦查人员围绕陈大胆展开了一场艰苦细致的调查取证工作。

据调查，陈大胆，男，现年 44 岁，福州市某工厂临时工。1970 年因盗窃被光泽县公安局拘留一年，1975 年又因流氓罪被劳教 3 年。陈大胆解教归来后，与湖南省冷水滩市牛角坝乡一女子艾花花结婚，并生有一子。1993 年 9 月间，艾花花因发现陈大胆与一个体女摊贩勾勾搭搭，关系暧昧，一气之下，愤而离开福州，只身返回湖南冷水滩市娘家居住。

显然，陈大胆有重大作案嫌疑。

连夜出征

然而，据了解，陈大胆已于两个月前，前往湖南冷水滩市其妻艾花花处居住。

据此，王小洪副局长、陈仪大队长、陈永康副大队长迅速下达指令，一方面派出侦查员齐国标、林锋乘当晚的火车急赴湖南省冷水滩市，探访陈大胆下落；另一方面继续围绕陈大胆的作案嫌疑开展调查，力争获取有力证据。

经多方寻访，与小香香同来榕城打工的小同乡、女青年张某被请来了。据张某反映：1993 年 10 月间，张某曾多次来到陈大胆家与小香香会面，当时小香香曾向张某反映，东家陈大胆对她“太好”了，带她看电影、逛西湖，生活上对她“关照”得无微不至。小香香因此流露出“我很害怕”的念头，告诉张某近几日就准备离开陈家，并与张某约好了离开日期。然而，当张某于小香香失踪次日来到陈大胆家，准备陪同小香香一起离开陈家时，却发现小香香已杳无音信。张某遂向陈大胆询问小香香下落，陈大胆自称小香香已于昨晚离开了陈家，去向不明。

侦查人员据此对案件作出了大胆的分析推理：陈大胆在将小保姆小香香雇来家中时，就对这一青年女子动了虎狼之心，想以小恩小惠诱使小保姆就范。无奈小女子识破了此人的拙劣伎俩，没有轻易上钩。当小香香提出要离开陈家时，陈大胆露出了狰狞面目，在对小保姆施以兽行后，因惧怕小香香告发，遂起杀人灭口之念，作案后将死者抛入化粪池灭迹。

狰狞面目

5月22日，侦查员齐国标、林锋和前往增援的侦查员濮天鹏前后脚到达湖南省冷水滩市。在冷水滩市公安局的协助下，民警们冒雨前往冷水滩市牛角坝乡长冲村艾花花住处，不料却扑了个空。经了解，陈大胆与艾花花已于昨天返回冷水滩市，夫妇两人在市区租有房屋，靠陈大胆踩三轮车维持生计。民警们发扬连续作战作风，不顾旅途劳累，迅速返回市区。经多方探访，查实陈大胆确在市区踩三轮车，租住在冷水滩市通化街38—2号。身着便衣的齐国标、林锋、濮天鹏三位刑警，当即沿街寻找。不久即找到了正在踩三轮车的陈大胆。三位刑警以乘车为由，将陈大胆巧妙诱入冷水滩市公安局刑警队办公室内，将其捕获。

在大量事实证据面前，陈大胆对自己的犯罪行为供认不讳。

原来：1993年10月间，陈大胆将小香香雇请到家中后，就对这个年轻、幼稚的小保姆产生了邪念，几番施以小恩小惠意欲将小香香占有，却不料小香香警觉性甚高，使陈大胆不曾得手。10月12日晚12时许，小香香向陈大胆算清了工钱后，意欲离去，陈大胆不肯让小香香就此一走了之，拉扯中将小香香摁倒在床上，强迫与之发生了两性关系。小香香事后扬言将向公安机关告发陈大胆丑行，陈大胆听罢顿时恼羞成怒，如狼似虎地扑倒小香香，将其掐死，并趁夜深人静，用衣物将小香香尸体包裹，抛入化粪池，毁尸灭迹。

6月10日，陈大胆被押解回榕。等待他的，将是法律严正的审判。（注：文中犯罪嫌疑人、被害人及相关关系人均为化名）

原载：1994年7月19日《福建法制报》

我自豪，我是刑警的妻子

——“人民警察好妻子”陈榕自述

陈榕和陈文奇在一起

我是一名小学教师，也是一个普通刑警的妻子。我的家庭和许许多多警察家庭一样，既有离别的相思，又有焦灼的等待和短暂欢聚后长长的孤寂与苦闷……

我的丈夫叫陈文奇，是福州市公安局台江分局刑警大队的一名刑警。说真的，当初爱上他，纯粹是出于我对警察这一职业所具有的神圣、崇高和神奇色彩的敬仰。可我没有料到，当我真正成为一名刑警的妻子之后，才切身感受到作为警察妻子是何等的不易，一个警察家庭的苦辣酸甜是其他家庭所难以体验到的。

这年中秋，我和他相识已一年多，我们的关系已由“地下”转到了“地上”。我的父母提出要利用这个时机与他见见面。文奇意识到首次“亮相”将是多么的至关重要，对穿什么衣服、带什么礼物、见面说些什么，以及我父母的脾气等，都做了详尽的调查摸底，可谓“万事俱备”了。可到了傍晚约定时间，他的踪影却迟迟没有出现，三个小时过去了，我急得一连打了十多次传呼，[1] 文奇还是杳无音信。无奈，我只好挂电话到他的单位，得到的回答是“下午 2 点接到任务，陈文奇和他的战友们前往闽侯围捕案犯去了。”没想到，由文奇自己精心设计的第一次“亮相”，与他的工作一比，竟是如此微不足道。我的父母颇有微词：“见一次面就这么难？家里就这么个宝贝女儿，什么人不好找，非要找一个警察，还是趁早算了！”当时，我也憋着一肚子气：不管怎样，你事先打个电话通知我一下总可以吧，免得家里白忙乎，准备了一桌子丰盛的中秋晚宴。几天后，文

① 传呼，即使用有线电话拨寻呼台的号码，寻呼 BP 机号并挂机等候的行为。

奇带着一脸的憔悴，风尘仆仆地找到我，左一个不是、右一个不是地向我赔礼道歉。望着跟前这个真诚、厚道的“傻”警察，我的心一下软了，但却故意板着面孔，操一副官腔对他说：“下不为例哟。”

作为刑警，生活没有规律，只要一发生案件，不管什么时间他们都要风风火火地往现场赶。文奇每天晚上回家躺下休息，也总要将 BP 机[①]放在枕边。我常埋怨他的 BP 机是“催命机”。说来也真恼人，这 BP 机平时不响，常常是家人进入梦乡、深更半夜时“嘀嘀”作响。文奇在家时，特别到了下半夜，一听到 BP 机响，我就难免要心惊肉跳一番，时间一长，弄得我患上了神经衰弱症，对 BP 机的“嘀嘀”声特别敏感,有点神经质了。每当夜晚熟睡时,只要 BP 机响,我都比他先醒，而他倒好，一骨碌起来，穿上衣服，轻描淡写地嘟哝一句：“没什么,不就是发案吗？”我紧张得要命,可他却不在乎。我知道,他这是在安慰我,不让我为他踏上战斗征程而牵肠挂肚。但我心中有数，这时候来传呼，一定是哪里又发生了重大案件。文奇这一走，短则几天、长则十天半月才能回家。现在我已经习惯了，只要 BP 机一响，我就马上起床为他整理换洗的衣物，泡一杯牛奶，弄一些糕点让他先填饱肚子，否则指望他自己动手是没门儿的。用他的话说，这叫“快速反应”。不为他准备些吃的，他是宁可饿着肚子一走了之，也不愿干这些“耽误事”的事。文奇一走，下半夜我就甭想再睡了。我的脑子里乱糟糟的：这是一起什么样的案件？歹徒手里有刀、有枪吗？会不会发生危险？他真要有个三长两短怎么办？这并非我多愁善感，因为在严峻的社会治安状况下，文奇和他的战友们可以说是时时刻刻与凶险结伴。有一次，文奇只身与一名凶恶的罪犯搏斗，他手上的枪被歹徒打落在地，歹徒拼死夺枪，企图行凶拒捕。在这危急关头，文奇以惊人的毅力，艰难地将五大三粗的歹徒压倒，果断将歹徒击毙。自从这件事发生后，我担惊受怕的程度就越发严重了。有时也会自我安慰：算了，不管他，由他去吧！可我们毕竟是夫妻啊，我能不惦念吗？！

---

①BP 机即传呼机，无线寻呼系统中的被叫用户接收机，由超外差接收机、解码器、控制和显示等部分组成。它从基站发射的寻呼信号和干扰中选择出所需接收的有用信号，恢复成原来寻呼本机的基带信号，并产生音响（或振动）和显示数字（或字母、汉字）消息。20 世纪 80 年代末，中国开始出现了传呼机。随着科学技术的成熟和社会需求的增大，1990 年开始，传呼台如雨后春笋般遍地开花，传呼市场的繁荣，使各传呼台之间的竞争也日益白热化。1993 年、1994 年时，手机开始慢慢出现。1995 年下半年开始，传呼业务在手机强大的攻势下，逐渐败下阵来，传呼用户开始不再增加。1996 年开始出现下滑，用户减少，传呼台数量也急剧下降。2005 年以后，寻呼机淡出中国的舞台。

刑警的家庭，分离多于相聚，烦恼多于欢乐，此外，便是无休无止的沉重的家庭重负。平时，我的教学任务也十分繁重，一天到晚忙下来，回到家里，也没个清闲的间隙，干完了大堆家务活，便要辅导教育孩子，一天到晚连轴转。即使文奇在家，他也帮不上我什么忙，别看他在外面是英雄，回到家里可就成“狗熊”了。见他那副疲惫不堪的样子，我也不忍心让他再劳累。可一个人的精力毕竟有限，有时我累极了，酸楚和委屈就会油然而生，心想怎么会找了这么一个丈夫？我是图他有钱还是有权呢？说钱，他一个月的工资满打满算也就 200 多元，还不如我；说权，他小民警一个，除了侦查破案时风光一下，别的什么都使不转。

记得我和文奇筹备婚礼的那一段时间，正值公安部门搞“严打”战役。再过两天我们就要举行婚礼了，可就在这个节骨眼上，文奇却“失踪”了。装修新房、打家具、办酒席等一大堆事儿，只好全部由我一人操办。人家都说当新娘是女人一生中最幸福的时光，这期间也应是新郎官最忙碌的时候，可我们恰恰相反，新郎官杳无踪迹，新娘子倒成了“打工妹”。结婚的前一天，他还是没露脸，我不禁恼火、委屈交加，这可是终身大事啊，局里再忙，也不缺你一个嘛！你怎么也得露露脸呀！一气之下，我来到公安分局找他的领导，领导忙向我解释说文奇这几天忙案子，已经两天两夜没合眼了。我又到他的办公室，只见桌面上摆着一堆堆的案卷、笔录，烟灰缸里塞满了烟灰、烟蒂。新郎官呢，蜷缩在那张双人长椅上和衣而卧，正打着呼噜呢！那一刻，我心头的怨气不知怎么的就一下子烟消云散了，心头禁不住阵阵酸楚。

当然，我们的家庭也是有欢乐的。文奇在家时，只要一得空，就经常给我说一些侦破案子的趣闻轶事以及他和战友们勇斗歹徒、智擒罪犯的故事。时间一长，我都成了半个“刑警”了。有时，他遇到一些久侦未破的疑难案件陷入苦闷时，也会让我替他“参谋、参谋”，案子破时，我少不了要向他“邀功请赏”。令我欣慰的是，这些年文奇荣立了个人三等功，被评为市先进个人，还当选为“全省优秀人民警察”。每当他捧回一本本烫金的荣誉证书时，我少不了要打趣道：“军功章里有你的一半，不是也有我的一半吗？！”

嫁给了一位民警，注定了我的“命”。也许，林荫道上少了一对浪漫的倩影，周末舞会上少了一对翩翩起舞的伴侣，小安乐窝里少了一份温馨和欢愉。但我无怨无悔，我愿做橄榄林[1]中一泓清流，暴风雨中，与你同行；斗争胜利，与你分享。

---

① 橄榄林，公安队伍的艺术化表述，因“八三式”“八九式”警服为橄榄色。

我富有，因为我是一名刑警的妻子；我自豪，因为我是一名刑警的妻子。（陈榕口述，马腾宙执笔）

（注：此作获 1995 年公安部“金盾文化工程”新闻奖三等奖）

原载：1995 年第 1 期《福建公安》杂志

1995 年第 5 期《人民公安》杂志

舍生忘死驱虎豹

——记二等功荣立者、全省“严打”先进个人严连旺

夜，漆黑如墨，云低风高。

此刻，在距福州市公安局原郊区分局湾边派出所10米开外的一处阴暗角落里，一条虎背熊腰的汉子，正虎视眈眈地望着派出所大门内影影绰绰忙活着什么的警察们。壮汉手持两把砂枪、腰缠一捆炸药，眼角泛着狼一样恶毒的凶光，牙帮子咬得“格巴”作响，暴躁地将缠着自己的一双手不停地甩打开去。壮汉身旁的这名男子紧紧拉着壮汉的手，不停地苦苦哀求着什么……壮汉对身旁的男子不屑一顾，嘴里不停地嘟哝着、叫骂着……壮汉呼呼的喘息声越来越重……猛然，壮汉一把推开男子的双手，恰如一头舐血的疯狗，“欧欧”低吼着，向派出所大门冲击……男子急了，踉跄几步扑倒在壮汉脚下，一把抱住壮汉的双腿，苦苦乞求道：“不敢啊、不敢啊！”壮汉踢腾着脚，几番挣脱开来复又被紧紧抱住……壮汉终被纠缠不过，无奈，便重重地飞起一脚，将男子远远踢开，朝派出所大门内恶狠狠诅咒了一句：“严连旺，我杀了你一家。”说罢悻悻离去……

这是一起未遂的冲击派出所、行凶报复民警事件。

壮汉名叫黑大拿。

险遭报复的民警叫严连旺。

一

严连旺是福州市公安局原郊区分局湾边派出所的刑侦民警，福建省人民警察学校86届毕业生。小伙子中等个子，面孔黝黑，身板健壮、结实，平时脸上挺严肃的，是个不苟言笑、沉默寡言的人物。在地处郊外的基层派出所干警察，小伙子一干就六年，这些年虽说干的也是“刑侦”，但都是些偷鸡摸狗、卖淫嫖娼之类的鸡毛蒜皮的小案子，跳不出“平凡”二字。有一段时间，小伙子心里挺别扭，日子过得也十分窝囊，但深藏在心底的人民警察的“英雄梦”依旧炽

热如火。在苦苦的煎熬中，小伙子加入了分局“3·24”案件专案组，这一下可是如鱼得水、如虎归林，小伙子铆足了劲，要在与黑大拿一伙的较量中，轰轰烈烈地干上一场。

所谓“3·24”案件，是发生在福州市原郊区湾边派出所辖区内的一桩带有黑社会性质的流氓团伙犯罪案。自1990年以来，以黑大拿、土发富为首的一伙流氓犯罪分子，公然持枪、持刀进行流氓斗殴、绑架、敲诈、伤害等违法犯罪活动，他们杀人越货、残害无辜，无恶不作。1994年3月23日晚，黑大拿、土发富一伙携带砂枪、短刀，窜入当地一工厂厂长家中，欲行敲诈勒索。适逢厂长不在家中，黑大拿一伙便用砂枪威胁其母、其妻，向其家属敲诈人民币五万元。事后，厂长无奈只好向湾边派出所报了案。岂料此举惹怒了黑大拿一伙，黑大拿放出风声，扬言要“踏平厂长一家”，对厂长一家“动大手术”，气焰十分嚣张。迫于恶势力淫威，厂长一家十口，不得不关闭厂门，举家出走，逃往外地躲藏。

黑大拿一伙的罪恶行径，激起了公安民警的无比愤慨！根据市公安局有关领导的指示，郊区分局迅速抽调精兵强将，成立了“3·24”案件专案组，与黑大拿一伙展开了一场正义与邪恶的较量……

二

1994年4月17日，这一天，严连旺的心情特别好。根据医生的预测，也许就是明天，小伙子就要当爸爸了。妻子林秀清，长得娇小、清秀，生性温柔、贤惠。结婚两年了，虽说小两口安安稳稳在一起的时间并不多，但惯于忍辱负重的妻子却毫无怨言。听着肚子里“怦怦”跳动着的小生命的强烈心音，妻子喜不自禁，腆着笨拙的大肚子准备好了小生命出生后的一应物件，眼里眉里透着初为人母的紧张和兴奋，不断把一丝丝娇羞投到丈夫的脸上。

可就在这一天，严连旺侦查获悉：主犯黑大拿出现在北京市海淀区沙窝村“一友茶庄”。小伙子没怎么犹豫：整个专案组就自己认识黑大拿，北京之行非我莫属。三天后，严连旺向所长反复请战获得批准，匆匆将妻子送入医院并托付一位同学照料，安排停当后，毅然踏上了北上的征程。

4月21日，严连旺等4名民警到达北京。在北京警方的全力支持下，追捕民警借夜幕掩护包围了“一友茶庄”仓库黑大拿落脚处。就在民警们扑向黑大拿的刹那间，黑大拿仗着人高马大兼有身武功，奋力挣脱后，从二楼跳窗逃走……

北京的追捕行动扑空，严连旺未曾料到福州家中又出现了麻烦：几乎在同一时间，妻子林秀清由于胎位不正，已出现了难产症状，在产床上饱受煎熬。4月24日，告急电话辗转传到北京：妻子羊水已破，分娩不成，医院要求马上实施剖宫产，否则大人、小孩都有生命危险。照顾妻子的那位同学无权在手术意见书上签字，要严连旺火速返回。当晚8时，追捕组经多方搜寻，再未发现黑大拿踪迹，遂决定撤回，小伙子这才踏上了回程的飞机。次日晚上8时许，小秋子风尘仆仆返回福州，从飞机场直奔医院匆匆来到妻子的床边。而此刻，妻子羊水破裂已有40多个小时，胎心下降，小生命危在旦夕，憔悴不堪、疲惫至极，已无力哭泣的妻子望着突然出现在身边的丈夫，苍白的脸上露出一丝惨淡的欣慰，大滴大滴的泪水禁不住夺眶而出。小伙子望着孱弱的妻子，心里如刀绞火燎，紧咬着腮帮子，在产床边木然而立。同病房的产妇和她们的家属们，见此情景，也禁不住陪着林秀清一同伤心落泪，随后，便异口同声地一起“声讨”起严连旺来。小伙子垂着头，几乎把嘴唇咬破，一言不发地任众人好一顿斥责、抱怨……

三

自黑大拿从北京侥幸脱逃后，“3·24”案件专案组及时调整部署，继续侦查黑大拿一伙的行踪。

7月13日，严连旺身着便衣，只身前往黑大拿一伙经常出没的“地盘”实施化装侦查。傍晚时分，小伙子与一辆驶入透浦村的人力三轮车擦肩而过。小伙子眼睛一亮：车上的乘客好面熟啊，怎么跟黑大拿的同伙土发富如此相像？想到这里，小伙子立时警觉起来，立即返身驱车追上那部人力三轮车，对车上的乘客进行了盘查。车上的“乘客”大模大样地掏出身份证，递给严连旺，身份证上“游勇谋”三个大字赫然入目。小伙子只见过土发富十三年前的一张相片，对“游勇谋”是否就是土发富一时没有把握，只好将“游勇谋”放行。回到所里，小伙子反复思量着刚才那一幕，透浦村内从不曾听说有个“游勇谋”其人，这个“游勇谋”怎么与土发富如此相像？莫非身份证有假？！想到这里，小伙子顿时来了精神。此刻，土发富要从透浦村外逃，有三条路可走，一经洪塘，二经湾边，三经台屿，前两条路均为大路。土发富遭前番一场虚惊，此刻已是惊弓之鸟，量其也不敢走人多眼杂的大路，只有选择台屿这一条偏僻、阴暗的小路。主意既定，小伙子抖擞精神，跨上摩托车，风驰电掣赶到了台屿桥头——歹徒从台屿出逃的必经之路，悄悄埋伏下来。果不其然，仅仅几分钟后，土发富一溜小跑正奔台屿桥头而来，小伙子看得真真切切。待土发富走到跟前，小伙子从暗处猛然跳出，大喝一声：“土发富，你逃不了啦！”土发富被这一声断喝吓得魂飞魄散，一个激灵，转身狂奔而去。眼见“猎物”就要到手，小伙子怎肯轻易放过歹徒？这一场追逐战果然好看。但见前面跑得急急如丧家之犬，后面追的匆匆似猛虎下山。两人之间的距离不断迫近，眼见伸手可及，小伙子好身手，发力纵身一跃，恰如饿虎扑食般将土发富严严实实扑压在自己身下……

四

土发富落网后，黑大拿失去了左右臂，其行踪已处于专案组的严密监视之中……

黑大拿，外号“头不痛”，身高 1.80 米，膀大腰圆，一身蛮力。此人非但身强体壮，一身武功也十分了得。他曾只身与当地另一伙流氓分子发生火拼，在头部负伤的情况下，居然能将七八名流氓分子打得抱头鼠窜。仗着一身武艺，黑大拿仿佛有了一颗豹子胆，对当地百姓动辄拳脚相向、棍棒相加，可谓臭名昭著。有这么一则故事：有一次，黑大拿独自一人在路边一小食店饮酒，也是一时孤独，闲极无聊，黑大拿吐着满口酒气，大大咧咧邀请偶然路经小食店的一名陌生男子入座陪其同饮。那人以为遇上了神经病，摇手拒绝。这一下惹怒了黑大拿。黑大拿“嘿嘿”一声冷笑，顿时面目狰狞：“给你面子你不要？真他妈不识抬举！”话音未落，黑大拿早已亮出了寒光闪闪的匕首，朝陌生男子身上连捅三刀。就在陌生男子倒在血泊之中痛苦挣扎的时候，黑大拿慢悠悠叼起一支烟，用脚尖拍了拍那人的脸，狞笑着说：“我就是‘头不痛’，知道了吗？”说罢扬长而去……

7 月 20 日上午 10 时许，专案组经缜密侦查，发现黑大拿出现在仓山区岑后街附近，似有外逃迹象！

案情紧急！待命出击的严连旺早已按捺不住自己激动的心情，与战友们分乘两部“的士”，在刑警队长王尔平的率领下，直扑岑头街。小伙子那一刻心跳怦然，周身热血喷涌。就在岑头街一带侦查时，小伙子眼尖，一眼看到黑大拿背着一个网球拍袋（内装来复枪），从岑头街一居民住宅走出，拦下一部“的士”离去。小伙子立刻用手持电台向王队长作了报告，随即在同车的刑警队副队长的指挥下，朝黑大拿所乘“的士”奋力追击。为防止携有枪支的黑大拿狗急跳墙，加害无辜，造成群众伤亡，副队长要求捕歼民警不惜流血牺牲，务必将黑大拿困在车内，能缉拿则缉拿之，遇有拒捕反抗不能缉拿时，则开枪将其击毙。这一场警匪汽车追逐战煞是惊心动魄，追击车辆如蛟龙入海，在车流中灵巧地左拐右弯，高速疾驶，但几次强行超车均未成功。黑大拿所乘车辆也毫不含糊，恰如泥鳅般狡猾地穿行在车流中，左一拐、右一弯，一溜烟又蹿向前方。

双方车辆行驶至老山程浦头路段时，机会终于来了：前方一部超车的大卡车横在路中，恰好挡住了黑大拿所乘“的士”的去路。说时迟、那时快，随着一声刺耳的刹车声，严连旺和战友们乘坐的“的士”在黑大拿车前紧急刹车，小伙子未等汽车停稳，便举起微型冲锋枪从车上猫腰跳下，几乎是跳着扑到黑大拿面前，一双膝盖“砰”一声重重地顶压着车门，朝车内的黑大拿高声喝令：“不许动，警察！”并鸣枪警告。这一声巨响如雷贯耳，黑大拿一愣，惊魂甫定，便急忙弯过身子从网球袋内取出来复枪，对准了严连旺，千钧一发之际，小伙子肌肉紧绷的脸上闪过一丝从容的笑意，心里暗叫一声：“小子，来吧！”果断扣动扳机，霎时，一团污血从黑大拿身上飞溅而出……

击毙黑大拿的消息传出后，严连旺成了当地百姓心目中降妖伏魔的英雄。许多群众备下了庆功宴，要为这位有着一张冷面孔、一向神情严肃的小警察庆功……

原载：1996 年第 5 期《福建公安》杂志
1996 年第 5 期《福州宣传》杂志

“神探”陈榕生

——记福州市公安局刑警支队三大队副教导员陈榕生

福州市公安局刑警支队三大队副教导员陈榕生——这位貌不出众、语不惊人，身板精瘦单薄的汉子，素有“神探”之誉。市局几任分管刑侦的副局长在评价麾下爱将时，对陈榕生几乎众口一词：“陈榕生脑子好用！”

陈榕生

一

陈榕生干刑警已有 17 个年头，算得上战功显赫：市新长征突击手、市劳动模范、五次荣立个人二、三等功……侦破的持枪严重暴力犯罪案和杀人案难以历数，但却鲜见刀光剑影的时候——这便是陈榕生的超群之处。

陈榕生办案爱用脑子，讲究的是“慎思”，是条分缕析、抽丝剥茧般的慎思，是泰山崩于前而镇定自若的慎思。有这么一起案子：某地发生了一起强奸杀人案，被害人的尸体被抛弃在粪池内，已高度腐败。经现场勘验，技术人员从女尸身上提取到一张纸条，上有“××村 317 号卓某某”字样。根据这条线索查下去，发现××村 317 号并无卓某某其人，周围亦无姓卓的住户。线索中断于此，同行的侦查员们都准备打道回府了，却见陈榕生倚在警车的一角冥思苦想。有人嚷嚷道：“走吧，没戏了！”这时，陈榕生才慢条斯理地开了腔：“如果这张纸条上表示的是两层意思呢？”陈榕生分风劈流、另辟蹊径，硬是从这张小纸条上悟出几乎毫不相干的另一层隐晦的内容。顺此思路一查到底，侦破工作立时峰回路转，柳暗花明：317 号房主提供了卓某某，卓某某又提供了另一个人……果然是曲径通幽处，就这么一层层深挖下去，最终挖出了真凶。

精瘦单薄的陈榕生，显然不是威猛无比、孔武有力的擒拿格斗的高手。陈榕生的成功，在于他在侦破任何一起刑事案件的过程中，善于思索、分析、判断，精于斗智、施计、用谋，以高敌一筹的奇谋方略最终克敌制胜。

一次，某宾馆发生了一起犯罪分子以兑换外币为诱饵，将一男子诱入客房打死，劫走现金三万余元的特大杀人抢劫案。由于犯罪分子采取了反侦查伎俩，案件现场没有留下一丝破案线索，侦破工作一度陷入僵局。陈榕生带着一帮刑警扎在发案现场，跟宾馆的工作人员混得厮熟。这一天，一名保安员叼着一根香烟，跟同事玩闹："妈的，也不知是谁打电话来询问死者的'伤情'。"这是一句纯属偶然的玩笑话，而在那一刻，陈榕生却双眼一亮，如获至宝，双手拎起保安员的衣领，厉声发问："你刚才说什么？再说一遍！"保安员被弄得丈二和尚摸不着头脑，傻乎乎眨巴着眼睛说："是、是那天，有人打电话到保安部，询问死者的'伤情'。电话是我接的。死者当天就死了，还有什么'伤情'？莫、莫名其妙的……"就在保安员咧着大嘴愣神之时，陈榕生兴奋地拍了拍保安员的脑袋，连叫几声"有了！有了！"又对保安员说："兄弟，你立功了！"说话间，陈榕生已然成竹在胸：死者系被罪犯用钝器击打头部、失血过多经医院抢救无效而死的，案件在当地已闹得沸沸扬扬，无人不晓，不知死者死讯的显然只有外地人，这是其一；其二，死者已死多日，还有谁如此关注死者的所谓"伤情"呢？如此这般一番推理，案情渐渐明晰。专案组据此及时把侦查范围圈定在发案当日住宿在该宾馆的外地来榕人员身上，逐一摸排，很快在外地捕获了两名杀人越货的罪犯。

这年3月8日凌晨，某建筑工地遭到七名持械歹徒的洗劫，案犯杀死一人、伤三人，抢走大批财物，作案后迅速逃走。在公安机关的严密围捕中，一名主犯落入法网。据此人交代，其同伙将于次日上午在某街道一小吃店门口接头，商议潜逃计划。陈榕生奉命率员赶赴小吃店设伏。六名团伙成员的体貌特征、衣着打扮一概不详，抓捕全凭"感觉"。这可是一场硬仗。次日中午，一名男青年"路经"小吃店，偏着头朝店内瞄了一眼——仅仅是一眨眼的工夫，陈榕生却敏锐地从来人眼里闪过的一丝不易察觉的疑虑和惊慌中，捕捉到了只有罪犯才具有的那种独特眼神。陈榕生毫不犹豫，迅速指挥民警将来人按倒捕获。证实身份后，陈榕生多了个心眼，再问为何疑虑和惊慌。歹徒惊魂未定，战战兢兢答道："我见你们几人不吃饭、不喝酒，神情警觉、面带凶光，感觉就像便衣警察，所以……"现场逮了个"反面教员"现身说法，这一课"教"出了水平。陈榕生"现炒现卖"，急忙掏出钱来吆喝店老板上菜，巧布"疑兵"阵，以改进守候点的伪装。片刻工夫，三五碟小菜、四五瓶啤酒摆上了桌面，陈榕生和战友们吆五喝六地喝起了"革命小酒"……这一出"守株待兔"的捕歼战，干得精彩、漂亮。陈榕生和战友们毫不客气地来一个、逮一个，来两个、擒一双。半个小时后，前后脚共计六名罪犯，一个不漏地落入了法网……

二

干刑警，凭一腔热血冲冲杀杀容易，但能把刑侦艺术修炼到如此精深的份上，却难。

1994 年 12 月 3 日，六名假冒警察的犯罪分子持枪闯入长乐市吴航镇西关综合楼 607 室，抢走美金 4000 元、人民币 10000 元、港币 3500 元等一批财物，将房主、美籍华人严某某绑架，不知去向。长乐警方急电请陈榕生前往助战。12 月 29 日，严某某之妻邓女士接到一个匿名电话。一个苍老的声音在电话中声称：严某某已被绑架至屏南县，如若其家属愿出 40 万元巨额报酬，将提供严某某的拘禁地点，并要求邓女士尽快派人携款前往屏南县会面。同日下午，邓女士又接到严某某亲戚从美国挂来的电话：严某某从国内一不明地点挂电话往美国，称自己已被绑架，要其亲戚务必在一周之内，拿出 38 万美元汇往香港一亲戚处，否则性命难保。一天之内接到的这两个神秘电话，令专案组颇为踌躇。后一个电话，显然是严某某在犯罪分子胁迫下所挂，因为电话中未透露严某某目前的关押地点，以及由何人、在何时、通过何种方式前往香港亲戚处取出赎金。而前一个匿名电话就耐人寻味了，因为它明确表明严某某现关押在屏南县，但又没有说明具体地点。此人究竟是何许人？与绑架团伙是否有瓜葛？若有，他在团伙中扮演的又是什么角色？令人莫测高深。

陈榕生又是一夜未眠，对屏南挂来的这个匿名电话进行了一番精心分析、推理：一者，可能是犯罪分子的调虎离山计，欲通过此举转移警方的视线。二者，可能是犯罪团伙故意设下的圈套——若警方大兵压境，犯罪团伙则缩回老巢，按兵不动；如果来人真是被害人家属，又可当面要挟，或干脆动用暴力。三者，也就是专案组最希望看到的情况，即有人在绑架团伙中暗中又做手脚，背着主谋私下与被害人家属单独联系，以获取私利。在对挂电话的这个不明身份的角色进行了一番入木三分的心理分析后，陈榕生决定假冒严某某亲戚，深入虎穴。

翌日上午 10 时，陈榕生便装扮成严某某亲戚，在长乐市公安局刑警大队民警的配合下，抵达屏南县，住入了约定的华侨旅行社 401 房。半小时后，果然有一名老者敲响了房门，诡秘地闪入室内。

“你们是福州来的？”来人闪动着一双老谋深算的眼睛，上下打量着陈榕生。

“是的，你是……”陈榕生投石问路。

“哎呀，福州同行啊，失迎、失迎！我是屏南县公安局的。”来人使了个“敲山震虎”之计。

“你认错人了吧？我可是生意人，跟警方从无交道。对不起！”——陈榕生站起身，客气地打开房门，欲将来人送出门外。这一招是“反客为主”计。

“那你是……”来人故意装傻。

“我们是严某某的亲戚。”陈榕生完全进入了“角色”，一副焦灼不安、为救人质不惜重金的样子，巧妙与来人周旋。

“这次绑架，是一个叫张某弟的人组织的，他是长乐人。”来人极欲获取严某某“家属”的信任，以获得那笔40万元的“报酬”，断断续续道出了一些内情。

“这个我知道……”陈榕生边察言观色，边继续“吊”着来人的“胃口”，以期获取更多的内幕情况。“为救人，我们不怕花钱，关键是这笔钱要花在该花的地方。”

“那是，那是。”来人极力表白自己知道内幕，“参与绑架活动的，还有我们屏南人张某某、张二某两兄弟。他们把严某某绑架到屏南后，先关押在熙岭乡后院村一间空房内，二十多天后，又转移到屏城乡后龙村，3天后，又转移了……他们雇人对严某某实行24小时武装看押，日夜手铐加身……”

经一番虎穴探秘后，陈榕生巧妙探明了案情的来龙去脉。专案组迅速在屏南警方的配合下，从屏南人张某某、张二某两兄弟身上打开缺口，于当晚9时成功解救出惨遭绑架并被非法拘禁已达28天之久的严某某，抓获了8名案犯。

三

在扑朔迷离、惊险神奇的探案生涯中，陈榕生找到了一位优秀刑警所必须具备的“第六感”，陈榕生“神”了！

虽说这些年战功赫赫，威名日增，在单位里，言谈举止中多少带了那么点“牛气”，可回到家里，照样是个“受气”的主儿。妻子埋怨他总是把家当成旅馆，有时免不了嗔怪上几句；小女儿记恨爸爸答应带她上“肯德基”的许诺一次次落空，总说爸爸“骗人”……陈榕生无奈，每一次都是嘴皮子上“改”得“完全彻底”，第二天依然故我。

今年（1996年）2月至4月间，陈榕生在“严打”斗争中，先后荣立个人二等功、三等功各一次。他的部下就嚷嚷要“头儿”把最苦、最累、最险、最难的“活儿”匀一些出来，别全给“私吞”了。陈榕生笑笑：刑警嘛，谁不想多挂上几枚警功章？不为那百把块钱的奖金，为的是刑警的荣誉啊！

“刑警的荣誉”，重若千钧。

原载：1996年第15期《人民公安》杂志
1996年第11期《福建公安》杂志

延伸阅读

侦破通讯一

607 房的神秘来客

——6·11 特大杀人抢劫案侦破记

1991 年 6 月 11 日傍晚 6 时许，福州某大饭店 607 房的神秘来客在劫走一名外汇倒爷的 3.6 万元巨款、留下一具血肉模糊的尸体后，飘然离去……

一

正是晚饭时间，福州市公安局刑警大队的侦查员们和技术人员纷纷搁下手中的碗筷，赶到了发案现场。经现场勘查和调查，案发后去向不明的 607 房的两名青年男子，有重大嫌疑。技术人员从现场提取到了部分指纹，此外还发现，607 房的住客之一，持莆田人“周有贵”的居民身份证登记住宿。

经莆田公安机关连夜查证，证实确有周有贵其人，但周有贵发案当日未离开莆田，无作案时间。周有贵自述身份证在 4 月中旬被一操莆田口音、身份不明的青年男子骗走。

“6·11”案件专案组的陈榕生等同志连续几天，频繁穿梭于福州——莆田之间，大海捞针般开展调查访问。在对福州的数十名外汇倒爷的侦讯中，一倒爷供认：4 月间，曾在外贸中心酒店门口与操莆田口音的两名青年男子做过一笔外汇交易。这一线索迅速得到了证实，外贸中心酒店 4 月 24 日的住宿登记卡中，留有“周有贵”的笔迹！

据此，侦查员分析认为，两名流窜作案的犯罪嫌疑人于 4 月间骗走周有贵的身份证冒名顶替潜来福州时，便预谋策划了这起杀人抢劫活动。但何以迟至 6 月 11 日才杀人行凶？显然是在寻找“油水大”的主顾，而出手阔绰、梦想一口吃个胖子的被害人柯某某，恰恰成了他们最合适的猎物。

旋即，专案组兵分二路：一路继续在福州明察暗访，另一路于莆田—涵江之间，以嫌疑人的相貌画像为线索，开展侦查。在此后长达一个多月的时间里，侦查员们顶高温、冒酷暑，查阅了近 4 万户户口底册，对接近嫌疑人特征的百余名对象逐一进行了查访、甄别，行程遍及全省及部分友邻省市，但收效甚微。

二

7 月 16 日，一条并不明朗的线索，被侦查员陈榕生等精心地挖掘了出来，并迅速引起了专案组的高度重视：据 ×× 饭店保安部一工作人员回忆，6 月 12 日，即案发后第二天下午，有人挂电话向保安部询问 607 房被害人“打架受伤的情况”。专案组分析认为，此电话极可能为凶手所挂，意在了解被害人的伤亡情况，这是犯罪分子在作案后掂量自己所犯罪行轻重程度时的普遍心理。这是不是可以说明凶手有使用电话的习惯呢？

侦查员们紧紧抓住了这一条蛛丝马迹，次日，几名精干的侦查员来到了福州电信局，查阅了近几个月来福州市长途电话的使用情况，发现：所谓的“周有贵”其人，曾于 4 月 25 日上午，在福州与莆田地区电话号码为“35××××”“22××××”的两名用户通话。

这是一条重大线索。

第二天，侦查员们迅速驱车赶赴莆田。在当地公安机关和电信部门的配合下，查明这两处用户分别是莆田某驻军总机和涵江区 ×× 号许某某住处的电话号码。

对许某某的侦控刚开始，便获悉许某某已离开莆田前往福州，目的地不明。侦查员们又马不停蹄地折回福州。7 月 26 日，当许某某出现在马尾港时，即被扣留并迅速解往刑警大队。经相貌辨认和指纹比对，排除了许某某作案的可能性。

许某某交代：4 月 25 日自外贸中心酒店挂往其住处的电话，系好友明哥所为；并提供明哥有一朋友辉哥曾在驻军某部服役。

案件的侦破工作进入了决战前夜。

第二天凌晨，群情激昂的侦查员们在市公安局林秀光副局长的带领下出征。15 个小时后，捷报传来：明哥、辉哥二人分别于外出途中和住处被捕获。经指纹比对，认定二犯指纹与“6·11 案件”现场遗留指纹完全相同。

在大量事实证据面前，二人供认了杀人抢劫的犯罪经过：明哥因赌博输款，负债累累，便与辉哥“计划”来福州发一笔横财。4 月中旬，经二人巧妙策划，在涵江汽车站骗取了驾驶员周有贵的身份证。4 月 24 日，二人携凶器潜来福州，以兑换外币为诱饵，寻机杀人抢劫，但计划因故落空。6 月 9 日，二人再次潜入福州，以“周有贵”的名义住进××饭店607房，物色侵害目标。6月11日，二人看中了胃口颇大的柯某某，将其诱入607房，杀人劫款后，逃离现场。

至此，全案真相大白。（注：文中犯罪嫌疑人、被害人及相关关系人均为化名）

原载：1992年5月21日《福建日报》

侦破通讯二

虎穴大营救

——“12·3”特大抢劫、绑架、非法拘禁案侦破纪实

1995年新年的第二天，三部警车征战归来，浩浩荡荡驶回了长乐市公安局。在长乐市公安局局长林锦树、副局长周小敏等民警威严的月光下，8名耷拉着脑袋、神情沮丧的犯罪分子鱼贯般走下了囚车。被解救归来的遭绑架、非法拘禁长达28天之久的旅美华侨金土豪，与前来迎接的爱妻抱头痛哭……

这是一起精心预谋、策划，严密组织、实施，作案手段堪称“高明”的假冒警察抢劫、绑架、勒索巨额美金、非法拘禁人质案。

案发长乐　人质遭劫

1994年12月3日晚7时许，长乐市吴航镇西关综合楼X07室的门铃“叮咚”一阵作响。户主、长乐籍旅美华侨，刚从国外回国的金土豪打开了房门，只见门外站着3个穿着公安制服、面色严峻的壮年汉子，威严地对他说：“有人举报你这里有赌博，我们要进来看一看。”金土豪暗想，家中除太太、3岁的女儿和小侄儿外，并无外人，何来赌博？当下从容地打开铁门。铁门开启后，齐刷刷冲入4名全副武装的“警官”和2名“便衣”，其中1名佩戴“执勤”臂章的“警官”，掏出一本红本子在金土豪眼前晃了一下，自称：“我们是省厅防暴队的。”随后便有2名“警官”掏出2把模样怪异的手枪，将金土豪及其妻推入里间卧室，双双戴上手铐。一番“搜查”后，“警官”们又责令金土豪打开保险柜，抄走美金4000元、人民币10000元、港币3500元、美金3000元定期存折2本、手表

和“随身听”各1件及护照等证件8本。随后，“防暴队员”们解开了土豪妻手上的手铐，将金土豪押下楼来，推上早已停放在楼下的一部汽车上，与另一部汽车一道呼啸而去。

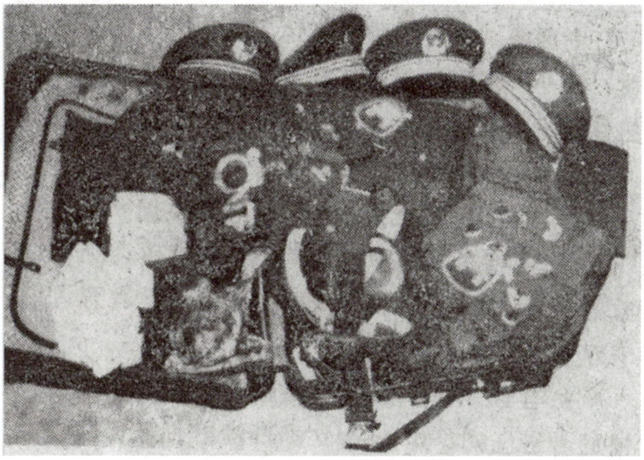

用于作案的假警服

警探联手　摸排疑点

金土豪被“省厅防暴队”莫名其妙地押走后，土豪妻忐忑不安，遂通过家住福州的亲戚向省公安厅了解情况，得到的答复却是：省厅并无所谓的“防暴队”这一机构。

省公安厅获悉此事后，副厅长陈由诚立即指令刑警总队会同长乐市公安局，对省公安厅、福州市公安局及所属各办案单位逐一调查核实，证实：各单位当日均不曾派出民警前往长乐市执行任务；当地公安机关亦未曾接到过任何一个执法部门前往长乐公干的通报。

根据这一情况，福州市公安局局长王长淦、副局长王小洪立即做出反应，指令刑警支队派出精干力量，会同长乐市公安局共同办案，查明真相。

旋即，福州市公安局刑警支队三大队副教导员陈榕生、刑警林志杰、魏贞文等3名屡立战功的优秀刑警披挂出征，与长乐市公安局刑警大队大队长陈建辉会合，衔命侦查此案。

侦查人员重新勘查了案发现场并走访了金土豪之妻。

据土豪妻反映：6名“警官”进入金宅后，即将其夫妇二人押入里间卧室，戴上手铐，交由2名持枪“警官”看押，另4人在各室中翻箱倒柜。在此过程中，未对其夫妇进行搜身、辱骂、殴打、调戏等过激行为。其小女因受惊吓大声哭泣，一名“警官”甚至友善地摸了摸小女的脸蛋，好言劝慰一句：“不要怕，你爸爸去去就回来。”很有些“文明执法”的味道。

侦查人员对所谓的“防暴队”当晚在金宅的活动情况进行了逐一细节的精心推敲，排除了种种假象，终于发现了下列疑点：(1) 6名“警官”进入室内后，即切断了金宅两部电话的电话线，隔绝了金宅与外界的联系；(2) 未出示任何有效法律文书，即对金宅实施“搜查”并抄走大笔财物，押走金土豪。而这一切，显然不会是公安执法人员所为。

专案组根据有关办案单位均未曾派出人员前往长乐办案这一情况，分析认为：金土豪是长乐籍旅美华侨，此番回国意欲投资房地产生意，颇有经济实力，极可能成为犯罪分子垂涎、侵害的目标。

种种迹象表明：这是一起精心策划、实施的特大绑架案。

既是绑架人质，必要勒索赎金！专案组厉兵秣马，做好了一切应急准备，单等“狮子大开口”！

挥师屏南　虎穴探秘

12月29日，金土豪之妻接到一个匿名电话，一个苍老的声音在电话中声称：金土豪已被绑架至屏南县，如若家属愿出40万元巨额报酬，将提供金土豪的拘禁地点，并要求土豪妻亲戚尽快携款前往屏南县与其会面。

同日下午，土豪妻又接到金土豪亲戚从美国挂来的电话：金土豪从国内某一不明地点挂电话前往美国，称自己已被绑架，要其亲戚务必在一个星期之内，拿出38万美元赎金汇往香港一亲戚处，否则性命难保……

一天之内接到的这两个神秘的电话，令专案组颇为踌躇。后一个电话，显然像是金土豪在犯罪团伙的胁迫下所挂，因为电话中未透露金土豪目前的关押地点，以及由何人、在何时、通过何种方式前往香港亲戚处取出赎金。而前一个电话就耐人寻味了，因为这个匿名电话明确表示金土豪现关押在屏南县，但又没有说明具体地点。此人究竟是何许人也？与绑架团伙是否有瓜葛？若有，他在团伙中扮演的又是什么角色？令人莫测高深。

专案组对屏南挂来的匿名电话，进行了精心分析、推理，做出了最坏的打算：一者，可能是犯罪分子的调虎离山之计，以通过此举转移警方的注意力，把水搅浑；二者，可能是犯罪团伙故意设下的圈套，以察探虚实，如若警方大兵压境，犯罪团伙则缩回老巢，按兵不动，转而另图他策，如若来人真是被害人家属，又可当面要挟，或者干脆动用暴力；三者，专案组最希望看到的情况是，有人在绑架团伙中暗中作梗，背着主谋私下与被害人家属单独联系，以获取私利。

金土豪尚未被歹徒“撕票”，屏南之行，就是侦破此案的唯一线索了。侦查员们暗下决心：此行即便是虎穴龙潭，也要闯一闯了！

次日上午10时许，三名侦查员经12个小时的长途跋涉，抵达屏南县，住入了约定的华侨旅行社401号、403号房。

半小时后，果然有一名老者敲响了房门，诡秘地闪入室内。

“你们是福州来的？”来人闪动着一双老谋深算的眼睛。

“是的，我们是金土豪的亲戚。”陈榕生副教导员扮演着金土豪亲戚的角色，一副焦急不安，为救人质不惜重金的样子，巧妙与来人周旋。

“这次绑架，是一个叫阿肥弟的人组织的，也是你们长乐人。”来人似乎极欲获取金土豪“家属”的信任，以获得那笔40万元之巨的“报酬”，断断续续道出了一些内情。

“这个我知道，”陈榕生一边察言观色，一边继续“吊”着来人的“胃口”，以期获取更多的内幕情况，“为救人，我们不怕花钱，关键是这笔钱要花在该花的地方。”

“那是，那是！”来人极力表白自己知道内幕，“参与绑架人质的，还有我们屏南人阿得金、阿得银两兄弟。他们把金土豪绑架到屏南后，先关押在熙岭乡后院村一间空房内，二十多天后，又转移到屏城乡后龙村，3天后，又转移了……他们雇人对金土豪24小时武装看押，日夜手铐加身……”

经一番“讨价还价”，双方以20万元的“报酬”达成“协议”，并约定待来人探明金土豪的准确拘禁地点后，即支付现款。

谈判中，陈榕生副教导员巧妙地记下了来人的真实姓名、住址、单位和身份证号码。

决战山城　营救人质

当日下午，专案组一行为保证人质的绝对安全，通过省公安厅刑警总队，秘密与屏南县公安局取得了联系，请求屏南警方全力配合，协同作战。

根据专案组提供的线索，屏南县公安局局长李烈寿、副局长李春从、刑警大队长熊寿鹏火速调集精兵强将，秘密展开侦破行动。

屏南警方果然手段高强，傍晚时分，即有一条重大线索反馈上来：居住在屏南城关翠屏路228号的阿得金、阿得银两兄弟确曾参与了此次绑架活动，是骨干分子，熟知内情；此外，二阿已于当日上午奔赴周宁县办事，二人在周宁县无亲无故，少不了住旅社。

异地拘捕，不致打草惊蛇，真可谓天赐良机！

当晚9时许，专案组侦查员林志杰，会同屏南县刑警大队大队长熊寿鹏，连夜驱车100多公里奔赴周宁县，在当地公安机关的紧密配合下，将已住入周宁外贸大酒店的阿得金、阿得银两兄弟捕获，经就地突击审讯，二阿供认了由阿肥弟策划，其兄弟二人又雇用所谓的"中国第一家黑狮追债公司"总经理龙哥等人，前往长乐市抢劫、绑架金土豪，并将人质非法拘禁、勒索38万美元的犯罪事实。

两名主犯已经落网，案情已基本明晰，但人质金土豪由阿肥弟多次转移地点后，目前关押于何处仍是个谜。

屏南警方的侦查机器继续高速运转。

12月31日上午，屏南警方侦悉：从某部退伍不久的屏南人史某某，近来与自称"长乐老板"的阿肥弟打得火热，几天前史某某曾托人联系租房，事后不久，史某某一伙便搬入城关松坫巷一出租房内居住。平时该房紧闭房门，不时有人在此神秘出没。

显然，人质金土豪极可能被关押于此。

另据侦查：阿肥弟已计划明日离开屏南，飞赴广州。为庆贺他们的所谓"辉煌战果"，当晚，阿肥弟将携其情妇，在县城金城大酒店设宴，款待各路狐朋狗友。

决战关头，专案组陈建辉大队长、陈榕生副教导员会同李烈寿局长、李春从副局长，就捕歼行动进行了精心研究，制定了先救人质，后擒嫌犯，确保人质绝对安全的行动方案。

当晚5时许，参战民警分成松坫巷人质解救组、金城大酒店抓捕组、落脚点搜查组三个行动组，并由有关领导亲自带队，分头投入战斗。

10分钟后，人质解救组在陈建辉大队长、李春从副局长的带领下，悄悄摸进松坫巷史某某一伙暂住处。恰在此刻，史某某踱着方步从室内走出，欲外出吃晚饭。众民警一拥而上，将史某某扑倒擒获。经就地审讯，史某某供认人质正在此处，现由阿肥弟内弟史小二看押，其身上携有钢珠手枪一支。经一番政策攻心，史某某表示愿与警方合作，争取戴罪立功。片刻后，史某某按警方指令返回关押点，佯装愿替换史小二“值班”，让史小二外出吃饭，并骗下了史小二手中的钢珠枪。史小二不知是计，将手中枪交给史某某，随即迈出门外。说时迟、那时快，就在史小二迈出大门的一刹那，守候在门外的公安民警恰如猛虎下山，以泰山压顶之势扑倒史小二，将其生擒。

室内，被反铐双手，毛巾蒙眼，非法拘禁已长达28天之久的被害人金土豪，此刻胡子拉碴、蓬头垢面，浑身污臭不堪，望着将其救出火坑的人民警察，竟以为是一场白日梦。当陈建辉大队长用长乐方言告知其真相，并询问他的身体状况时，金土豪突然一阵狂笑，连叫：“不可能，不可能！”随后便一把抱住陈建辉，痛哭不止。

同一时间，另两组民警也大获全胜。在金城大酒店，参战民警捕获首犯阿肥弟、主犯九哥（男，屏南县人）、龙哥（男，浙江省人）、民哥（男，宁德市人）及王某（女，四川人）、张某（女，浙江人）等人，并从翠屏路228号查获用于作案的公安制服5套、手铐2副、钢珠枪3支。

羊城密谋 群魔落网

捷报传来，长乐市公安局局长林锦树、副局长周小敏亲自率领11名具有丰富办案经验的民警，连夜驰援屏南，于新年元旦抵达该县，立即着手对在押案犯进行就地审讯。

在大量事实证据面前，阿肥弟一伙不得不供认了自己的全部犯罪事实：

原来，阿肥弟，系长乐籍香港居民，因充当“蛇头”组织偷私渡活动，而被国际刑警组织通缉。此人与被害人金土豪曾有一面之交。去年（1993年）年底，阿肥弟潜回内地，并在广州市活动期间，结识了阿得金、龙哥等人。几条汉子臭味相投，经阿肥弟策划，并自愿出资50万元人民币用于组织绑架活动，三人一拍即合，决定就以阿肥弟提供的刚从美国探亲归来、欲在国内投资房地产生意、家资丰厚的金土豪为作案目标，着手实施犯罪活动。

事后，龙哥从阿肥弟手中接过其预支的22000元人民，即在当地雇用了4名打手，装备了5支钢珠枪和手铐，与阿得金、阿得银等人潜入屏南县，事先联系好关押人质地点和车辆，并骗取了一张某单位的介绍信，于12月2日窜入福州，购买了6套警服，随后便径往长乐市城关西关综合楼严宅踩点，熟悉了严宅地形、方位和电话号码，预备作案。

12月3日晚7时许，龙哥、阿得金、阿得银、九哥等人酒足饭饱后，换上全套公安制服，驱车窜入长乐市。先由阿得金挂电话打探严宅动静，阿得金屏息静气拿起听筒，听到一名男子“喂”了一声之后，阿得金迅速挂断电话，率众歹徒冲向金宅。6名歹徒假冒警察作案得手后，用毛毯蒙眼、枪顶脑壳，连夜将人质金土豪绑架至屏南县关押。随后由阿肥弟出面，向金土豪亲属勒索38万元巨额美元。

至此，这一起由境外黑社会分子勾结国内犯罪分子，精心策划、实施的特大抢劫、绑架、勒索案，终于真相大白。（注：文中犯罪嫌疑人、被害人及相关关系人均为化名）

原载：1995年5月3日《福建法制报》

警长林新

——象园派出所警长林新速写

挂上了金闪闪的三等功奖章，警长林新乐了。

长得虎头虎脑、浑身上下仿佛都是力气的林新不能不乐。今年（1997 年）4 月以来，他所在的福州市公安局晋安分局象园派出所在全市率先实行了派出所警务机制改革，作为竞聘上岗的第一任象园户口段警长，林新在属于自己管辖的那块“责任田”里“精耕细作”，着实尝到了一番丰收的喜悦。

1997 年 3 月间，象园派出所大胆实施了以侦防分开，一居（村）一段一警，内保单位、公共场所、特种行业管理权下放等为主要内容的新的警务体制。段警[①]不再承担案件侦查职能，转而集中精力抓好治安管理、安全防范、社区服务和文明安全小区工作。而这一切，恰恰为小林提供了一个施展才华的英雄用武之地。

上任伊始，小林没烧“三把火”，而是一头扎进了户口段，一家一户地登门造访，反复宣传组建治安巡逻队和修建治安岗的重要性。整整磨坏了一双警用皮鞋，由七名联防队员组成的巡逻队终于组建成立，并开始实施 24 小时联防巡逻。曾一度比较混乱的象园地区，忽然就变得那么宁静、安全起来，用当地居民的话说，是“吓也把坏人吓跑了！”

巡逻队上路了，治安岗建成了，小林往“责任田”里跑得反倒更勤了。小林深知：没有一番艰苦的劳作，不可能真正品尝到丰收的喜悦。很快，常口、外口、重口、出租户、帮教对象、刑满释放人员、解除劳教人员、内部单位、特种行业、私人诊所、出租车等一系列情况，详尽出现在小林的《民警手册》里，小林对辖区情况了如指掌，扎扎实实的基础工作，使小林如鱼得水，也仿佛有了一双火眼金睛。9 月 27 日凌晨，四名外地男青年携带 580 斤紫铜片到象园一废品站销赃，未及脱手，便被闻讯赶来的林新和联防队员人赃俱获。暂住在辖区的外地女青年高某，其住处常有男子进出或留宿，也没逃出林新警惕的眼睛，经两天两夜守候，终于抓了场“现行”，并从中扩大战果查获卖淫嫖娼人员 15 名。

---

① 段警，即户口段民警。

今年4月以来，林新战绩不菲：先后为侦查部门提供破案线索3条，破获刑事案件5起，抓获各类违法犯罪人员27人，从中破获案件14起，缴获毒品6克、砂枪1支及轿车、电脑遥控板等一批赃物。

金秋十月，林新双喜临门。一是辖区4~10月刑事案件的发案数从去年同期的36起下降为2起，下降率为94%，真正实现了案件的负增长；二是戴上了光荣花，市公安局局长王长淦亲自为他挂上了警功章。

2012年4月，林新同志光荣当选福建省第三届“我最喜爱的十大人民警察”

原载：1997年12月3日《福建法制报》

神探陈乃宁：蛛丝马迹破悬案

——记福州市公安局刑侦支队政委陈乃宁

陈乃宁

从雪白的墙壁上找到针尖般大小的血点，经推断分析再现了命案的惨烈一幕；从茶几上放着的几片橙子皮，准确定性为一起凶杀案，让凶手低头认罪；从一张洗衣单据上找到案子的突破口，让一起入室杀人案水落石出。

他就是福州市公安局刑侦支队政委陈乃宁。一个40多岁的普通男子，却有着一双不同于常人的“火眼金睛”，总能发现一些蛛丝马迹，在纷扰的疑团中抽丝剥茧，破解一桩桩悬案。

陈乃宁，男，1958年8月17日生，现任福州市公安局刑侦支队政委。他畅游在刑事科学的殿堂，揭开一桩桩刑事案件的真相，剥下一个个犯罪分子的画皮，还公平、正义于人间。

陈乃宁博学多闻、细心耐心、坚持原则，其敏锐的观察力和缜密的推理分析帮他破获了许多案件，也赢得许多警界荣誉，先后获得个人三等功3次并获省严打先进个人、省公安科技先进工作者、省优秀人民警察、优秀党务工作者等荣誉称号。

“证据就在墙壁上！”

小保姆离奇死亡，雇主咬定是意外摔死，死者家属却认为这不是事实，小保姆究竟是怎么死的？陈乃宁从保姆房间的墙上，发现了肉眼难以看见的血迹，据此分析推理出一桩凶杀案。

2004年4月27日上午，福州市仓山区洪山桥某山庄某座3××室保姆孙某萍离奇死亡，尸体随即被雇主火化了。

警方介入调查，雇主高某一口咬定，孙某萍是在倒垃圾时不慎摔伤头部，导致脑震荡经抢救无效死亡的。没有现场，没有目击者，没有尸体，给案件侦查带来困难。小保姆的死是意外摔伤所致还是另有原因,一时间成了解不开的谜。

刑侦技术人员两次对高家进行勘查，均无功而返。陈乃宁出马了，他对房东家墙面北侧的墙特别感兴趣，伸手摸了一把，手掌上没有出现应有的灰尘，再凑近细看，发现墙壁被人刷过："证据就在墙壁上！"

陈乃宁拿着显微镜仔细观看，终于在保姆房东家墙面北侧距地面 1.75 米处发现一滴针尖般大小的暗淡血迹，接着又在距地面约 0.6 米处发现两滴血迹。经 DNA 鉴定，确认这是小保姆遗留的血。

据此陈乃宁再现了案发现场：小保姆站着时被高某抓着头撞向墙壁，造成后颅脑枕部破裂出血，血向外喷溅，在距地面 1.75 米则是喷溅的最高处，所以才只有针尖大小；小保姆被撞击后站不住，就顺着墙体坐到地上，才有东墙中间距地面约 0.6 米的血迹。

听完陈乃宁的分析推理，凶手高某惊得目瞪口呆，不得不低头认罪。

通过橙皮锁定凶手

凌晨 4 时许，一对男女遭人砍杀，男子被砍 30 多刀身亡，女子被砍 10 多刀重伤昏迷。仇杀？情杀？熟人作案还是流窜作案？一时难以准确定性。陈乃宁在现场茶几上发现几块橙皮，据此锁定犯罪嫌疑人。

2005 年 1 月 9 日凌晨 4 时许，福州台江区洋中里后巷 1×× 号发生一起故意杀人案，住在该处的李某敏（女，32 岁）及其男友林某勇（男，28 岁）夜间遭人入室砍杀，林全身被利器砍中 30 多刀，大量出血死亡。李被砍 10 多刀，重伤昏迷。

福州市公安局刑侦支队立即组织侦查技术人员赶赴现场。但从现场条件看，仇杀、情杀、谋财害命、熟人作案还是流窜作案，一时难以准确定性。

陈乃宁来到现场，他缓步从一楼大门入口开始进行勘查，忽然他眼前一亮，一楼大厅的茶几上有一盘橙子，旁边放着剥掉的橙皮。

经过侦查，发现两受害人当晚并没有吃橙子。陈乃宁分析，深夜客来，以橙子相待，那么来人必是熟人！结合受害人被砍 30 多刀的情况，陈乃宁果断提出此案应按照熟人仇杀的方向来侦查。侦查方向明确后，专案人员顺藤摸瓜，很快发现李某敏前男友陈师某有重大作案嫌疑。1 月 11 日 18 时 40 分，民警在晋安区新店镇抓获陈师某。

经预审，陈师某供认因追求不成而对李某敏怀恨在心，于 1 月 9 日凌晨 3

时许潜入台江区洋中里后巷 1×× 号持刀砍死林某勇、重伤李某敏的犯罪事实。

洗衣单上找到突破口

辨凶于毫厘之间，破案于细微之处。长年的刑事技术工作，陈乃宁练就了一双超凡的锐眼。一男子涉嫌故意杀人，牵涉两条人命，警方拿不出有力证据让他服法。陈乃宁临危受命，从一张洗衣单据入手，让一起入室杀人案水落石出。

2005 年 4 月 2 日凌晨 1 时许，晋安区鼓山镇连潘村连村 ×× 号胡某妹（女，23 岁）和年仅 3 岁的儿子被人杀死在房内。接警后，刑侦支队立即组织警力赶赴现场。有重大作案嫌疑的严英某（男，24 岁）被警方控制。

面对警方询问，严英某谨慎作答，滴水不漏，让几名预审专家无可奈何。众人将目光投向陈乃宁。

陈乃宁镇定自若。现场有明显的搏斗迹象，死者和凶手身上必留有微量痕迹！陈乃宁让技术人员用高科技手段收集证据，从死者胡某妹指甲上沾有的微量人体组织块进行 DNA 鉴定。同时组织人员搜查犯罪嫌疑人住所，发现了严英某案发当日的一张洗衣单据。

“快，取回严英某的西装！”陈乃宁喝令道。办案民警迅速赶到洗衣店。果然，在严英某的西装口袋内提取到了胡某妹的微量血迹，与死者胡某妹指甲上发现的严英某的人体组织块相符。

至此，严英某交代了自己的犯罪事实。原来，案发前 10 多天，严英某因赌博输了钱，向胡的同居男友严某某（男，25 岁，被害男童生父）借钱，不成后怀恨在心。4 月 1 日傍晚，获知仅胡母子二人在家，当晚 8 时许窜至胡家，用菜刀杀害胡母子二人，从房内搜到 600 元钱逃离现场。

原载：2007 年 2 月 23 日《东南快报》

“其局”其笑

——记全国先进工作者、福州市鼓楼公安分局副局长陈其清

陈其清

“其局”爱笑，笑来很爽，很豁达。

“其局”何许人也？福州市公安局鼓楼分局分管刑侦的副局长陈其清是也。“其局”虎背熊腰，鼻直口阔，眼睛不大却十分凝神；笑容在脸上漾开时，像大男孩，像笑面佛，也像聪慧的智者。分管刑侦的公安局局长，形象大多是面色凝重，目光如隼。“其局”却总是笑容可掬，笑中有一份自信，有一份淡定，有一份谦和，有一份大度，有一份洒脱。

笑迎刀光剑影，笑看风生水起，笑对五彩人生。

“其局”其笑，确有别样的韵味。

一

“其局”笑吟吟走进福州市公安局亭江派出所的时候，小伙子并没有意识到，自己的警察生涯，竟是“劳碌命”的发端。小伙子勤快，手脚麻利，人缘好，跟全所上上下下都相处得十分融洽。

这是1988年7月，陈其清从福建省人民警察学校毕业分配到亭江派出所。所里人手少，自己又是最年轻的，所里的脏活、累活、苦活几乎由他全承包了。小伙子笑嘻嘻的，干得挺欢。次年春节，小伙子已大半年没回家了，还真想穿上警服，回家让家人看看。这天，指导员把他叫到办公室，面有难色：“小陈啊，你是以所为家！你也知道，所里就这几条‘枪’，春节值班，人都安排不过来……”小伙子露出了一口白牙，笑容很灿烂：“指导员，我当什么事嘛！春节值班，我多排几个，没问题！”

整个春节，小伙子都在派出所值班了。

1995年11月，陈其清调往晋安区刑警大队。

大队正是用人之际——晋安河畔连续发生二十余起入室盗窃案件，作案手段、规律基本相似：白天作案，先敲门，确定屋里没人就撬门入室盗窃。一时间，居民白天都不敢外出。不久后，又有犯罪分子窜入一名外省来榕工作的女子家中，将该名女子捆绑后，洗劫了总价值10余万元的财物。

福建省公安厅将此案列为挂牌督办案件，由于缺乏有价值的线索，案件侦查陷入僵局。经分析，担任专案组组长的陈其清发现，这起案件和连续发生的盗窃案件有诸多相似之处。会不会是一起由入室盗窃转变为入室抢劫的案件？他将二十余起盗窃案现场的痕迹、物证进行了精心分析和比照，确定了犯罪嫌疑人是同一伙的可能性很大。在那一段时间里，陈其清带着他惯有的笑容，和看车大爷聊、和买菜的老太太聊、和小店老板聊……犯罪嫌疑人曾经出现的每一个地方，陈其清和他的同事们都没有放过。

关键时刻，陈其清笑了。对象锁定，该收网了。

这天晚上，侦查得知，犯罪嫌疑人将在一家洗浴中心出现，陈其清带领刑侦小组身着便装迅速赶赴现场。到洗浴中心后，一个棘手的问题出现了：洗浴中心人多眼杂，要找出一个人十分困难，逃跑却很容易。怎么办？犯罪嫌疑人具有很强的反侦查能力，一旦逃窜，再要抓捕就更加困难了。

战友们面露难色。嘀咕间，陈其清忽然神秘地笑了，战友们面面相觑。

只见他径直走到洗浴中心前台，用电话拨打了事先掌握的犯罪嫌疑人的传呼机号码，然后，和战友一起静候“好戏”。果然，传呼信号发出不久，犯罪嫌疑人身着浴袍出现了。抓捕、上铐、押回，一气呵成，干净利落。

这年，是陈其清的大丰收之年，先后有近30起重大案件在他和同事们的努力下告破，其中一些是遗留很久的积案，还有很多省、部级公安机关挂牌督办的大要案。

战友们挺服，其清的笑，还真有些神。

二

1998年10月，晋安区连续发生多起飞车抢夺案件，社会影响恶劣。犯罪嫌疑人行踪诡秘，具有很强的反侦查能力。时任晋安刑警大队副大队长的陈其清奔忙在案件侦查一线，翻卷宗、看资料、做调查，排除一个个可疑对象。排查的范围越来越小，主要犯罪嫌疑人逐渐被锁定。可是，就在参战民警准备实施抓捕的时候，犯罪嫌疑人却突然销声匿迹。对办案人员来说，这是对信心的严重打击，难道案件侦查就此搁浅？

陈其清成竹在胸，笑容依旧。

这天中午十二点左右，陈其清调集人马，赶飞机，直奔南京。原来，在分析案情的过程中，陈其清根据线索，对犯罪嫌疑人生活的外围情况有了全面掌握。犯罪嫌疑人有一个女朋友在南京，一个南京地区的电话号码早已出现在他的视野中，这是犯罪嫌疑人一个可能性极大的逃窜方向。

夜色渐浓，陈其清一行便装进入村子，抓捕行动安排笃定。

一组抓捕民警敲门。随即，屋后传来一阵嘈杂之声。原来，犯罪嫌疑人听到敲门声，顿生警觉，仓皇从后门出逃。黑暗中，一只"无影脚"飞来，嫌犯摔了个"狗吃屎"，旋即被扣上了手铐。

清朗的月光下，慌忙中半裸出逃的嫌犯看到了一张警察欢畅的笑脸，斯文有加："请吧，'兄弟'。我们那包吃包住，全免费。"

自此，"其大"陈其清被叫响了，名气渐大。

2003 年 3 月，福州晋安区一名男子在晋安河畔被杀。经过一段时间的缜密侦查，两名犯罪嫌疑人被锁定，这天，犯罪嫌疑人将在福州某温泉澡堂门口出现……

该澡堂位于福州市繁华路段，人流密集，鸣枪必然引起恐慌，甚至造成意外伤害。陈其清要求参战民警，不到万不得已不能开枪。一切准备完毕，陈其清带领参战民警奔赴犯罪嫌疑人可能出现的地点设伏。参战队员中，有 4 名实习民警是初次参加这种大型抓捕行动，神色紧张。陈其清从容一笑，挨个拍拍他们的肩膀："别紧张，有我在！"

其实，陈其清深知，这是一场非同一般的抓捕行动。犯罪嫌疑人犯有重案，极其凶残，随身携带利刃，已做好了"鱼死网破"的准备，抓捕地点又是在人流密集的地段……抓捕行动必须万无一失。陈其清在脑海里一遍遍思考可能出现的意外情况，并适时根据现场情况进行调度。

半个小时以后，2 名犯罪嫌疑人出现了，他们警惕地扫视四周。5 分钟后，犯罪嫌疑人到达了设伏位置。陈其清一个手势，带头扑在了最前面。一名犯罪嫌疑人见势不妙，拔出一柄锋利的匕首刺来。陈其清大喝一声，身体一侧，匕首带着寒光，从他的面颊右侧不足 10 厘米处划了过去。一番殊死搏斗，两名玩命凶徒被参战民警制伏。

三

陈其清视战友如兄弟，一副宽容、温厚之笑，总让弟兄们倍感温馨、亲切。

“工作看情绪、活动看兴趣、吃饭看饭量、走路看神态。”这是陈其清的带兵心得。有一段时间，时任鼓楼刑侦大队大队长的他，发现鼓楼刑警大队的民警小郑情绪低落，人也日渐消瘦。这天中午在食堂吃饭时，陈其清笑呵呵地主动坐在小郑身旁，跟他聊起了家庭、孩子的事，小郑的眼里就有些潮。陈其清拍着小郑的肩膀说：“啥事都不要自己扛着，我们都是你的战友兄弟。”小郑终于打开了话匣子。原来，他 12 岁的女儿得了白血病，巨额的治疗费用让小郑苦不堪言。陈其清当天下午就在全大队民警会议上，号召全体民警向小郑同志奉献爱心，并且带头捐款。在他的带动下，全队民警和分局的部分同事，纷纷向小郑伸出了同情、援助之手，帮小郑渡过了难关。小郑的女儿经救治康复了，重返学校。这件事后，小郑三番五次对陈其清表示感谢，陈其清笑得格外大度：“不说这个，不说这个。兄弟情分，应该的！”

原福建省委书记孙春兰接见全国先进工作者陈其清等同志

2007 年，陈其清升任了鼓楼公安分局副局长。

2009 年 5 月 14 日，未成年人杨某因与同学发生口角，持刀将同学割喉刺伤，随后藏匿在一民房内，鼓楼刑侦大队民警闻讯立即将现场封锁包围。“其局”第一时间赶到了现场，当了解到杨某只是个未成年人，平时一贯表现较好时，决定只身赤手空拳进入民房做杨某的思想工作。战友们七嘴八舌地劝阻。“其局”从容笑着：“不就是一把刀嘛！”径直朝黑屋走去。战友们都为他揪着心。“其局”进屋后，杨某舞着刀，情绪激动地叫嚷着：“别过来，别过来！”“其局”脸上漾起笑容：“我是鼓楼公安分局副局长陈其清，我负责这个案件。”说罢，拖过一把椅子，缓缓坐定，笑微微地盯着杨某。片刻，杨某在“其局”的注视下，眼神开始飘忽，持刀的手不停地颤抖，额上虚汗直冒：“你，你，你别笑。”“哈哈哈，为什么不笑？生活原本是多美好的啊！”“其局”坦然笑道，忽然话锋一转，“美好的生活被你今天的愚蠢行为破坏了！父母含辛茹苦把你养这么大，你不觉得今天的行为对他们是一种莫大的伤害吗？放下刀，你还有重新做人的机会……”“其局”语重心长，一口气说了二十多分钟……突然，杨某丢了刀，扑通一声跪在地上，痛哭流涕，大声叫道：“伯伯，您救救我！”

从警23年，“其局”把最苦涩的笑只留给了家人。女儿生病，他常常不能在旁边照顾；家务活，全撂给了妻子；女儿心疼爸爸，总想着给爸爸过一次像样的生日，连着几年，“其局”却总是失约。每次听着妻子、女儿失望的嗔怨，“其局”只能无奈苦笑……

1988年以来，陈其清先后二十余次荣获先进个人、三等功和市劳动模范、省优秀人民警察、公安部二级英模、全国五一劳动奖章、全国先进工作者等荣誉称号。每听人说，鲜花和掌声伴随他走过了23年的从警生涯，“其局”就笑，一派豪爽：“是啊，若能杯水如名淡，应信村茶比酒香！”

“其局”其笑，笑出了一代人民警察的从容、自信、豪迈。

（注：此作获全市政法系统“我身边的共产党员”征文一等奖）

原载：2012年第6期《八闽好儿女》杂志

好警“清哥”

——记“福州好人”、永泰县公安局城关派出所民警林玉清

林玉清

在大樟溪畔，在清云山麓，在景色秀丽的山城——福建省永泰县，提起永泰县城关派出所民警林玉清知者寥寥，但提起老警察“清哥”，却是无人不知，无人不晓。“清哥”有故事，故事还颇具传奇色彩：从警30年，“攒”下高血压、糖尿病、心绞痛等多种疾病；两次与死神擦肩而过；值了28年的年三十、初一节日班（另2年因负伤住院缺席）；和精神失常的妻子26年相濡以沫……

“清哥”的故事，几分悲壮，几分清苦，几分凄美……

大年三十、初一值班成了林玉清的“专利”
颅骨、肩胛骨开裂缝了26针，妻子精神失常

1983年9月，正是全国范围的严打斗争如火如荼开展的时候，林玉清从驻闽空军部队复员，调入永泰县公安局。一入警，就被分配到距离县城有几十公里远的偏僻山区塘前派出所工作。林玉清那时还是一个初出茅庐的毛头小伙，手脚勤快，腿脚麻利。他跟在老民警身后，短短数月，就把塘前的山山水水走了个遍。

山区民风纯朴。一日，一位老汉，一头大汗匆匆跑进派出所，一屁股就瘫坐在地。林玉清用左右两手托着老汉的胳肢窝，将老汉扶到座椅上，说：“依伯别急，慢慢说。”老汉呼呼喘着粗气，说：“我的牛、牛、牛丢了！”耕牛是乡下农民的命根子。像塘前乡这样的地方，一年难得有几起盗抢案件，会不会是走失的呢？换作别人，宽慰老汉几句，这事也就了了。可林玉清较真，搀上老人就往“案发地”跑。正是初冬时节，稻田中的水冰凉刺骨。林玉清打量着“发

案地”：一垅一垅的水稻田，紧挨着蜿蜒曲折的大山，哪有个人影啊？就俯下身，寻摸着牛蹄印，算是“跟踪”吧。爬了几座山头，跑了几十来里地，一脚水、一脚泥地找牛……

傍晚擦黑时分，林玉清回来了。老所长迎出门外，见林玉清足蹬解放鞋，裤腿卷得老高，一身泥痕，正用袖管擦汗呢，就问：“怎么样跑了大半天。”说着就把一大茶缸“凉白开”递了上去。林玉清接过茶缸，“咕嘟咕嘟”一饮而尽，露出一口白牙，憨笑着：“找到了，找到了。所长分析的对，牛是自己走失的。”老所长拍拍他的肩膀说：“辛苦了，赶紧洗洗，换换衣服，还没吃饭吧？”林玉清“嘿嘿”笑着：“老乡非要留我吃饭，我担心所里有事，先赶回来了。”老所长开始喜欢这个实在、厚道的小伙子了，就夸奖道：“做得对！不拿群众一针一线，这可是我们警察的优良传统。”小伙子把腰板挺得笔直，响亮回答：“是！”

转眼到了新年。老所长挠着头，正安排着春节排班的事。林玉清在老所长办公桌前拖把椅子坐下，“嘿嘿”笑着，也不说话。老所长故作威严，眼睛瞪得老大：“有事说事，傻笑什么？”林玉清就嗫嚅着：“所长，我是新民警，年三十和大年初一的班就安排我吧。”老所长说：“过年了，乡政府食堂可没人煮饭，街上的几家小卖部也都关门，你吃什么？”林玉清变戏法似地从身后拿出了几捆粉干、几束糟菜：“糟菜煮粉干，我都备好了，饿不着！”所长拍拍林玉清的肩膀，赞道：“当过兵的人，就是不一样。好！”从那时起，大年三十、初一值班成了林玉清的“专利”。老所长感慨：“什么苦，在林玉清的眼里都不算苦。当过兵的人，吃大苦耐大劳，那不含糊！”

1987年深秋的一天晚上，塘前派出所接到情报：有几名盗砍盗伐国家珍稀野生树种红豆杉的盗贼，乘坐一艘机帆船沿大樟溪逃窜。林玉清奉命和另外一名同事租用一艘民用机帆船沿江追捕。借着微弱的月光，小船渐渐接近了贼船。林玉清和战友站在风大浪急的船头，不断大声喊叫：“警察！停船接受检查！”并随时做好了跳船擒拿盗贼的准备。

不曾想，死神悄然迫近。

夜色中，林玉清和同事并未察觉，盗贼们为逃避追捕，举起了一根直径30公分的红豆杉，疯狂向林玉清他们砸来。“呯”一声闷响，红豆杉飞来，林玉清和另一位同事双双落水。更不巧的是，在落水的刹那，林玉清被卷入螺旋桨，头部左侧与肩胛一侧被巨大的螺旋桨打成重伤。船民和其他同事跳江救起了林玉清，紧急把他送往县医院抢救。颅骨开裂缝合了9针，肩胛骨皮开肉绽缝合了17针，共26针。林玉清在急诊室昏迷不醒。输血的战友们来了，还在坐月子的妻子抱着出生才7天的女儿来了。林玉清昏迷了三天三夜，妻子高度紧张，精神几近崩溃。忽一日，她说话恍恍惚惚，语焉不详：“你这个没良心的，你想去哪里享福呀？女儿的爸爸去哪里了，我找啊找，怎么都找不着呢？”

林玉清从死亡线上挣扎回来，已经是半年以后的事了。错过了那年大年三十和初一的值班，林玉清多少有些遗憾。但更让林玉清痛心的是，妻子因为在哺乳期经受了一场“生离死别”，竟致精神失常。

起初，林玉清还不敢相信，但日子长了，见妻子总说一些不着边际的话，总做一些没头没脑的事儿，就起了疑心。那日，下决心带妻子到大医院做了一次彻底检查，经确诊为精神分裂症。入夜，林玉清痛苦不堪，辗转反侧，一个人蹑手蹑脚走到老宅的后山，躲在乱草堆里，悄悄抹眼泪……

林玉清和他的家庭，至此，多了一层阴霾。

为方便林玉清照顾家庭，20 世纪 90 年代末，县公安局领导将林玉清调往刑警大队工作。

这又是一个没日没夜的活，出差、外调、追逃，忙碌接着忙碌，奔波连着奔波。年幼的女儿小佳佳由姥姥和奶奶轮流抚养，妻子的病情时好时坏。在小佳佳的记忆里，父亲难得一见，隔三岔五回来一趟，常给她带来小礼物和食品。小佳佳就笑，却不愿让这个多少有些陌生的爸爸抱。

节假日值班，往边远地区追逃，蹲坑守候这些又累又苦的活，都成了林玉清的“主打”业务。一次，有个往邻县一偏僻山村抓捕抢劫逃犯的任务。大队长正点将呢，林玉清就凑了上来：“我是山区来的，爬山我有经验、有体力，我去！”就和两名战友，带着嫌疑人的照片出发了。喝溪水，啃光饼，爬了三座大山，30 多里山路。趁着暮色，三人悄悄摸进了村，找到了嫌犯陈某的家。众人都揪着心：此地民风彪悍，信息闭塞，稍不小心，闹出个群体性事件，可就不好脱身了。林玉清跟同事们说：“我先进去，人抓住后，迅速撤离。”林玉清把一顶破草帽当扇子扇着凉，敲门：“有人在家吗，我是收山货的！”屋里一个壮年汉子回应道：“谁呀？”就开了门。木门开处，林玉清眼前一亮，运气真好啊，来人正是陈某。就笑说：“我是收山货的。”递烟、寒暄，“听说你们这里的山菇味道鲜美……我高价收购！”陈某放松了警惕，两人相谈甚欢。忽然，林玉清不经意问了声：“你叫陈某吗？”陈某不知是计，随口应道：“是。”说时迟，那时快，林玉清一个虎跃，将陈某扑倒，随即反扭其身，用膝盖顶压着陈某的脖颈处，反别其双手，将其铐起，随后用一件外套遮盖着手铐，将其押出屋来。

林玉清向同事微笑着点点头，两民警会意，簇拥而来。四人“谈笑风生”，沿途还不时朝陈某的乡里点头微笑，沿着村口小路，扬长而去……

“我这人是属狗的，命贱、命硬，死不了”
“清哥”遭遇了从警以来的第二次重大险情

岁月如梭、光阴荏苒。

若干年后，风华正茂、健壮硕实的林玉清成了“清哥”。多了些胡茬，添了些皱纹，身体生出了一堆毛病，只是笑容依旧。

“清哥”常挂在嘴边的一句话是“没事”，说这话的时候，“清哥”笑容憨厚，语言短促、干净，一种乐观、率真、耿直的气息扑面而来。

其实，“没事”的“清哥”，家中恰恰“有事”。

妻子的精神病，几番送入精神病院治疗，治疗、反复、好转……好转、治疗、反复……就这样反反复复。日子长了，“清哥”也摸出了一些规律：只要时常守着妻子，多陪她说说话、聊聊天，妻子的病情就会稳定。

就一名普通科员的工资，加上妻子少得可怜的一点退休金，要养家糊口、要照顾老人、要料理女儿佳佳的学业……“清哥”恨不得把一分钱掰成两半花。妻子犯病后，家里难有的一点积蓄，都花在了治疗妻子的病上了，日子过得自然清苦。家里的一应物件，都是 20 世纪 70 年代的老旧物品。直到去年（2012 年），全家人省吃俭用，才添置了一台 36 寸液晶电视。多少年了，“清哥”穿的都是警服，没给自己买过一件体面点的衣服。一件前胸后背各有一个拇指窟窿大小的毛衣，陪伴了“清哥”20 多年。

夏天，给妻子扇凉；冬天，给妻子擦身；闲来，陪妻子最多的是逛菜市场，跟菜农讨价还价，学会了做各种家务，还炒得一手好菜。一日，大学毕业后四处打零工的女儿，周末回家，“清哥”准备了一桌妻女爱吃的饭菜，一家三口团聚。妻子那日心情非常好，忽问：“我是不是得了不治之症？”“清哥”答：“没有，就算有，我倾家荡产也要把你的病治好，没事！”妻子又问：“那换做你呢？”“清哥”笑起来：“是我就不治了，我是狗命，能扛，钱留着给你们母女用。”女儿正扒着饭，听罢父母这一番对话，眼泪“扑扑”直往碗里流……

“清哥”比谁都需要钱，比谁都更知道钱的重要性，但却是个“贫贱不能移、威武不能屈”的真汉子。

一次，小舅子的一位好友骑摩托车违章，恰巧犯在“清哥”手里。动作挺快，“清哥”正带着人和车往所里走呢，手机就响了。小舅子在电话那头说：“姐夫，这是我一个很铁的哥们儿，也不是什么大事，手下留情，通融通融。”“清哥”听明白意思，回他一句：“这事别找我。”就把手机挂了。

此后，但凡求情、找关系的事，小舅子和亲家人，都没再找过他。

还是在刑警队工作期间，“清哥”手上经办了一起特大诈骗案。犯罪嫌疑人被刑事拘留的第二天，一个自称是嫌犯亲哥的汉子找上门来，见四下无人，来人面带笑容地拉开“清哥”的办公室抽屉，把厚厚的一个信封塞了进去。“清哥”把信封塞还给来人：“你干什么？”来人不依不饶，说：“小意思，小意思。”又把信封塞回“清哥”手里。“清哥”眼里揉不得沙子，这一急就变了脸，一把就把信封扔出门外，并下起逐客令：“走、走！”多少有些“粗暴”地把来人撵出了门外。

在近 50 岁的时候，“清哥”遭遇了从警以来的第二次重大险情。

这是一次突袭抓捕行动。情报确认，一名重大抢劫犯罪嫌疑人在偏僻的小山村出现。

轻装、简从，长距离奔袭，晚 11 时左右，一干人马往嫌犯居住地聚集。此刻，万籁俱静，星光点点，嫌犯的居住地被围死。“清哥”像往常一样，打头阵，率人攀墙、破门，再把嫌犯从热被窝里提溜出来……一切波澜不惊，顺利异常。嫌犯揉着惺忪的睡眼，还纳闷呢：“大哥，这是要带我上哪啊？”

押着嫌犯收队。天上星光稀疏，地下健步如飞。嫌犯却体能稀松，一会儿要填填肚子、一会儿要讨口水喝、一会儿又要休息休息……那时候正提倡人性化执法，都得依着。

路程刚过半，“清哥”几乎推着、搀着嫌犯一路前行。不巧，天降暴雨，道路泥泞，山路崎岖。“清哥”把便衣外套披在嫌犯身上。几支破手电的光线在雨夜中几乎不起作用。“清哥”紧紧拽着嫌犯的胳膊艰难前行，水里、泥里不知摔了多少跟头。在路经一处陡坡时，嫌犯脚下一滑，半个身子就滑出了路基。“清哥”惊叫道：“小心！”发狠力把嫌犯扯上了路面。却不料，“清哥”发力过猛，身子向后一坐，沿着陡坡跌下了悬崖……

战友们手忙脚乱，把“清哥”紧急送往医院抢救。还算幸运，除了腮帮缝了四针，胸骨、头骨擦伤外，无性命之虞。同事、好友前来探望、慰问，都为“清哥”又一次死里逃生唏嘘感叹。“清哥”最见不得别人为自己凄凄惨惨戚戚，就咧咧嘴笑：“我这人是属狗的，命贱、命硬，死不了！”

满屋皆笑，却是说者淡然，听者别有一番滋味在心头。

用掉了 3 瓶风油精，吃掉了半瓶降压药，“清哥”创造了一个小小的奇迹

两次与死神擦肩而过，加上高血压、糖尿病、心绞痛等多种疾病的折磨，“清

哥”的身体，可以说是危机四伏。

头昏、晕眩、胸闷、尿频、胸肋间时常剧痛……为了省钱，“清哥”到药店临时买药，都是找最便宜的药买。日子长了，城关地区的诊所都跟这个和善、乐观的“老病号”混得厮熟，每当“清哥”巡逻经过，都喊：“清哥，进来量量血压吧。”“清哥”总是朗声回答：“没事，正常。”

多少年来，“清哥”都没休过假，所里民警有个大事小情，顶班的，总是“清哥”。所领导曾以“不安排工作”的借口，强行安排“清哥”休假。“清哥”也只是笑：“我这个病号，平时所领导和同事没少照顾，还休什么假啊！”

去年（2012 年）8 月，民警小施的母亲患上了重病，巨额的手术治疗费用让小施苦不堪言，一筹莫展。一天，“清哥”把小施拉到一边，把 300 块钱塞进小施手里，说：“你知道，我家的经济条件，不要嫌钱少啊……”话中竟带着几份愧意，说完就走。看着“清哥”远去的背影，小施的眼睛潮红了。

去年（2012 年）3 月间，城关辖区摩托车被盗案件频发。

“清哥”主动请缨，要求带 2 位年轻民警蹲坑守候、抓现行。所长拗不过他，只好同意。

初春三月，春寒料峭，雨水又多。“清哥”根据作案时间都在夜间 10 时至凌晨 3 时这一规律，布下罗网。蹲守可是个苦差事，无聊枯燥不说，坐不得、躺不得、喝不得、吃不得，还得睁大了双眼百倍警惕寻找猎物。一天、两天、五天过去了，一无所获……两位年轻民警患上了感冒。所长见“清哥”一脸憔悴之色，也劝“清哥”换人。“清哥”憨厚一笑，宽慰所长：“没事，再坚持坚持！”

果然是贵在坚持。

第七天的凌晨 1 时，两条黑影摸进了摩托车停放点。“清哥”赶紧向两位民警示意，分别进入抓捕位置。还真是老手——一人蹲下身子望风，另一人口叼小手电，弓着腰靠近一辆簇新的摩托车，一剪、一拧、一掰，短短 20 余秒，就推着摩托车出来了。说时迟、那时快，“清哥”一个饿虎扑食，将推车人拦腰掼倒，再一个顶压别肘，将嫌犯捉拿归案。

这战打得漂亮，蹲守七整夜，抓获两名摩托车盗窃嫌疑人，破获摩托车盗窃案件 20 余起。

小伙子们相互告慰，都嚷嚷着：“这苦吃的，值！”

却没有人知道，就在这几天里，“清哥”用掉了 3 瓶风油精，吃掉了半瓶降压药。都说“急病乱投医”，“清哥”本不能熬夜，这是跟犯罪分子拼体力、拼消耗，挑战生命极限呐！

去年（2012 年）10 月 21 日，一名年轻女子因家庭矛盾，从大樟溪塔山桥河段投河轻生。巡逻路经此地的“清哥”听到呼救声后，迅速解下警具警械，以百米冲刺的速度跳下护栏，沿着堤坝狂奔，在距离落水女子最近处纵身跳入水中。湍急的河流中，那女子已气力不支，在河水中时隐时现。“清哥”急速接近女子，抓住了她的臂膀，无奈水深浪急，女子脱手。“清哥”再抓，一路游了一百多米，这才把那女子艰难地拖上岸来。其时，“清哥”已精疲力竭，瘫坐在烂泥杂草堆上，重重喘着粗气。同车民警和好心群众迅速为女子做人工呼吸，随着“哇”的一声，那女子吐出了长长一大口河水，苏醒了。

见轻生女安然无恙，黑泥人一般的“清哥”露出一口白牙，笑了。缓缓撑起身子，消失在人群中……

今年（2013年）2月5日上午，巡逻归来的“清哥”忽感双腿无力，艰难地挪到办公室，一下就瘫坐在地，下半身全无知觉。“清哥”抖颤颤地拿起手机，向所长请假：“所长，不知怎么，这会儿下半身没了知觉，想请个假。”所长大惊，急急喊人把“清哥”送往县医院，后立即转送解放军福州总医院。经总院诊断为旧伤及长期劳累导致胸椎的第九节与第十节断裂压迫神经，造成下半身大小便失禁、瘫痪。

当晚，“清哥”在福州总院接受了手术治疗。术后第五天，“清哥”下半身微有些知觉，由于担心高昂的医疗费、护理费，就跟亲友嚷嚷着要回家，结束治疗。家人无奈，只好送“清哥”返回永泰。众人把担架上的“清哥”抬放到他那张破旧的硬板床上的时候，“清哥”热泪长流……

据主刀医生说，神经受压迫坏死造成瘫痪的极限时间是8小时，“清哥”从发病到手术的时间是7小时多一些。主刀医生说：“清哥”创造了一个小小的奇迹。

对磨难处之泰然、对贫穷视之安然、对苦痛待之粲然——这就是“清哥”林玉清。

平凡不过，却见非凡。

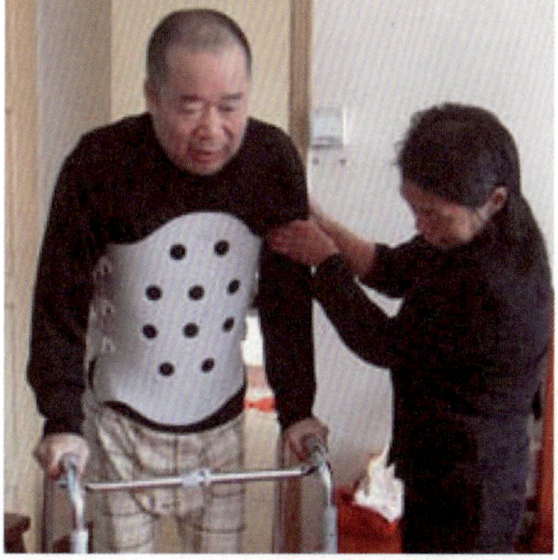

康复中的林玉清

后记：2013 年 2 月，林玉清入选“福州好人”。永泰县委、县政府十分关注林玉清的病情，积极为他解决实际困难，永泰县公安局党委发出了向林玉清同志奉献爱心的倡议。

原载：2013 年第 6 期《榕警论坛》

第三辑

警花烂漫

炸药包为何炸不了

——记全省优秀户口段民警、王庄派出所民警许少华

出生在一个南下干部家庭的许少华，有着一张北国女性端庄明丽、线条清晰的脸庞，炯炯有神的大眼闪烁着女警官特有的英武之气。十几年警营生涯的风风雨雨，造就了她敢爱敢恨的性格特征，铸就了她一身的侠骨柔肠……

1987 年 3 月，许少华从外地调来，分配到刚刚组建的福州市公安局王庄派出所从事户籍管理工作。面对当时比较混乱的社会治安状况，许少华一头扎进了户口段，挨家挨户走访居民群众，了解社情动态，体察民情，掌握重点人口的思想状况，进而帮助群众解决实际困难，并积极开展帮教工作。经过一段时间努力，她筹建组织了新村第一支治安联防队，实行全天候封村管理。同时，对辖区内的 21 名帮教对象的生活出路，都进行妥善安排，使他们无一重新犯罪，社会治安状况明显好转。

1991 年 5 月的一天，许少华下管段时获悉：居民何某因对原单位领导不满，私下准备了导火索、炸药包，扬言要与单位领导同归于尽。许少华毫无惧色地敲开了何某的家门，所里的同志们都为她捏着一把汗："那小子可是道‘傻瓜菜’，什么事都干得出来啊。"许少华委婉亲切的话语，真挚炽热的爱心，终于感动了万念俱灰的何某，在一阵痛哭之后，何某将导火索、炸药包交给了许少华，悔过自新，重新踏上了光明的人生坦途。

对人民群众，许少华倾注了满腔的爱，仅"爱民月"活动以来，许少华就为居民群众办好事 26 件。而对坏人坏事，许少华敢抓敢管，毫不手软。有一个违法乱纪的"刺头"，仗着有所谓的"靠山"，横行霸道。许少华偏要碰这个"硬"。当"刺头"又一次在辖区内伸出黑手时，便被许少华狠狠斩断了。"刺头"急忙拔下一只金戒指给许少华，乞求"手下留情"。许少华大喝一声："你瞎了眼！"顺势一个"折腕别手摔"，将其打趴在地，反手一铐，押进了派出所。几年来，许少华在户口管理工作中，先后发现案件线索 45 条，破获刑事案件 37 起、治安案件 23 起，被辖区群众称为"漂亮的女包公"。

许少华爱则柔情似水、恨则横眉冷对的性格特征，在五色斑斓的橄榄色世界里，闪烁着别样的魅力。她所在的户口段如今面貌一新，刑事、治安发案数逐年下降，1990 年实现无发案，段内的两个居委会被市政府评为“文明新村”。她本人也多次受到上级公安机关的嘉奖，荣立集体三等功，被评为市优秀户口段民警，1992 年 4 月，省公安厅授予她“全省优秀户口段民警”称号。

原载：1992 年 3 月 7 日《福州晚报》
1992 年 6 月 18 日《福建日报》

警花浪漫曲

——记全省优秀户口段民警标兵、瀛洲派出所民警董影

董　影

董影是蹦蹦跳跳哼着那首流行一时的“警察咏叹调”：“金色盾牌热血铸就”跨进橄榄色警营的。

穿上崭新警服的那一天，董影在镜子前自我陶醉了足有一个多小时：微白的肌肤，苗条的身材，瓜子脸，丹凤眼，女性的妩媚交织着警服所赋予的英武，更增添了些许动人的魅力。董影好不欢喜，搂着妈妈的脖子一个劲地撒娇：“你说我像不像警察？像不像？你说啊。”妈妈故意板着面孔说：“像是像。不过,我可没见过这么娇气的警察。”“妈——”董影羞红了脸，嗔怪妈妈。

一

董影当上了福州市公安局瀛洲派出所一名户口段民警。生性腼腆、羞涩的小姑娘，猛然面对户口段里三千多张或老或少或丑陋或美丽或彬彬有礼或浪荡无礼的陌生面孔，她一时不知所措，着急得偷偷抹眼泪。庆幸的是，董影遇上了好领导、好同事，所里的领导和老民警们，向她伸出了兄长般热情的手，带她熟悉辖区情况，带她上门串户，带她执勤巡逻。小董对一切都感到新鲜好奇，加上开朗随和，虚心勤奋，几个月下来，她不仅熟悉了辖区内的人口基本情况，还能对人口实行分层次管理，掌握重点人口的社会动态……她的工作很快便上路了。

董影的心，纯洁得如一泓清泉。纯情女警察的人生之路也并不顺当，她遇到了事业与爱情的挑战。青梅竹马的男朋友要赴日留学了，临行前，小伙子几乎天天缠着董影，鼓动她脱下那身“老虎皮”与他携手远走高飞，一起到国外享受浪漫惬意的生活。一头是刚刚扯起的事业纤绳，一头是难以割舍的笃深的

恋情。望着男朋友那双企盼、深情的双眸，一向不知愁是啥滋味的董影，钻进被窝里整整苦思冥想了三个晚上。忽地，她脑海浮现叠印出老所长期望的眼神，居委会主任信任的目光，还有户口段那些热情帮助、支持过她的大娘大伯、小伙子姐妹们恋恋不舍的表情……董影经受了人生第二次心灵深处的苦斗，她终于在个人感情与事业之间做出了抉择：忍痛割断了缠绵的情丝，以前所未有的从容，送别了恋人。只是在小伙子登机前的那一刹那，董影终究未能抑制住夺眶而出的泪水……

正是在此时，董影毅然舍弃了心中的无边无际的粉红色的遐想和记忆，执着地爱上了单色调的橄榄色。胆小不敢走夜路，董影便常常独自摸黑下段巡视、检查，胆子越练越大；上边远山区解救被拐卖的妇女，董影第一个请战，翻山越岭，总不肯落在小伙子的身后；与生人谈话就脸红，董影就走千家、进万户，不定期地召开报告会，向居民群众汇报工作……由于加班繁多，生活乱了规律，她竟不知从何时起患上了胃病。在一次“严打”统一行动中，董影终因劳累过度，急性胃出血突发昏倒在户口段里，所里的民警急忙把她送到医院，嘱咐她好好治病。可事隔三天后，董影却拖着病弱之躯，又出现在自己的岗位上。妈妈上医院探视，见病床空空如也，一打听才知道宝贝女儿早开了“小差”，便急急忙忙赶到所里，祈求女儿赶紧回医院，千万不要糟蹋自己的身体。董影朝妈妈扮了个鬼脸，调皮地笑道：“妈，在那破地方，我没病也会憋出病来。您老宰相肚里能撑船，求您开个后门吧。”说着，“啪”地向妈妈来了个端端正正的敬礼。望着在医院里形体憔悴，这会儿却神采飞扬的女儿，妈妈无奈地摇了摇头。几天后，董影精心摸排、布控，和同志们一起挖出了一个隐藏极深的犯罪团伙。

二

当董影像一尾灵巧的小鱼，从稚嫩、单纯的小溪游向橄榄色的浩瀚大海时，生命的华彩变得绚丽无比。海阔凭鱼跃，看似平凡的户籍警工作，为董影提供了一个施展才华、大展经纶的绝佳机遇。她深深爱上了脚下这一方真正属于自己的天地。每周四天的下段工作，董影跑得更勤了，常常牺牲自己中午或晚上的休息时间；邻里不睦、婆媳争吵，只要她轻启朱唇，就能化干戈为玉帛；失足青年生活无着、就业无门，她四处奔波，多方联系，帮助许多人扬起了新生活的风帆。一家工厂附近，有一段时间常发生拎包抢劫案件，董影觉得是这里的治安防范力量薄弱，使犯罪分子有机可乘，就一连十五次与厂方反复“纠缠”，先找主管部门，再找厂长、书记。大热天，她回回汗流浃背，水不喝、椅不坐，认认真真地说了几句动情话：“厂长，社会治安的事，可是我们大家的事啊。如果那些遭抢劫的被害者是你们厂的工人、甚至是你们的亲人，你们心里又是什么滋味呢？”望着姑娘跑得红扑扑的脸蛋和那双噙满泪水的眼睛，厂方领导终于被真诚感动了。厂长大手一挥，说：“不为别的，就为你这热心劲，这笔钱，我们出了。”事后不久，厂门口盖起了一间治安岗，戴红袖章的联防队员开始了治安巡逻。很快，这一多事地段平静多了，治安秩序井然。

董影在辖区工作中

当董影将赤诚的爱心无条件地倾注在自己脚下的那块热土时，她悟出了自己头顶国徽、肩扛盾牌的分量。在无数个与辖区群众相濡以沫、朝夕相处的日子里，热情、善良、朴实的她被居民群众渐渐喜欢上了。大伙儿像对待自己的亲生女儿、同胞姐妹似的“董影长、董影短”地叫个畅甜。辖区百姓以百倍的治安热情和主人翁态度，回报了董影：偷鸡摸狗、坑害拐骗的歹仔被揭发；聚赌、卖淫的窝点被举报；横行乡里、称霸一方的犯罪团伙再无立足之地。有一段时间，某停车场附近连续发生几起拎包盗窃案件，董影一头扎进了发案现场。群众眼睛是雪亮的，张家提供某某行为不轨，李家反映某某形迹可疑，几条线索一综合，狐狸的尾巴就暴露了出来。几天后，以刘某香为首的 7 人盗窃团伙被摸排了出来，一举破获了 12 起重大案件。

三

1991 年 5 月，由于工作需要，董影被调往一个新的户口段工作。话别会上，居委会主任哭了，治保主任哽咽着，治安联防队的小伙子们也个个双眼潮红，许多人依依不舍地拉着董影的手不放……董影感动至极，禁不住热泪盈眶。直到她迈出居委会的大门，渐渐走远了，尾随的人们还在心里呼唤着她的名字……董影为此难过了好久。现在的董影，毕竟已不是刚穿上警服时的那个懦弱、羞怯的小姑娘了，五年风风雨雨的摔打，她已成为一个成熟、刚强的女警员。

在新的岗位上，董影仅用两个月的时间，就挨家挨户走访群众560多户2000余人，征集资金75000余元，组建了两支治安巡逻队，建成了一套现代化的包括闭路电视监控系统和电子脉冲报警系统在内的治安防范网络。网络建成至今，所在户口段刑事案件绝迹，治安状况明显好转……董影用更深沉、更博大的人民警察之爱，续写着更为壮丽的人生篇章。

五年的警营生涯，董影取得了令五尺汉子都啧啧称羡的佳绩：三等功荣立者、四次受嘉奖、市“三八红旗手”、市学雷锋积极分子、优秀校外辅导员……

……

当笔者例行问起她今后的打算时，纯情依旧，多少还带点少女浪漫气息的董影，背诵了一首自己珍爱的小诗：“我不幻想史诗般的英名/也不奢求辉煌的功绩/我愿做一株无名的橄榄树/永远挺立在祖国最需要的地方/默默地承受着四季的风雪雷霆……”随后腼腆一笑，留给我们一个诗意盎然、意境悠远的“深沉”，自顾忙她的安全大检查去了。

远处，春花正灿若云霞……

1991年3月，董影（左一）与作者（左二）和同事在一起

原载：1992年第5期《福建公安》杂志

榕城霸王花

——福州市公安局刑警大队[1]政委肖玉英速写

威名赫赫，功勋卓著，素有“榕城霸王花”之誉的福州市公安局刑警大队女政委肖玉英，此刻，就坐在我的对面。

我的任务是采访，但我不能说我是为采访而来，我曾不止一次地听说过肖玉英与各色文人的不合作态度。我装着若无其事的样子，“骗”出了肖玉英紧锁在抽屉里的一大摞各式各样的荣誉证书。就在肖玉英打开抽屉的那一刹那，我看到了抽屉里堆积着的各种各样的药瓶、药盒，我的眼睛湿润了……

1959 年 8 月，肖玉英当上了刑警。接手的第一起案子是人命案，一具血肉模糊、尸身青肿的男尸，横躺在一间阴暗、潮湿的民房里。肖玉英和同事们火速赶到了现场，勘查、访问、调查，有条不紊……凌晨 3 时，案子基本有了眉目，男同事们都外出追捕去了，只留下肖玉英继续保护现场。浓重的血腥味随着阴风悠悠飘拂，肖玉英顽强与恐惧抗争……

从那时起，肖玉英才真正认识到，在晴朗的天空下面，还有罪恶的阴云。她在心里暗暗发誓：既当刑警，就要当个敌人惧怕、人民爱戴的好刑警。哪怕是付出流血牺牲的代价，也要与世上的一切阴险、凶残、罪恶宣战！

肖玉英与许许多多普通女性一样，不可避免地走过了一段恋爱、婚姻、生儿育女的人生岁月。

肖玉英选择了军人，随着蜜月的开始，沉重的生活重担压上了肖玉英的肩头。劳燕分飞、牛郎织女的生活，一晃就是 18 年。肖玉英为妻、为母，抚养子女，伺候老人，干着那些七七八八永远干不完的家务活。一头是沉甸甸的家庭的重担，一头是风风雨雨的奔波，没日没夜的操劳。但肖玉英绝不停止对刑侦事业执着的追求，她曾五次因身体疾病住院动手术，至今，仍患有慢性胃炎、肠炎等多种疾病。

靠着对事业的挚爱，靠着一颗豁达、宽广的直面人生的胸襟，肖玉英一次次从巨大的磨难和艰辛中挺了过来。

---

① 福州市公安局刑侦支队的前身。

肖玉英是目前市公安系统内职务最高的女性之一。她性格随和，平易近人，因此总被民警们亲切地称呼为“玉英姐”。比如，她可以忍着病痛，和同志们一起啃干面包，喝白开水，泡在案件现场熬上几个通宵；比如，疲劳的时候，男同事们可以倚在角落里悄然大睡，她也可以很随便地躺在长条椅上打盹；又比如，她可以三五天，甚至一个星期不回家，凯旋后，却忘不了到民警家中轮番走一道，给干警家属捎一些慰问品……

在长达34年的刑警生涯里，肖玉英究竟破了多少起案子，揭开了多少罪恶的谜团，使多少狡猾、奸诈的犯罪分子败倒在法律的脚下，这已经没有人能记得清了。但是，那数十本荣誉证书可以作证，那满抽屉的药瓶、药盒可以作证，即使累倒过、病倒过，即使至今仍拖着病弱之躯，肖玉英一刻也没有放松追求的脚步，一刻也没有停止执着的攀登……

原载：1992年6月13日《福州晚报》

侠骨柔肠女英豪

——记福州市公安局仓山分局对湖派出所副所长黄永华

黄永华

这是一场扣人心弦、别具一格的审讯。

福州市公安局仓山分局对湖派出所副所长、青年女警官黄永华，其时正端坐审讯室，与一名狡猾、顽劣、拒不认罪的犯罪嫌疑人斗智斗勇。预审，被喻为“刑侦第二战场”，虽说没有刀光剑影，不见惊险离奇，但也是暗藏玄机，别有奥妙的一方所在。口才、学识、智慧、精力在这里较量，没有刀光剑影，却也惊心动魄。

事先，黄永华已有过一番周密调查：嫌犯出生在一个不幸的家庭，一家 4 口就有 3 个残疾人。双双患有残疾的父母含辛茹苦把孩子拉扯大，不求体格健壮、相貌不俗的孩子回报养育之恩，只求孩子能堂堂正正做人……成竹在胸，黄永华便不急不躁，以女性细腻的同情心，抽丝剥茧地轻轻拨动嫌犯那颗未曾泯灭的良心，以真情实施感化。情到深处，黄永华难以自抑，眼中禁不住热泪盈眶。而对方，早已是泪流满面，悔痛不已，随后便一五一十地交代了自己以及同伙犯下的伤害、抢劫等犯罪行径，表示了强烈的重新做人的愿望……

黄永华豪爽、泼辣，性格一向风风火火，素有“假小子”之誉。谈起自己这些年当警察的经历，黄永华毫不掩饰：当了 9 年警察，流了两次泪。预审那次除外，还有一次便是她由分局机关调任对湖派出所副所长那年。命令来得突然，猛然间就要离开朝夕相处、情同手足的战友，走马上任的那天，黄永华暴露了一番感情脆弱的女性本色，望着送行的战友，眼圈一红，就哭得泪人似的。

都知道黄永华干工作有股玩命的劲头，“疯”起来比小伙子还“狂”。在对湖派出所，她是分管刑侦、治安的副所长，1993 年 6 月上任不久就赶上了“夏季治安攻势”大会战。黄永华和男民警们一道没日没夜苦战，调查、追捕、守候、预审，常常三五个通宵连轴转。那一段时间，黄永华没了“新官”上任的风采，倒弄得脸色蜡黄，双眼充血，形容憔悴不堪。战友们看着心疼，几个小伙子直嚷：“副所长她一个姑娘家都干到这个份上了，我们再不玩命，对得起谁啊？！”所谓领导艺术和榜样力量，在这种情况下，就显示出了它的强大的召唤力和影响力。短短三四个月，黄永华率领她的治安组，接连攻克一批有影响的刑事大案，抓获了一大批违法犯罪分子。连黄永华在内不过 7 个人的小小治安组，就有 4 名民警荣立个人三等功。

1993 年 10 月间，仓山辖区发生一起造成两死五伤的特大流氓团伙火拼案。对湖派出所经缜密侦查，发现该团伙的两名主犯藏身于王庄新村一单元房内。二犯血债累累，凶残至极，身上藏有砂枪、匕首等凶器，并扬言要与追捕民警拼个鱼死网破。决战关头，黄永华主动请战，要求打头阵。子夜时分，黄永华率领一支精干的缉捕突击队，悄悄向嫌犯的藏身之处摸去。突击队轻轻登上 5 楼，与罪犯只有一门之隔了。黄永华，这位还不曾有过恋爱的经历，人生的许多美丽、芬芳正等待着她去品尝的刚强的女性，勇敢地迎着近在咫尺并随时可能降临的死神扑去。只见她巧妙地打开房门，率先冲入室内，就在两名嫌犯发觉情况不妙伸手举枪的危急时刻，黄永华和三名战友抖擞神威，以泰山夺顶之势，将两名嫌犯紧紧扑压在床上，活活生擒……

从警 9 年来，黄永华先后 11 次受到嘉奖，荣立个人三等功一次，并被授予“福州市十大女英豪”“福建省优秀人民警察”光荣称号。如今，已是仓山分局政治处副主任的黄永华，正一如既往地为公安事业拼搏着……

原载：1994 年 10 月 21 日《福建日报》
1994 年 10 月 21 日《福建法制报》

鼓东好闺女

——记“全省优秀户籍民警标兵”、鼓东派出所民警林洁

林 洁

1993年12月底的一天，全省户籍内勤民警业务考核正在福州市公安局鼓楼分局鼓东派出所进行。

会议室里，人头攒动，但却鸦雀无声。在紧张的气氛中，只见一位面容俊秀、体态端庄的年轻女警官，沉着自信地步入考场。面对省、市、区三级考核人员审视、挑剔的目光，女警官神态自若，从容回答着考官们提出的近乎尖刻、刁钻的问题。她反应敏捷，思路清晰，口齿流利，语音悦耳。考官们露出了满意的微笑……

这位女警官，便是在这次考核中夺得全市个人总分第一名，获得“全省优秀户籍民警标兵”称号的三级警司、福州市公安局鼓东派出所户籍内勤林洁。

荣升“段长”的头一天晚上，她悄悄抹开了眼泪

1986年金秋时节，林洁睁着一双怯生生的大眼睛，踏入了橄榄绿警营，这是她一直憧憬着的崇高的职业。

不久，组织上决定把鼓东户口段交给林洁管理，那一刻，这个沉默寡言的姑娘，心头像揣着只小鹿，“咚咚”跳个不停。这一天，居委会主任手拉手领着林洁熟悉辖区环境。穿着一身笔挺、合体新警服的林洁，一路走下来深深感受到辖区老大娘的慈祥、亲切，大伯、大叔们的热情、诚恳，也实实在在领教了某些小伙子的冷眼和当地不务正业之徒刺耳的嬉笑声。

“荣升”段长的头一天晚上，林洁辗转反侧，难以入眠，品味着户口段里那一张张鲜活的面孔，姑娘忽然没了那份女警官的神气，躲在那间堆满中外文学

书籍的闺房里，悄悄抹开了眼泪。

忆起从警之初的那一段日子，林洁款款一笑，自我解嘲道："那时真笨极了，连自行车都不会骑，上班下段全靠两条腿。后来骑上自行车，又骑上了摩托车，战友们都说我是'鸟枪换炮'了。"

林洁说得轻松，我却听出了几分沉重。我揣度着面前这位纯情的姑娘当初是如何用女性纤弱的双肩，挑起了那副沉甸甸的担子。她就靠那双腿，不分严寒酷暑，风里来雨里去，直至走出一个优秀人民警察的辉煌。

是的，正是从那时起，这位生性腼腆的姑娘开始从女性懦弱、孤独的小天地里，坦坦荡荡、英姿飒爽地走向了自己更壮美的青春岁月。大街上，有她夜巡的脚步；院落里，有她忙碌的身影；邻里、婆媳不和的，她登门入户化解矛盾；来申请办证、办事的，林洁总是笑脸相迎，甜甜的微笑如春风拂面……

帮教[①]对象陈某从少管所释放归来后，因释放证不慎丢失而无法落户，因此没少在林洁面前出言不逊，冷言恶语。后来，陈某又混迹于那帮不务正业的"小兄弟"之中，渐渐又滑向了违法犯罪的边缘。林洁不计前嫌，耐心细致地对陈某开展帮教工作，并想方设法，多方奔走，为他谋了一份工作，还根据有关政策规定，向上级机关申报陈某的落户手续。经一番努力，陈某终于落了户，拿到了崭新的居民身份证，日后他靠自己的双手勤劳致富，结了婚，生了子，小日子过得红红火火。

鼓东路节越里 74 岁高龄的郑桂英老大娘，至今仍"好闺女""好闺女"地称呼着林洁。郑大娘的子女均在外地工作，儿女怕老人寂寞，便把年幼的儿子放在郑大娘膝下陪伴她。为给外孙报户口，老人多次来到派出所，由于不符合有关政策，老人的愿望迟迟无法实现。林洁看在眼里，急在心中，不厌其烦地向有关部门反映老人的实际困难，要求上级机关给予办理特批手续。在林洁的一再奔走下，特批手续终于批了下来。这一天，林洁为郑大娘的孙子办妥了出生登记，主动上门把户口簿送到了老人手中。老人接过户口簿，禁不住老泪纵横，拉过林洁的手，久久不肯松开。林洁脸上浮上一层羞涩的红晕，连忙解释："大娘，这是我应该做的。"直到目送着林洁走远，郑大娘口中仍念念有词："好闺女、好闺女！"

从事外勤民警工作的 4 年中，林洁创造了一项不凡的纪录：她所管辖的鼓东户口段，35 名帮教对象无一重新犯罪，辖区未发生刑事案件，治安状况良好。

① 帮教，即刑释解教人员安置帮教工作，简称安置帮教工作，是在各级政府领导下，依靠各有关部门和社会解除社区矫正人员进行的一种非强制性的引导、扶助、教育和管理活动。

靠那一个个坚实的脚步，林洁恰如一朵清纯、亮丽而可爱的警花，走进了辖区居民的心坎，在安宁、祥和的一方沃土上烂漫开放，吐露芬芳……

户籍室夜晚的灯光，让林洁一回回不得不取消约会

光阴似箭，日月如梭。不知不觉中，林洁步入了大龄青年的行列。她是林家的独生女，自然被视为掌上明珠，为女儿的婚事，父母费尽了心思。这些年，父母、亲戚到处奔走，同学、朋友、同事、领导也各显神通，为林洁牵“线”搭“桥”。但林洁似乎从不着急，一次次避开了爱神之箭，更执着地把心中的一腔深深的爱恋，献给了金盾警徽。

1992 年 7 月，福州市公安局为推广公安人口信息的科技现代化管理，决定在鼓东派出所进行人口信息计算机管理系统的开发试点工作。已接任户籍内勤民警工作的林洁，在没有任何经验可借鉴的情况下，白手起家，充分发挥自己的聪明才智，刻苦钻研业务，很快掌握了微机操作和管理技能，并与技术人员一起攻克了一道又一道技术难关，为科研人员提供了大量由手工操作向微机管理转换的宝贵数据。在试点工作进入攻坚战的那 4 个月里，林洁几乎天天晚上都“泡”在户籍室里加班加点，人黑了、瘦了，也“黄”了一次又一次的约会，但却圆满完成了试点任务，多次受到上级机关的好评和赞扬。鼓东派出所成为全市第一个将微机推向前台办理户口的派出所。

林洁在上级组织的人口信息计算机管理系统应用考核中

为方便群众办理户口而常常于夜晚亮起的户籍室的灯光，让林洁一次又一次无法准时赴约，有时甚至不得不取消约会。在采访中，林洁的战友们向我讲述了一个故事，可谓“别开生面”。一次，林洁的一位亲戚为她介绍了一个各方面条件都挺不错的小伙子。林洁那天晚上正在所里加班，忙完了手上的活计后，匆匆赶往西湖公园赴约。小伙子西装革履，仪表不俗，也许是等待太久的缘故吧，没等林洁把“所里有点急事，让您久等了”那句解释的话说完，小伙子劈头盖脸就是一句：“我对警察从来就没有好印象。”林洁一愣，正想问个究竟，小伙子又开腔了：“这年头，你们当警察的，都‘吃’死了！”在工作中多次拒礼、拒贿，以清廉为荣的林洁听罢此言，情绪便有些激动：“你可以骂我林洁，但你不可以毫无根据地损害公安民警的形象。”“那你怎么解释那些腐败现象？”小伙子咄咄逼人。“我不否认我们队伍中有害群之马，但那仅是极少数人，你不能以偏概全。你知道吗？为维护社会的安定稳定，多少民警不顾家小，没日没夜地超负荷工作着！你知道吗？仅去年一年，就有200多名公安民警在对敌斗争中以身殉职！”“这、这、这是你们的职责。”小伙子结结巴巴又冒出一句。“是的，这是我们的职责，但是，如没有一种忘我的牺牲精神和奉献精神，所谓职责还不是一句空话？！”一番唇枪舌剑，使本该温馨愉快的约会，变成了一场言辞激烈的辩论会。“那、那、那是……”就在小伙子理屈词穷、搜肠刮肚找词儿的当儿，林洁道一声：“对不起，失陪了！”坦然地转过身去，离开了灯火阑珊、暗香浮动的西湖公园……

戴上“鼓东的好闺女”这顶桂冠，全在不知不觉中

户籍内勤这活儿，大概在公安业务中要数最单调、最平凡的一种。干不好，至多摊上个“四难”什么的；干好了，也就对待群众热情点、耐心点、工作效率高点什么的，似乎也看不出能有什么大的作为。林洁可不这么看，她说：“户籍内勤工作虽然琐碎、平凡，但它是公安机关联系群众、关系到警察形象的重要窗口。”的确，在那小小的户籍窗口里，户籍内勤民警的一言一行、一颦一笑，折射出的却是整个公安队伍的形象，这一点林洁心明如镜。

于是，她接任户籍内勤民警后，不满足现有的一套办事程序，积极动脑筋、想办法，不断完善便民利民措施。她在户籍室里设置了示范台，陈列着各种表格的填写方法和示范蓝本，标明各类户口管理的有关政策和申办手续要求；她还专门设计印发了《出生申报须知》张贴在居委会，大大方便了群众。不仅如此，在日常工作中，林洁总是耐心而热情地接待每一位来办理户口的群众。能办的

马上就办；不能办的，讲明政策规定；手续不全的，就用纸条写清需要补充的材料，不让群众跑冤枉路。同时，她还经常利用中午或晚上时间预约上门办理户口，及时为群众排忧解难。

早听说林洁在鼓东地区有“鼓东的好闺女”之美誉，这对于一位普通民警来说，无异一份至高无上的奖赏，因为这样一句来自居民的赞语，比任何一种奖章、功勋更能说明那么一种真真切切的鱼水之情。功臣未必都有好口碑，但有好口碑的，则一定是功臣，至少是人民群众心目中的功臣。当我刨根问底时，林洁捋了捋额上的秀发，粲然一笑，脸上流露出姑娘的天真表情：“真不知道这句话是怎么来的，反正群众都这么叫。我觉得我是很平凡的人，并没有做出什么了不起的事情啊。说来还真有意思，有一次，报上登了一张我的照片，有位居民竟将照片从报纸上剪下来，精心制作了一个压模镜框，特地送给我。还有不少认识或不认识的群众，直接或者间接地为我介绍……朋友……”说到这里，林洁脸上泛起了两朵红晕，“说真的，这里的群众，真是太好了！”

林洁完全是在不知不觉中，在那种水乳交融、休戚与共的自然状态下，以一种可亲可敬的姿态，走入辖区百姓心坎而受到他们的爱戴和尊敬的。因为林洁深深知道户籍窗口就像一面镜子，只有天天擦拭保养，才能使它明亮可鉴，否则，点滴的灰尘，都将使人物影像变得模糊不清，甚至扭曲变形。个别群众对公安机关存在这样或那样的偏见和误解，不能不说与户籍窗口的警风廉政建设有着一定程度的联系。

一天晚上，林洁正在所里加班办理户口，一位群众步履匆匆地走进了户籍室。此人神色焦急，林洁急忙接过户口手续一看，才发现此人使用的户口指标单是空白的，且即将过期。那人见指标单就要作废，想让林洁通融一下，于是趁四下无人，悄悄从兜里掏出1000余元人民币塞给林洁，求她“关照”。林洁把厚厚一叠人民币还给了此人，耐心解释道：“能办的事我马上办，不能办的事，给多少钱我也不能办。请你还是抓紧时间去补办手续，办妥了，我随时可以为你办理。”见林洁不为金钱所动，那人心悦诚服地离开了户籍室。还有一次，一位在外地工作的残疾人托他的亲戚来到户籍室，向林洁询问将户口从外地迁入福州需要办理哪些手续。林洁一五一十地把要办的有关手续详细地告诉了他。残疾人的亲戚见这位女民警态度和蔼，言辞诚恳，心中十分感激，小心地从身上摸出一块晶莹的宝石，悄悄放在林洁的桌面上，求林洁在为残疾人办理户口时给予关照。林清将宝石递还给那人，随后莞尔一笑，说：“这位残疾人有实际困难，我们会尽力帮助他的，请你放心好了。”事后，林洁根据这位残疾人的实际困难，多次前往有关单位为残疾人办理有关证明材料，并向上级业务部门反映此人的生活困境，终使残疾人顺利迁回了福州。这位残疾人回到榕城的第一天，特地坐着轮椅来到户籍室，点名要见林洁，向她恭恭敬敬地鞠了三个躬。

对于戴上“鼓东的好闺女”这样一顶“桂冠”，林洁自有一番见解，其语言虽朴实，却是地地道道的真情流露：“将心比心嘛。每当我在为群众办理户口时，就时常这么想：假设此刻我是来办户口的，而对方就是户籍内勤，我对户籍内勤的一言一行、一举一动会怎么看呢？”

“先换位思考，再进入角色。对吗？”我说。

林洁抿嘴一笑，女孩子的顽皮写在脸上。“我的话刚说完，你就上升到理论啦？！”正是有了这样一种理性的“换位思考”，从警7年来，林洁不仅赢得了辖区人民群众的尊敬和爱戴，还光荣地加入了中国共产党，并3次受到嘉奖，荣获区“三八红旗手”“市先进个人”“全省优秀户籍民警标兵”等多种荣誉称号。1994年6月，她又被省公安厅授予“全省优秀人民警察”的称号。

林洁——这位被鼓东地区居民群众亲切地称为“鼓东的好闺女”的优秀青年女警官，正为自己的事业谱写着平凡而璀璨的续篇……

原载：1995年第5期《人民公安》杂志
1995年第3期《福建公安》杂志
1995年10月17日《福建日报》

永远的百灵鸟

——追记原马尾区公安局亭江派出所教导员杨萱

“真爱如山，给我们无尽的温暖；警魂永存，托起明天希望的太阳……”这是我的好大姐，福建省优秀人民警察、原马尾区公安局亭江派出所教导员杨萱作词作曲并演唱的一首歌，她生命中的最后一首歌。

在我的记忆里，杨萱姐给人印象最深刻的是：除了那双大眼睛和永远不变的一头短发，还有就是爱写、爱唱，有着如百灵鸟般悠扬悦耳的歌喉。杨萱姐干了十多年的警察，圈里圈外都知道她是个“三不”主义者——不徇私、不吃请、不收礼。可是，熟悉杨萱姐的人都知道，她其实是最有资格获得人们的“帮助”的。杨萱姐长年身体不好，是有名的药罐子，一年到头花在看病治疗上的费用难以计数，更为不幸的是，杨萱姐的独子小淘是个天生的痴呆儿，长到了 17 岁，却依然只会说那一句简简单单的话“妈妈抱抱，妈妈抱抱”。可是，由于丈夫长年在外和工作繁忙的缘故，杨萱姐并没有太多的时间“抱抱”孩子，常常只能在录音机里给孩子留言，让自己的声音陪伴着孤独的孩子。久而久之，小淘每天起来的第一件事，就是抱起那部老旧的录音机，听妈妈留给自己的“一日生活提示”：小淘，饭在锅里，记得别用筷子吃，用放在锅台旁边的那把塑料勺子。小淘总会紧紧地抱着那部录音机，一遍一遍地听着妈妈那熟悉的声音，那是他一天里最安静也最开心的时候……

2005 年，杨萱姐有一项重要的工作是负责所里的基建项目。

有那么一部分人，就打起了自己的小算盘，买了金镯子、金链子想从杨萱姐那讨点方便。可一打听，杨萱姐是个“三不”主义者，这个“三不”似乎让杨萱姐有了一个金刚不坏之身，这些人哪有可乘之机呀！可偏偏就有那么一个人，非要赌上一把，他通过七拐八弯的关系打听到了杨萱姐痴呆儿小淘的事，就购买了昂贵的 CD 机、MP3 送到了杨萱姐家。杨萱姐笑着说：“我这孩子不会用这么复杂的东西，再说了，我也没这习惯。对不起，我还忙着呢。”说着，就把来人请出了门。

除了“三不”主义，杨蕙姐许多传奇般的故事至今让人赞叹不已：她曾不顾凶险，只身一人与8名绑匪斗智斗勇，最终将绑匪一网打尽；她曾强忍着病痛的折磨，只身涉入湍急的洪水，救出一批被洪水围困的受灾群众……

杨蕙姐在她短暂的生命旅程中，用忘我的工作姿态享受着一名劳动者的快乐，像一只快乐的百灵鸟，永远不知疲倦地歌唱着。以至于周围的人都不知道，她，其实是一个重病缠身的人……

杨蕙姐被拖到医院检查时已经太晚了，2006年1月，报告显示，杨蕙姐患的是“晚期低分化胃癌”。酷爱音乐，能自己作词、作曲，还在音乐创作比赛中多次获奖的杨蕙，她的歌声并没有喑哑，她乐观地与病魔抗争着，即使在病床上，她还用自己创作的歌曲，鼓舞自己以及病友们战胜病魔，战胜苦痛，努力开始新的生活……

杨蕙姐重病住病的消息传出后，她的战友、同事、同学和辖区里受过她关照的普通百姓都自发地赶来医院探望她，有人还会留下300元或500元的礼金。由于杨蕙姐病重需要化疗，无法接待来看望她的人，丈夫老梁便依照杨蕙姐之前的交代，将来人的姓名和送来的礼金一一登记下来。

2006年10月31日，杨蕙姐的生命已处于弥留之际。她的好友——著名歌唱家刘淑清匆匆赶来。淑清大姐知道，杨蕙姐的生命中不能没有歌声，她在杨蕙姐的耳边轻轻地吟唱起那首荡气回肠的老歌——“风烟滚滚唱英雄，四面青山侧耳听，侧耳听……”歌声响起，淑清大姐看到了令她毕生难忘的一幕：杨蕙姐已经平直的心跳线居然奇迹般地恢复了短暂的心跳，5秒、10秒、20秒……杨蕙姐过世后，老梁在收拾遗物时，发现杨蕙姐留在枕头下的一段遗言——老梁：人家送给我的这些礼金，希望你逐笔送回。看着杨蕙姐留给自己的这一串歪歪斜斜的遗嘱，老梁泪如泉涌。

2006年11月1日凌晨3点，杨蕙——这一只快乐的警营百灵鸟，乘着歌声的翅膀飞向了天国。但是，她却把莲花般清纯洁净的高尚品格留给了我们，那就是：我心纯洁，真爱如山；清贫是友，警魂永存！

原载：2007年9月福建省公安系统“八闽警营清风颂”
主题演讲优秀演讲稿集

第四辑

钢铁堡垒

铁卫精兵警威壮

——福州市公安局防暴支队军事训练成果汇报演练见闻

这一天，榕城，桂山脚下的练兵场，福州市公安局防暴支队数百名防暴警察在这里举行军事训练成果汇报演练，接受党和人民的检阅。

“叭叭叭”，随着三颗红色信号弹腾空而起，在雄壮的阅兵曲中，240名防暴队员组成的“77式”手枪方队、“79式”微型冲锋枪方队、“38毫米”防暴枪方队、警棍盾牌方队迈着整齐雄健的步伐，浩浩荡荡经过主席台，“严格训练，维护安定”的口号声震天动地。

在擒敌基本功项目的表演中，60名防暴队员个个身手不凡。擒敌基本功是一种综合练习，坚持经常训练，可提高摔打技巧，增强格斗能力。只见一排排身影倒地、跃起，侧翻、飞腿，喊声震天，痛快淋漓。在模拟赤手与敌格斗项目中，3名防暴队员勾、拿、砍、摔等擒敌动作娴熟，一会工夫就擒获了4名持刀拦路抢劫的“歹徒”。国产新式警用防暴武器、器材、特种枪弹引起了人们的兴趣，催泪弹、橡皮弹、七色弹等多种非杀伤性枪弹的施放表演，博得观众席上一阵阵热烈的掌声。

防暴支队是一支担负着应付、处置紧急突发性事件、重大暴力性案件的特种人民警察队伍。这支队伍的前身——福州市公安局特警大队，在近年来处置紧急突发性事件、重大暴力性案件的战斗中，为党和人民建立了不小的功勋。

防暴支队负责人夏钢告诉我们，首批防暴队员经三个月系统、严格的强化军事训练，熟练地掌握了擒敌配套术、防暴拳术、警棍盾牌术、各种武器的射击和野外生存、武装泅渡、高层攀登等十几项共同科目的专业技能。这些队员在训练中，有的脸被打青了，有的牙齿摔断了，有的皮肤磨烂了，但每天10小时以上的强化训练，还是挺了过来。

警笛长鸣，警灯闪烁。在一条公路上，4名“歹徒”在武装洗劫一家“银行”后，劫持一辆货车猖狂逃窜。防暴支队接到命令，快速反应，火速驾车追击，一场惊心动魄的模拟捕歼战开始了。7名全副武装的突击队员分乘吉普车和边三轮摩托车，逐渐接近目标，50米、30米、10米……此时，货车突然急转弯，说时迟那时快，吉普车紧急刹住，迅速掉转车头，又追了上去，就在两车接近并行的一瞬间，一名防暴队员飞身扑向货车驾驶室，一手紧紧地抓住车窗，一手猛击驾驶座上的“歹徒”。好险啊！观众席上一阵惊呼。紧接着，另两名队员腾空跃上货车后斗，把3名“歹徒”打落车下，歹徒束手就擒。从飞车到制伏“罪犯”，前后不过2分钟。

“神速、漂亮！”观众和领导纷纷起立，对我防暴警察的精彩表演报以热烈掌声。

原载：1992年1月4日《福州晚报》

“瘦虎”雄风

——市八杯竞赛“勇士杯”得主王庄派出所素描

王庄派出所是个小所，属于目前市区派出所序列中为数不多的几个三类派出所之一。

论民警编制，它的全所警力，不足大所一个组的规模；论治安状况，它的全年发破案数，只够人家一个月的“开销”。因此，如果说，那些诸如东街、瀛洲、洪山等一、二类大所是个气宇轩昂、仪表堂堂的大老虎哥哥的话，那么，王庄所只能算个单薄、瘦弱，甚至多少有点“寒酸”的“瘦虎”小弟弟了……

不过，你可别小瞧了这头“瘦虎”。建所仅仅5年时间，王庄所硬是培养出了两名三等功臣，一名优秀户口段民警，户籍室保持“文明窗口”三连冠，并获得由市委、市政府颁发的“勇士”杯荣誉称号。

王庄派出所民警将赃物发还群众

1987年4月22日，第一任所长冯志森，怀揣着7000元开办费，领着12位民警，在王庄新村乐东一间不足200平方米的低矮、阴暗的自行车亭里，开始了国徽下艰难的创业。勘查现场、调解纠纷、战役行动，甚至审讯、做笔录，老冯常常亲自披挂出阵。三五个月下来，还真灵，曾经嚣张一时的地痞流氓被狠狠收拾了一批。风乍起，黑道上的人物便胆战心惊地私下递送口风：王庄新村成立了派出所，所长是个六亲不认、“心黑手狠”的大眼凶汉，手脚得收敛收敛了。居委会干部、居民群众也挺直了腰杆……不到半年，王庄所的牌子在王庄地区打响了，社会治安状况明显改观。

与许许多多优秀派出所所长一样，冯志森除了具有廉政勤政，身先士卒，吃苦在前、享乐在后等普遍性的优点外，还有自己的“绝活儿”——老冯深谙现代管理心理学！貌不惊人，语不出众，地地道道一个榕城土著的冯志森，把现代管理心理学的理论运用于队伍管理之中，这一点，神了——坐不住板凳，爱冲冲打打的人当刑警；能言善辩、阅历丰富的人搞治安，模样斯文、言辞文雅的人坐镇于“窗口”，手脚勤快、办事麻利的人活动于管段。就连表扬、批评，老冯也深有讲究，有时响鼓重捶，有时小弦切切，有时重彩浓抹，有时点到为止。根据每一位民警的不同性格气质特点，老冯灵活运用心理学正负强化手段和相应的语言技巧，使“瘦虎”虎劲凝聚，虎威长存。

强将手下无弱兵，这话不假。请看：

三等功臣金能建——临危不惧，英勇善战，屡斗凶顽，在身体负伤的情况下，奋力将一名特大抢劫犯抓获。

优秀户口段民警许少华——勤勤恳恳，任劳任怨，曾通过委婉的教育疏导，避免了一起爆炸事件的发生。

还有连续三年保持户籍室“文明窗口”的户籍内勤唐卫萍，以及吹拉弹唱的小能人，卡拉 OK 的获奖者，演讲比赛的冠军……

户籍内勤唐卫萍在市局举行的计算机管理技能比赛中获佳绩

如今，新一任的领导班子，接替了那些曾为王庄派出所的建设和发展含辛茹苦、呕心沥血的开所“元勋”们。他们狠抓党风廉政建设，扎扎实实开展岗位学雷锋活动，大力推进社会治安的综合治理，辖区去年（1991 年）的刑事案件发案数较上年同期下降了 39.2%，今年（1992 年）二季度仅发案 3 起，显示出了一种长江后浪推前浪的勃勃虎势。他们有决心在将来的日子里依然让人们相信那句话：人穷志不短，虎瘦雄风在！

原载：1992 年 4 月 18 日《福州晚报》

“有难处，找潘渡”

——记福建省廉政爱民优秀基层单位连江县公安局潘渡派出所

在与马祖岛一水之隔的连江县的东南角，有一个盛产鳗鱼和柑桔的美丽山乡——潘渡乡。在朴实、憨厚的村民中，流传着许多关于潘渡派出所的动人故事，久而久之，这些故事便化为这么一句妇孺皆知的顺口溜：“有难处、找潘渡（派出所）；有麻烦、找欧阳（欧阳大发所长）。”

这个由6位普通民警组成的小小派出所，既不会呼风唤雨，又不能普度众生。那么，究竟是一种什么样的力量，让这个派出所成为比神更让人崇敬、爱戴的所在呢？

乡亲们不会忘记：

每年的3月5日和中秋节，所长欧阳大发和民警们总要到派出所时常关心的贫困户、烈军属家走走、看看。每到一家，嘘寒问暖，欧阳所长还从自己的口袋里掏出10元、5元钱，递给户主，帮助解决困难。

潘渡供销社十九岁的女职工林某某在潘溪边游玩时不慎跌入水中，被激流冲走，是派出所民警把她救了回来。

贵安村洋口溪出现一具无名男尸，是民警们冒着严寒，下到溪水中，将尸体抬上来洗净污秽、找到死者家属……

潘渡派出所是1983年“严打”前夕组建的，可谓“受命于危难之时”。租借一户村民120平方米低矮的土屋，便开始了“人民公安为人民”的使命之旅。全所民警把为民办实事的宗旨放在工作的首位。潘渡村是潘渡乡政府所在地，也是居民比较集中的地方，两条主要街道，坑坑洼洼，崎岖不平，一遇雨天，更是泥泞稀烂，不知摔过多少行人。修路本不是派出所的事，但欧阳所长首先想到了，便与所里的民警们合计，并把这一想法向乡政府汇报。为筹集修路资金，民警们一致同意把所里唯一值钱的家当——县局为解决山区民警文娱生活单调而发放的一台新彩电卖了。他们把所得款连同每位民警捐献的40元钱交给了修路筹备组。全所民警还多次主动义务参加修路劳动。3个月后，两条500

多米长的平展、宽阔的道路出现了。通路那天，真比过节还热闹，村民们兴高采烈地奔走相告。他们敲锣打鼓、鸣放鞭炮，给派出所送了一面“为民造福新路”的大红锦旗。

拳拳爱民心，浓浓爱民情，换来了乡亲们对派出所的无比尊敬和爱戴。1983年以来，潘渡派出所连年被省、市、县评为“文明”“全优”单位，两次荣立集体三等功。1992年，又被省公安厅授予“全省公安系统廉政爱民优秀基层单位”的称号，所长欧阳大发被评为优秀共产党员，荣立个人三等功。

原载：1992年10月27日《福建日报》

永不卷刃的钢刀

——记福州市公安局刑警大队三队

这是一支特别能战斗的队伍，这是一支钢铸铁打的威武之师。在刚刚过去的 1992 年，他们高举正义之剑，一路斩关夺隘，所向披靡，以破案率达百分之百的全胜战绩，打出了一代榕城刑警的浩荡神威！

这支队伍的头儿陈永康，浑身上下透着股刑警的麻利劲儿。1990 年 3 月，在缉捕一个重大犯罪团伙的战斗中，陈队长打头阵，率民警在某国道路段设卡堵截嫌犯所乘车辆。陈队长状如铁塔，一支微型冲锋枪紧握在手，不偏不倚挡住了歹徒的逃路，大声喝令歹徒停车。却不料歹徒胆大妄为，不听警告，驾车高速强行冲关。站在路中央的陈队长毫无惧色，不肯向歹徒让步，高速行驶的汽车将陈队长撞出 10 余米开外。身负重伤，陈队长却浑然不觉，一个鲤鱼打挺翻身站起，跟着一个鱼跃，飞身紧紧抓住了急驶的汽车车帮，持枪喝令歹徒停车。歹徒无奈只好紧急刹车。车还未停稳，陈队长便率民警一拥而上，将车内歹徒一一制伏。凯旋后，陈队长方觉身体不适，到医院一检查，不得了：轻度脑震荡，肋骨断了两根。医生惊叹："真是条硬汉子！"

陈永康说，每一起案件的侦破，都是集体智慧的结晶。这倒不是谦虚话儿，陈队长的左右臂膀和麾下的刑警们，确实一个赛一个，个个都算得上英雄好汉，请看——

副指导员陈榕生，不负"锐眼神探"的美名。在侦破"3·9""6·11"两起特大刑事案件中，他凭借着一双锐眼，明察秋毫，辨凶识奸，从不起眼的细枝末节里发现了重大线索，为案件的成功破获立下了汗马功劳。他率先掌握、使用的一种侦查手段，被省公安厅有关业务部门誉为"开辟了刑事侦查工作的一个崭新领域"。

侦查员齐国标，人称"预审能手"。一只三寸不烂之舌，可行云流水、可入木三分，审讯艺术中的语言技巧，可谓运用的娴熟自如。预审能手的得意之作，大概要算前年（1991 年）的那起震惊榕城的"提货单碎尸案"。当时，嫌犯自恃作案手段高明，拒不认罪伏法。由于嫌疑重大但又证据不足，一时奈何他不得。齐国标接手这起案子后，巧妙运用证据，先迂回包抄、旁敲侧击，再层层剥笋、重点突破，舌战嫌犯一昼夜，说得罪犯冷汗直冒，四肢颤抖，最终无言以对，在一阵痛哭流涕之后，彻底交代了自己的全部犯罪事实……

对于这些长年累月与刑事犯罪打交道的刑警们来说，没有节假日、超负荷工作是他们的家常便饭。在日复一日、年复一年的同严重刑事犯罪活动作斗争的过程中，他们学会了执着，学会了深沉。虽然他们历尽艰辛磨难，饱尝苦辣酸甜，肩负着永远无法摆脱的沉重负荷，但他们无怨无悔，痴心不改。

今年（1993年）元旦，榕城已沉浸在新春佳节的欢乐、祥和的气氛之中。三队民警却突接警情：郊区洪山乡发生一起特大杀人抢劫案。在副大队长张鸿的带领下，全队民警立即以饱满、旺盛的忘我工作热情投入侦破行动，在长达三天两夜的连续奋战中，民警们数十个小时通宵未眠，精心摸排嫌疑目标；追捕小组在风寒料峭、冬雨蒙蒙的设伏点靠饼干充饥，坚持潜伏近50个小时，成功地将杀人嫌犯捕获归案。砍向严重刑事犯罪分子的这一把闪亮的钢刀，再一次以其凛然正气、浩荡雄风，闪射出无坚不摧、锐不可挡的耀眼光芒。

榕城刑警三队——三山脚下永不卷刃的钢刀！

原载：1993年2月10日《福州晚报》
1993年2月19日《福建日报》
1993年5月4日《福建法制报》

延伸阅读

侦破通讯之一

“温柔”陷阱

1992年12月30日。

淅淅沥沥的小雨又下了一夜。一大早，福州市郊区洪山乡祥坂村一农妇，赶着牛群，嘴里哼着轻快的小调，往堤坝边走去。突然，农妇的目光被不远处闽江岸边的一团灰黑色漂浮物所吸引，定睛一看，却是一具血肉模糊的尸体……

华一厨被杀现场

（一）

福州市公安局刑警大队侦查人员及技术人员迅速赶到了现场。

死者是一位老年男子，头顶部有多处钝器伤，脖颈部有扼痕。距尸体不远处有一片芭蕉林，芭蕉林中的野草有被碾轧的痕迹，痕迹向河边延伸，长约有五米，地面上隐约可见斑斑血迹。从草丛中提取到沾有血迹的锥形20厘米见方石块一块。经鉴定，石块为凶器。尸检表明，死者系被石块击打致昏后，又遭扼压，然后被拖入水中溺死的。死亡时间为发案前一天的晚饭后一小时内。

显然，这是一起凶杀案。

由于死者面部未曾受到破坏，经侦查人员和当地派出所组织群众辨认，很快查明，死者叫华一厨，现年65岁，退休工人，现为某餐馆厨师，住郊区洪山乡祥坂村XX号。死者随身带的金项链、金戒指及部分现金不翼而飞。据当地群众和死者家属反映，华一厨为人热情、大方，性格开朗、随和，与邻里相处和睦，向无积怨，平素从不独身外出过夜，无不轨行为。

（二）

发案现场距死者住处仅有500多米距离。此处寥无人烟，一到夜晚，更是阴森可怕。华一厨何以夜半来此，遭人残害呢？

侦查人员首先走访死者家属。死者家属介绍说，华一厨是在发案前一天晚上7时50分左右离家的。当晚，死者似有心事，晚饭后只身一人从后门溜走。

死者离家的举动甚为蹊跷。那个冥冥之中诱惑老人不辞而别、匆匆走向地狱的魔怪究竟是什么呢?

沿着死者住处至现场的路线，侦查人员从东、西两个方向沿途走访群众近800人，对收集到的案件线索逐一甄别、查证。

当地一名联防队员反映的一个情况引起了侦查员们的注意，当晚8时许，这名联防队员在距死者住处100米处与死者相遇。两人擦肩而过，互相打了招呼。死者当时与一陌生男子并肩而行。这位陌生男人很快被查了出来。此人系福州某厂工人章某。章自称，当晚7时许确曾来过华一厨家，是来找死者儿子的，在死者家门不远处与死者相遇，打过招呼后，章径直进了华一厨家玩至深夜。其子证实，章反映的情况完全属实。

联防队员和章某几乎在同一时间与死者巧遇，经反复验证、比对，侦查员们对死者离家出走的时间做出了准确认定，并据此推断出，死者独自一人往现场方向走，显然是应约而往……

（三）

侦查员们又发现了一条重大线索。据一位常在发案现场捕捉小鸟的算命老汉反映，发案数天前，他曾在现场发现死者与一位男青年在芭蕉林附近走动。这个男青年身高1.70米左右，着蓝色上衣，面庞清瘦。老汉拍着胸脯发誓：此人定是凶手无疑!

侦查员们按图索骥，也是巧合，还真找到了一位如此长相打扮的男青年。此人系死者在餐馆里的一个徒弟。经查证，徒弟并不具备作案时间和条件，也未曾在现场走动过。

算命老汉对曾出现在现场的那个神秘男青年的体貌特征描述，显然阴错阳差、张冠李戴了。但侦查员并没有因此轻易放弃这一条线索。他们根据徒弟长期接近死者、熟知死者秉性的情况，从侧面探取有助于破案的线索。经精心询问和了解，侦查员们发现了死者在谦谦长者风范后面的不可告人的丑恶隐情：死者是个风流汉，常背着家人在外嫖娼。案发前两天，即12月28日，曾有一个被人唤作“溪猪”的皮条客带着两个女人来餐馆找过死者。

（四）

“溪猪”原来是华一厨家的常客。据死者家属反映，“溪猪”真名叫齐溪利，今年25岁，系闽侯县江洋农场武竹村人。死者及其家人与“溪猪”已有多年交往，案发前的12月20日，“溪猪”在死者家中小住，23日离去。在死者家中住宿期间，“溪猪”与死者形影不离，交情甚笃。28日，“溪猪”又突然返回死者家中，与死者密谈了一阵，午饭后离去；下午4时许再次返回，将死者拉至门外交头接耳。

侦查员迅速对“溪猪”在福州的10余处落脚点进行了严密查访，经逐一缜密查证，发案前日晚“溪猪”的行踪基本清晰，唯独晚7时至9时，即华一厨遇害的那一段时间，“溪猪”去向不明。

12月30日下午6时，侦查员陈榕生、罗频等人分两批赶赴闽侯县江洋乡武竹村，在江洋派出所的密切配合下，查明“溪猪”已回老家。经49个小时的巧妙设伏，缉捕小组终于在1月1日中午12时，将“溪猪”捕获归案。

在大量证据面前，“溪猪”精心策划的“温柔”陷阱终于真相大白。

“溪猪”是个游手好闲、不务正业之辈，他发现死者很有钱，嫖娼兴致甚高，于是决定以“鸡”为陷阱谋财害命。12月28日，“溪猪”谎称“鸡”已物色好了，与死者商定次日晚在洪山乡祥坂村堤坝边接头，死者不知是计，当晚欣然应约而往。到达现场后，“溪猪”乘死者不备，用暗藏的石块猛击死者后脑勺，将老人砸昏，随后又扼颈，将老汉拖入河中溺死，劫走金项链一条、金戒指一枚及现金760元后，逃离现场。（注：文中犯罪嫌疑人、被害人及相关关系人均为化名）

原载：1993年2月4日《人民公安报》

侦破通讯之二

无头奇案

1993年3月2日上午9时许，福州郊区城门镇胪雷村一渔民独撑小船在村内河上撒网捕鱼时，发现河面上若隐若现漂浮着一团东西，近前一看，见是一个用铁丝捆扎的红蓝白三色编织袋，编织袋开口处，一双肿胀发白的人腿赫然入目，渔夫大吃一惊，险些跌落河中……

编织袋内的无头男尸

中午12时许，市公安局接到报案后，刑警大队大队长陈仪、政委肖玉英、副大队长张鸿即率专案三队民警及法医等专业技术人员火速奔赴现场。

在郊区公安分局、城门派出所配合下，侦查人员将装有尸体的编织袋打捞上来，解开铁丝，发现编织袋内装的是一具无头男尸！

法医许钟宏对尸体进行了解剖检验，发现：无头男尸从脖颈处被人砍去头颅，其余躯干完整。死者年龄在30岁以下，身高1.75米左右，腹部有两处陈旧疤痕，系胃部、阑尾手术所留。提取死者胃内容，见有青菜、稀饭、桔子等物，据此认定死亡时间为进食后2小时内。尸体已高度腐败，呈“巨人观”，胸腹部高度膨隆，表皮剥脱，露出污秽红色。根据尸体腐败现象推测，死者遇害时间为前15天左右。

侦查人员在案件现场进行了初步调查访问，先后有两名群众反映：前十天左右，曾发现该装有尸体的编织袋，先后漂浮在龙江造船厂船坞下及胪雷村水闸内。

由于尸体无头颅，且已高度腐败，加之系从上游漂流而下，并已漂浮多日，犯罪分子作案后的抛尸地点难以确定，尸源的辨认工作困难重重。

是耶非耶失踪人

郊区城门镇，专案侦破指挥部在此升起中军帐，市公安局副局长林秀光坐镇指挥。城门镇党委、政府全力以赴支援侦破行动，城门派出所副所长刘金佛、副指导员郑更荣组织全所民警配合侦破行动。

陈仪大队长和三队队长陈永康、副指导员陈榕生一道，租乘一条小船。沿内河溯流而上，沿途访问群众，掌握了内河的水道、水流、潮汐等第一手材料。在闽江入海口，陈仪等人了解到，闽江入海口水底遍布渔网，河上捕鱼作业人员甚多，因此尸体从闽江海中漂来的可能性可以排除。

3月2日傍晚5时许，城门派出所段警韦信强向侦破指挥部报告：该镇浚边村男青年哈得宝，自2月17日下午晚饭后离家出走，至今杳无音信，不知是死是活。哈得宝的年龄、身高与死者十分接近。

侦查人员立即将哈得宝的家人及好友请到侦破指挥部，拿出死者的衣物请他们辨认。不料，哈得宝之母一见衣物便大摇其头，否认死者是其儿子，自称死者的一件内裤没有黑线缝补的痕迹，而其子出走时，身着一件由其亲手缝补的内裤；死者的T恤衫样式与其子的T恤衫接近，但其子无纽扣而死者有纽扣。

哈得宝的好友见到死者的衣物后，痛心疾首地将拳头砸在墙上，惊叫一声："就是他！"此人反映：死者所穿的T恤衫、袜子均系哈得宝离家出走前，他们几个朋友从台江一服装店一起购买的，商标牌子完全相同。

尸源究竟是不是哈得宝，一时还难以认定。根据这一情况，林秀光副局长要求侦查人员树立必胜信心，稳扎稳打，克服急躁情绪，广泛发动群众，打好基础。张鸿副大队长要求将侦查范围重点放在发案现场附近的胪雷村、浚边村一带，围绕哈得宝深查其失踪前的活动情况，摸排关系人。

嫌疑人浮出水面

在尸源尚未最后确定的情况下，侦破指挥部决定兵分两路：一路由刑警陈铭、林建兴等人对哈得宝出走前做生意、摆地摊的活动情况进行调查；另一路由三队副指导员陈榕生负责，率刑警齐国标、魏贞文、卜天鹏、郑云朔、王东旭、罗频、王建聪、林默挺等人，立足浚边村，查访哈得宝的好友、同学及关系人，以从中发现线索。

同一时间，侦破指挥部还指定三队副队长毛建忠牵头，带4头警犬，在郊区分局、城门派出所及郊区防暴大队的配合下，沿发案现场展开大面积搜索行动，寻找头颅及遗留物。

技术人员陈乃宁、唐卫军连夜对尸体指纹进行技术处理。经与提取的哈得宝失踪前遗留家中的物品上指纹相比对，3月3日上午9时作出了同一认定结论：尸体就是哈得宝。

哈得宝之姐向侦查人员反映了一个情况：同村男青年肖小豆因开服装店，曾于春节前向其弟哈得宝借过一笔2000元的高利贷；哈得宝失踪后，家人向肖小豆询问这笔钱的下落，据肖小豆自称，这笔钱已于2月17日归还了哈得宝。

哈得宝之友"一休"向侦查人员提供了一条更有价值的线索：2月17日下午5时，该人曾在肖小豆服装店中遇见哈得宝，当时哈得宝正向肖小豆讨债，听到肖小豆对哈得宝说："我现在没钱，我也要向别人借。你先回家吃饭，吃完饭后再来拿钱。"

显然，肖小豆有重大作案嫌疑。

巧施欲擒故纵之计

由于案情重大，张鸿副大队长要求侦查人员不动声色，暂且不与嫌疑人正面交锋，施欲擒故纵之计，先迂回包抄，扫清外围，围绕哈得宝和肖小豆二人，进一步动员、发动群众，收集线索，寻找最佳突破口。

有群众反映：哈得宝失踪前，即春节前后的一个多月的时间里，天天忙于赌博，先后与40多人用“五张牌”“拔饼”等赌博形式豪赌，但其牌运不佳，有赌必输，财力亏空，手头甚为拮据，春节前后频频向肖小豆催要债款。

侦查人员在浚边村干部的配合下还了解到：肖小豆也是个好赌之人，春节期间几乎天天参与聚赌，但因手气欠佳，近期亦入不敷出，手头甚紧；加之又是个花天酒地之徒，常带风流女子出入高级宾馆、卡拉OK厅，开销甚大；服装生意又不景气，经济并不十分宽裕。侦破指挥部进驻城门镇后，此人心神不宁，神色慌乱，多次向街坊邻居打听侦破工作进展情况。

3月4日上午，侦破指挥部在林秀光副局长的具体指挥下，制订了缜密的预审方案，决定：正面接触肖小豆！

突破父子攻守同盟

当日上午9时，侦查员卜天鹏、王建聪按计划将肖小豆传唤到侦破指挥部。

肖小豆显然早有一套反侦查的心理准备，加之自认为作案手段高明，不留痕迹。在审讯人员面前，表现出一种谁奈我何的神态。

当审讯人员问及肖小豆2月17日傍晚前后的活动情况时，肖小豆自称：当晚7时许，哈得宝确曾来过店中向其催要债款，因哈得宝逼要甚紧，肖小豆无奈向其父肖老豆借了2000元，当场还给了哈得宝。

肖小豆之父肖老豆证实这一点属实。

借钱时间、地点、动作、语言甚至许多微小细节，父子两人所述完全相同。这就怪了。2月17日距今已过去了整整15天，为何父子两人对借钱这一情节叙述得如此分毫不差？假作真时真亦假，如此雷同的情节、细节，更令侦查人员起疑：显然，肖氏父子俩订立了攻守同盟。

指挥部决定加强审讯力量。

侦查员毛建忠、陈榕生、卜天鹏、王建聪、吕健军联袂对肖氏父子展开强大的攻势。

终于，肖氏父子的马脚露了出来：关于所还的2000元钱的来历，父子说法不一，肖小豆说是自己开服装店赚的，后给了父亲，而肖老豆却说是自己的。经进一步追查，肖氏父子交代了隐瞒的实情：所谓借钱一事，纯属子虚乌有。肖小豆供认是二天前，见侦查员进驻浚边村后，因风声甚紧，惧怕侦查人员查问，故与其父串通编造了这一伪证。

谎言毕竟是谎言。

赌博酿成的悲剧

经过15个小时的交锋，3月4日晚12时许，肖小豆终于招架不住陈永康、陈铭、卜天鹏、王建聪凌厉的法律攻势，狼狈地败下阵来。

原来，肖小豆与哈得宝两人均因春节前后放肆聚赌，输款累累，哈得宝因此频频向肖小豆催要债款，而肖小豆却无力偿还。2月17日傍晚，哈得宝来到肖小豆店中，再次索要债款，被肖小豆骗回。吃完晚饭后，哈得宝再次来到店中，变下脸来向其讨债。肖小豆被逼迫得走投无路，恰巧当晚停电，屋内一片漆黑，肖小豆暗中萌动杀机，悄悄提起角落中的灭火机，乘哈得宝不备，猛力砸击哈得宝头部，将其砸昏，再用毛巾捂其头鼻致哈得宝窒息而死。随后锁上房门，匆匆跑回家中取来杀猪刀，将死者头颅砍下，脱去外衣外裤，分两次将头颅、躯干运至胪雷亭桥上，抛入河中毁尸灭迹。

至此，历时56个小时，刑警大队参战民警在三天三夜的艰苦奋战中，前后只睡眠了5个小时，终于成功破获了这一起侦破难度大、影响恶劣的无头奇案，受到省公安厅以及当地干部群众的赞扬（注：文中犯罪嫌疑人、被害人及相关关系人均为化名）。

原载：1993年3月17日《福州晚报》

侦破通讯之三

血案的“时间差”之谜

1994年1月24日上午，福州市郊区茶会小区×座407室，包工头阿强哥之妹阿强妹抱着胞哥年幼的孩子来到门前，见门虚掩用木凳顶着，用力推门进入室内，但见其嫂阿芬(30岁，永泰县红星乡晓祥村人)仰卧在地，周身鲜血淋漓，地面、墙上满布血迹。阿强妹惊恐万状，大声惊叫起来……

女人惨死

接到报案后，福州市公安局副局长王小洪、刑警大队政委肖玉英、副政委曾光耀、郊区分局局长林祥钿率刑警大队专案三队民警及技术人员火速赶到现场，会同先期到达的鼓山派出所民警一同展开侦破行动。

现场位于茶会小区解困住房×号楼4层，该工地尚未完全竣工，目前正处于粉刷、装修阶段，脚手架尚未拆除。小区内共有楼房30余座，散落居住着各种工程队的民工1000余人，仅6号楼就住有外地民工60余人。

法医许钟宏对女尸进行了检验，发现：死者系被锋利刀片多次划破喉部，导致颈主动脉断裂大出血而死，创口留有断裂的刀片两块，手部有抵抗伤。结合现场捡获的一把沾满鲜血、刀口残缺的剃头刀，认定该剃头刀是凶器。经死者家属清点房内物品，除阿芬脖颈上的一条金项链下落不明外，室内物品无翻动痕迹。

发现嫌疑

据阿芬小姑阿强妹反映：当日上午8时30分许，其嫂从市场买菜归来后，就提着一只水桶到隔壁楼去提水，并将4岁的孩子托付给阿强妹照看。约9时许，阿强妹抱着啼哭的孩子来到407室门前，推门不开，用力顶开门后木凳，才发现其嫂已被人杀害。

刑警们据此推断：死者遇害时间在8时30分至9时之间，也就是说，犯罪分子的作案时间只有30分钟。在这30分钟里，犯罪嫌疑人进入现场、实施犯罪、逃离现场的时间并不宽裕，显然，只有居住在现场附近的人员才有作案条件。

侦查方向确定后，刑警们立足发案现场，对周围36座楼房内居住的1300多名外地民工逐一进行了认真排队、筛选，摸查嫌疑人。与死者之夫阿强哥存有芥蒂的外地民工吴厘头(男，24岁，永泰县红星乡人)，进入了侦查视线。

时间之谜

据阿强哥反映：吴厘头在其工地承包粉刷工程，工程结束后，吴厘头曾多次向其索要粉刷款，因阿强哥无力支付，双方因此多次发生争执，近几日吴厘头更是频繁来其住处索要这笔款项，对现场环境十分熟悉……

当晚9时许，刑警陈铭、程惠金、林锋依法对嫌疑人吴厘头采取了监视居住措施。

面对侦查人员的询问，吴厘头显得十分坦然，似乎胸有成竹地回答着问题。吴自述："我是当日上午8时起的床，起床后，吃了点点心，8时30分左右步行去了连潘新村工地，时间是上午9时左右……"

经查，上午9时左右，吴厘头确曾在连潘新村工地出现过。于是难题出现了：发案时间出现在连潘新村工地的吴厘头，怎么可能又出现在凶杀案现场呢？

经侦查实验，由发案现场到连潘新村工地的正常步行时间需要30分钟，也就是说，当日上午8时30分左右，吴厘头前往连潘新村工地的情况属实。

莫非，吴厘头真的是无辜的？

冲破迷障

专案组对已掌握的情况进行了认真研究分析：吴厘头所供述的时间与发案时间明显存在着一个"时间差"，这是为什么呢？经缜密推理，刑警们形成了共识：一者可能死者小姑对发案时间的叙述有误，二者可能吴厘头故意推迟了自己的起床时间，或者二者兼有。

刑警们对阿强妹再一次进行了走访，经反复验证、比对，阿强妹所述的发案时间确实有误，准确的时间应为8时10分至30分左右，比原时间整整提前了半个小时。

发案时间得以重新确定后，吴厘头的作案嫌疑越来越大：一是有作案时间。与吴厘头同一房间的民工证实，吴是当日7时30分起床的，比吴自述的时间提前了半个小时，且8时至8时30分之间，吴厘头的活动情况无人证实。另外，有群众发现，8时左右，吴厘头曾出现在现场附近。二是有作案条件。吴厘头熟悉凶杀案现场环境，同时据了解，吴厘头有理发手艺，熟悉剃头刀的使用方法，据此判断，使用这种罕见的作案工具作案，吴得心应手。三是有作案动机。从查获的吴厘头的部分私人信件上看，吴家经济十分困难：家人在信中对其近几个月来不曾给家里寄钱甚为不满，抱怨说吴厘头是不是将打工的钱挥霍在了赌场上？

2月1日，刑警陈铭、程惠金发现吴厘头穿的深蓝色西裤及衫衣上，有暗红色的细小斑点，疑是血迹。王小洪副局长当即决定，将其衣物送省公安厅检查。经陈福林、黄长斌两位专家鉴定：吴厘头身上的血迹与死者的血型完全相同。

真凶自白

依据大量的事实证据，刑警们揭穿了吴厘头精心编造的这个“时间差”。2月3日晚9时许，吴厘头不得不供认了自己的全部犯罪事实：

原来，吴厘头在接连收到几封家中来信后，便频频向阿强哥索要粉刷工程款，无奈阿强哥总推说工程未结算，手头无钱。吴因此对阿强哥及其家人怀恨在心，暗生铤而走险之念。发案前十几天，吴厘头从一家商店购买了一把锋利的剃头刀，暗藏在身，伺机作案。1月24日上午8时许，吴厘头只身来到阿强哥住处，恰巧只有阿强哥之妻阿芬一人在场，吴便向阿芬索要工钱。阿芬推说没钱，对吴不予理睬。吴厘头顿时恼羞成怒，乘阿芬背对自己之机，猛然掏出剃头刀，朝阿芬扑去，用剃头刀将阿芬脖颈割破，此时恰巧阿强妹从旁边房间出来。听到开门声，吴匆忙关紧房门，又扑压在正朝阳台外爬行的阿芬身上，朝阿芬颈部猛割几刀，匆匆拽下阿芬脖子上的金项链。从阳台外脚手架上爬出，逃离了现场……

根据吴厘头口供，刑警们从吴藏身之处，追回了死者的那条金项链。

（注：文中犯罪嫌疑人、被害人及相关关系人均为化名）

原载：1994年3月8日《福建法制报》

重塑灵魂育新人

——福州市收容教育所见闻

被榕城人称为“重塑女性灵魂的特殊学校”——福州市收容教育所的女警官们，担负着收容、教育、改造卖淫妇女的神圣使命。长年累月，她们以人民警察的赤诚之爱，抚慰着一个个扭曲、变态的灵魂，为社会安宁做出了特殊的贡献。

福州市收容教育所的女警官们

一

你能理解吗？ 有位年轻的女管教干部，对生病的女儿无暇照顾，却为一名过生日的学员买来蛋糕，在号房里点燃蜡烛，为她轻轻唱起了“祝你生日快乐……”

你能相信吗？有位还不知恋爱是怎么回事的女管教干部，当她得知号房里一名患有性病的学员旧病突然发作时，毫不犹豫地托起患者的身体喂药，使之转危为安……

这，就是收容教育所女警官工作内容的一斑，知情的人们，无不对这一特殊岗位上的女警官们表示钦佩。

这个所组建于1990年12月。3年多来，全所干警认真贯彻“教育、感化、挽救”的方针，对已收容的失足女性耐心细致地帮教，使其中的绝大多数人，转变成自食其力的劳动者，走上了新生之路。

在这里，女警官们用特别的爱，为那些失足女性重新燃起新生活的希望之光，护送她们走向新的人生旅途。

在采访中，我们见到的所里领导，个个给我们留下深刻印象。

所长陈瑞贞，个头高大，形象威严，却有着一付慈母般善良的心肠。

教导员姚鲁榕，性格开朗，为人随和，处处是干警们的表率……

所长陈瑞贞与学员谈心

在这里，每逢佳节，正当人们团圆相聚、共享天伦之乐之时，她俩总是惦记着号房里那些更需要温暖和关怀的学员们。她俩身体力行，不仅为学员们备好可口的热饭热菜，还组织学员们演唱自编自演的文艺节目，让大家在歌声和欢笑中忘却烦恼和忧伤。

领导言传身教，女警官们都能注意从每个学员的言谈举止中观察到谁思亲心切，谁心态不宁……从而分析研究，耐心引导和帮教。正是这种体贴入微的关怀，让许多学员悔恨过去，洗心革面，决心与旧我决裂。

二

一名学员解教后，邮给陈所长的信是这样写的：亲爱的所长妈妈，离开收教所已经半年了，但您的音容笑貌仍时常浮现在我的眼前。回想刚入所的我，面临着被丈夫抛弃、父母与我断绝关系的巨大打击，我万念俱灰；加上怀孕流产，身上的难言之隐又时时折磨着我，难以言喻的痛苦，使我失去了生存的勇气。于是，我撕破被单，打成布绳，要走绝路……是您及时发现我的举动，采取应急的措施，并在那以后无微不至地关心、帮助我……虽然我原来的亲人们离我而去了，但您胜似慈母的爱，给了我新的生活勇气。现在，我已有了一份令人满意的工作，自立、自强的耕耘和收获，让我感受到了生命的充实和幸福……

这，仅是解教学员离所后许多来信里的一封，但人们可以从中领悟出收教所女警官们所付出的心血和特殊的爱心。

三

毕业于中国人民警官大学，主动要求来收教所工作的女管教干部卓越，是所里的业余“法律顾问”，学员们都爱听她讲法律。小卓上课时，总是结合收教学员的思想和犯罪实际宣讲国家法律，深入浅出，形象直观，使听者深受教育、增长法律知识。同时，小卓平常还细心观察、帮助学员们搞清楚法律上遇到的困惑。一次，她发现一个学员接连几天愁眉不展，流露出轻生念头，小卓就及时与之促膝谈心，摸准其思想脉搏。原来是这名学员收到法院一纸离婚判决书，夫妻共有财产全判给了男方，把 4 岁的孩子判给女方抚养。据此，小卓主动为她写了一份有理有据的诉状，呈送上一级法院，并同她到当地法院反映情况。不久，法院重新作出判决，使这名学员得到自己应有的那份财产和一定的抚养费。为此，这名学员感动得跪在小卓面前，热泪纵横地说：“我从小失去父母，不知道什么是父爱母爱，是您给了我人生的温暖和再生的信念呀！”

据跟踪回访和抽样调查，经这个所解教重新踏上社会的女性，其中绝大多数脱胎换骨，有的还成了社会的优良人才。该所女民警的辛勤劳动，得到各方的赞扬，连续 2 年被评为市“双文明”先进单位，今年（1994 年）又被授予市“三八红旗集体”光荣称号。

净土育新人，润物无声见真情。福州市收容教育所的女警官们，把一份份特别的爱，无私地献给了那些“特别”的女性。让她们在这块净土上，洗涤被染污的灵魂，使他们改邪归正，再吐新芽……

原载：1994 年 6 月 21 日《福建日报》

（注：收容教育制度是根据国务院 1993 年 9 月 4 日第 127 号国务院令《卖淫嫖娼人员收容教育办法》之规定，对卖淫嫖娼人员进行为期六个月至两年的强制教育、劳动等一系列限制人身自由的行政强制措施。现该所已撤建）

网络警察：虚拟社会守护神

——记福州市公安局计算机安全监察处[1]

福州第一代网络警察

我们已经进入了网络信息时代。

据公安部统计，全国上网用户目前已达117万户[2]（仅福州地区就有6000多户）。“秀才不出门，全知天下事”已不是幻想。Internet，为形形色色的“网虫”们提供了一个丰富多彩、无奇不有的网上世界。当然，Internet也并不是一方净土，色情、暴力、反动的网页、网点充斥其间，更有那一批批骗子、盗贼，甚至网络“黑客”，也伸出了他们的魔爪……

道高一尺，魔高一丈。面对着扑面而来的网络信息大潮，网络警察——福州市公安局计算机安全监察处的警官们，在浩繁无垠的网络世界里，发起了一场没有刀光剑影的网络保卫战……

天降神兵

鸟归巢，人入眠。此刻早已是夜深人静时分，某公司的陈某某，却毫无睡意。

电脑房里乌烟瘴气。陈某某嘴巴上歪叼着一根烟卷，右手时不时地按压着鼠标，充血的眼睛紧盯着电脑屏幕，兴致一阵浓似一阵……

“笃、笃、笃”，门外响起了敲门声。

“讨厌！”陈某某骂骂咧咧地嘀咕了一句。心想不定又是哪个网友半夜三更睡不着觉，来我这找刺激开洋“荤”了。陈某某趿拉着拖鞋，打着长长的哈欠，

① 福州市公安局计算机安全监察处，即福州市公安局网络安全监察支队的前身。

② 此数据为1998年统计数。

网上巡查

懒洋洋地打开了房门。

“你是陈某某吗？我们是福州市公安局的。这是计算机系统安全检查证。”

仿佛神兵天降。望着门外 3 名威严的警察，陈某某瘫软了……

陈某某原是一家公司的电脑操作人员，仗着一点小聪明，日积月累，便把键盘、鼠标、主页、网址等计算机技术玩得精到稔熟。有一天，陈某某偶然溜进了国际互联网，眼睛顿时为之一亮：哇，这里有种种淫邪的图像，这里有“少儿不宜”……至此，陈某某便走火入魔了，总在夜深人静时分，蜗居在电脑房一角，闯入因特网寻找刺激。时间长了，陈某某熬黄了面皮，亏虚了身子，却尤嫌不过瘾，竟壮着胆子把大量色情淫秽小说、图像、刊物等网站，通过电子公告栏肆意链接。

然而，这一切，均没有逃出网络警察百倍警惕的眼睛。

根据公安部《计算机信息网络国际互联网安全保护管理办法》的有关规定，陈某某被科以重罚。陈某某哀叹道：“真没想到，网络上居然还有警察？！”

计算机安全监察处成立伊始，处长罗仁德就鼓励大伙：“计算机安全监察业是一项新的公安工作，全国基本上都处在同一起跑线上。你们要开拓进取，大胆工作，争取优异成绩。”自 1995 年以来，福州市计算机安全监察处的警察们，在副处长戴幼清的直接领导下，凭借着现代科技的倚天长剑和人民警察的大智大勇，先后查获涉及传播计算机有害数据案件 71 起，没收黄色、反动、盗版光碟两万余片，荣立集体三等功，监察科科长刘宁，还被公安部授予“全国公安计算机管理监察先进个人”荣誉称号。

智擒“黑客”

“大眼睛的姑娘，你还好吗？”

望着主页上的这一行大字，杨某眨巴着那双色迷迷的小眼睛，意念中叠影着一名美目流盼、体态婀娜的妙龄女郎，意乱心迷、心猿意马。

1998 年 9 月 26 日、28 日、30 日，福建省图书馆计算机网络系统连续三天遭到一名来历不明的“黑客”的袭击。“黑客”不留痕迹地闯入“省图”计算机网络，在其网路主页上胡乱“泼墨挥毫”，并在主页上肆意链接其他站点。“省图”计算机管理人员使出了浑身解数，用上了十八般“兵器”，终告无效。无奈，“省图”计算机网络被迫关闭。

这是福建省迄今为止发现的首例网络“黑客”案。

接到报案后，网络警察火速出警。

然而，“黑客”在“省图”电脑系统运行日志中没有留下 IP 地址记录，做案得手后，“黑客”消除了一切作案痕迹，消失得无影无踪。

调查、摸排、取证……网络警察刘宁、张振东、王强顶着“秋老虎”难以忍受的灼热，四处奔波，日夜苦战，不放过任何蛛丝马迹。

在网络大洋里，某一个人的 IP 地址宛若沧海一粟。

在大海捞针般艰苦细致的摸排中，网络警察用高科技武器装备了一双双锐眼，他们发现：这是有人在免费网络电子信箱站点中用假身份注册了电子信箱，再盗用他人账号，千里迂回袭击“省图”。好一个“黑客”，明修栈道，暗度陈仓！

科长刘宁在南京市公安局计算机安全监察部门和福州市电信局的大力配合下，对几名重点嫌疑对象进行了认真筛选、甄别，视线渐渐集中在杨某身上。

杨某，男，现在 21 岁，原系某公司电脑技术人员，曾一度由公司外派“省图”帮助工作，有作案条件和作案动机！

该是收网的时候了。

10 月 20 日，三名“拆迁办”工作人员着便衣来到福州市台江区 ×× 路杨某住处附近，向左邻右舍征询对“拆迁”工作有何意见。

此行证实杨某就在家中。动手抓捕，正是时机！

三名“拆迁办”工作人员再次来到杨某家中。杨某不知是计，兴冲冲地把“拆迁办”工作人员请进了家门。

“我们是福州市公安局的。”亮明身份后，刘宁、张振东、王强大步流星冲入杨某卧室，当场缴获作案电脑和“黑客”工具一套。

人赃俱获。自以为聪明的杨某，终于耷拉下了脑袋，对自己的违法行为供认不讳。

网络“黑客”终究不是网络警察的对手。事后，杨某被公安机关处以治安拘留 15 天并罚款 5000 元。

奉献爱心

网络虚拟社会，是网络警察维护稳定、打击犯罪的阵地，也是网络警察奉献爱心、服务社会的一方圣土。

1998 年 3 月 20 日下午 4 时 55 分，正在执行 24 小时网上监控任务的网络警察们，在国际互联网“网上城市”电子公告栏内发现了一封紧急求救信 :《SOS ！一个生命垂危者的呼救》。求救信发自福建师范大学，师生们用真情切切的语言，描述了一位来自闽西北贫困山区的女大学生何亭芳因患脊椎胸 8 腰 2 内胶质恶性肿瘤而遭受的沉痛打击。

花季女生的厄运，牵动了网络警察的心。

世界各地的网友，为何亭芳的命运牵肠挂肚。然而，不少人也心存疑虑：就这么一封信，没着没落的，谁能肯定这就不是一场骗局呢？科长刘宁在网上看出了网友们的疑虑，立即与师大取得了联系，并前往医院探望了小何，在网上为求救信的真实性作了证明。

网络警察刘宁、吴晓薇、张振东、王强解囊相助，从他们微薄的工资里分别捐出 150 元钱，通过网络向何亭芳捐款献出了人民警察真诚的祝福。

一石激起千层浪。网络警察的爱心行动融入了千百位网友的爱的大潮中：

一双双温暖的手从网上朝何亭芳伸来……

一笔笔捐款从网上雪片似地飞来……

短短几个月时间，何亭芳就收到了来自世界各地的网上捐款十三万余元人民币，小何被送进了北京一家最好的医院接受治疗……

这是全国第一例网上捐款救助女大学生的网络行动。

检查网络安全

“尊敬的平民叔叔：我的家乡在富屯溪的一个小岛上，四面环水。一家四口人，爸爸体弱多病，母亲身体也不好，我们姐弟二人年幼，全靠父亲一人劳动收入维持生活。今年百年不遇的大水，淹没了我家的房屋和田园，造成生活更加贫困，开学后父母无力支付我们姐弟俩的学费，是靠学校老师的帮助，同学们的支援和叔叔您的帮助，我才重新获得了上学的机会……”

这是南平市延平区张志平同学写给“平民”叔叔的一封网上来信。

原来，1998 年 7 月，闽北地区遭受了百年不遇的特大洪水。延平区地税局三位热心的网友，将延平区百余名急需救助的贫困学生的情况汇编成“托起明天的太阳”网页，在国际互联网上发布。监察科的警官们，望着网页上那一张张受灾地区的照片，望着灾区儿童那一双双天真无邪、渴望读书的大眼睛，心中隐隐作痛。当即，全科民警用“平民”的化名，通过网络向张志平小朋友汇去了 550 元救助款。

……

在一方小小的电脑屏幕上，在嘀嘀嗒嗒的键盘敲击声中，网络警察——福州市公安局计算机安全监察处的警官们，用他们的智慧和爱心，在网络虚拟社会里构筑了一道枝繁叶茂、郁郁葱葱的橄榄林[①]……

原载：1998 年 12 月 10 日《中国新闻》
1998 年 12 月 16 日《福建日报》
1998 年 12 月 21 日《文汇报》
1999 年 1 月 6 日《科技日报》
1999 年 1 月 9 日《中国纪检监察报》

① 橄榄林，因 87 式警服为橄榄色，故有此艺术化表述。

扬帆击浪潮头立

——全国青年文明号福州市公安局东街派出所纪事

东街派出所"全家福"（摄于 1998 年年底），前排左起第三人为副所长陈祥富，依次为副所长刘勇、所长蒋木仁和副指导员郭嘉声

1998 年 5 月底的一天，福州市公安局东街派出所会议室里，由东街街道党委主持召开的一场居民会议正在进行。居民一方是仙塔小区 5 座的全体居民代表，另一方是东街派出所所长蒋木仁和副指导员郭嘉声。

事情的起因很简单：3 月底，东街派出所新楼落成，全所搬迁至仙塔街中段新址办公后不久，就有一封题为《公安截断消防通道》的群众来信反映到有关部门。信中反映东街派出所在与 5 座相邻的通道上砌了一堵墙，截断了消防通道，一旦发生火灾，5 座的居民将丧失逃生机会。

这是一场关系到能否保持良好警民关系的具有特殊意义的座谈会，在场的街道党委领导、物业管理部门领导和开发商们大多有些忐忑不安：整座楼的居民万一闹起来，后果将十分难堪！

表情坚毅而自信的蒋木仁说话了："今天请大家来，就是为了这堵墙。想听听大家的意见，请大家畅所欲言。我向大家保证，只要有两位居民反对，这堵墙，我们坚决拆！"

蒋木仁话音刚落，下面已议论开了：

"这怎么行？派出所是执法机关，有枪支弹药。拆了墙，派出所大门前就成了来往通道，那不安全。"

"有派出所做邻居，我们求之不得呢。"

"就是。派出所搬来后，我们这幢楼的自行车再也没有丢过。"

……

清秀斯文的郭嘉声见状急忙打断话头："我们非常感谢大家对派出所工作的理解和支持。不过，今天我们是来听取意见的，欢迎大家多提宝贵意见。"

"墙边不是有一扇门吗？加宽一点就行。其他没意见。""对，没意见。""没意见。""没意见！"

众人七嘴八舌。

"边门的事，我们保证明天整改。说到做到。"蒋木仁表态，"借此机会，我也向大家保证一条：今后大家凡来派出所办事，只要属于派出所职权范围的，我们依法能办到的，你找值班民警，值班民警解决不了的，你找我蒋木仁，蒋木仁还解决不了，你们尽可以到我的办公室来，把我的办公室砸了！"

一番话掷地有声。

第二天，派出所围墙的那扇边门，果然由原来的 1 米加宽到 1.5 米，5 座居民服了。

蒋木仁已经不是第一次向辖区百姓说这番话了。砸办公室的事未曾发生，倒是吸引了越来越多爱戴、信赖也更挑剔的目光朝这里凝视。在福州市公安局连续两年举办的群众评议派出所活动中，东街派出所连续两次摘取总分第一名的桂冠，便是明证。

在省会城市经济、文化、通信的中心地带，在色彩斑斓、人流如织的闹市中，在霓虹闪烁、灯红酒绿的夜幕下，东街派出所——这个"全国青年文明号"、"全国公安系统学雷锋先进集体"、"公安部文明示范窗口"、"福建省文明单位"、五连冠"全省优秀派出所"、集体二等功荣立单位、"全省公安机关廉政爱民先进基层单位"、"福州市标兵单位"，踏着时代前进的节拍，保持着爱民守纪、严格执法的光荣本色，高举着那面 31 年鲜艳如初、纤尘不染的战旗，巨人般挺立在时代的潮头……

上篇　在放飞白鸽的岁月里

一、纤夫的傲骨

黄荣魁的“灵感”

1990年秋的一天，第十三任东街派出所所长黄荣魁兴奋而又凝重地端坐在自己的办公室里。刚刚送走前来视察的公安部原副部长俞雷一行，他的心情久久难以平静。

俞副部长的一番话语重心长：“你们刚荣获了‘全省公安机关廉政爱民优秀基层单位’称号，我向大家表示祝贺！希望大家当好公仆，从严治警，永葆廉政爱民光荣本色，争取更大成绩。”

黄荣魁前所未有地感到了为官一任的责任之大。想着、想着，心中忽然一热，胸中“诗兴”大作，“灵感”迭出，信笔在案头书写下两行大字——

甘当公仆，时刻关心人民群众冷暖安危

从严治警，永远记住廉政勤政忠于职守

不算诗，也不像严格意义上的对联，但黄荣魁希望这句话成为自己和全所民警的座右铭。黄荣魁说干就干，第二天就让人写成一副对联，工工整整地贴在了派出所的大门口。

原福建省公安厅副厅长、东街派出所第一任所长
江晞（中）在派出所讲传统

这副对联一直保留至今。它是东街派出所发扬传统、迎接挑战、迈向新时代的宣言书。

黄荣魁在思考：伴随着改革开放的发展进程，社会政治经济形态也发生了巨变，超稳态的社会结构已被打破，人、财、物大流动。就拿户籍室来说，原来门可罗雀，现在竟也出现了排队等候的情况。广大群众已经不满意派出所的工作依然停留在20世纪50年代旧的管理模式上，对按部就班、手续烦琐的办事程序、服务态度有怨气、怒气。

黄荣魁行事脆快，他把自己改革派出所现有工作制度的思路向所里的其他领导一提出，竟赢得了一片喝彩，有些点子还与其他所领导一拍即合。

也就是个把月时间，东街所接连出台了一连串“好戏”——

原来高过胸部的户籍窗口高柜台，现在变成了低柜台，柜台前排着一溜整齐的座椅，来所办事的群众可以坐着而不必站着等了。这是全国公安机关有文字记载的第一例。无怪乎省委常委、原省公安厅厅长黄松禄来所参观时，对此举勉励有加：“这是和群众平起平坐，平等对待。”

原来似乎只配“总经理”“董事长”等商界人物拥有的一寸见方的名片，忽然变成了东街所民警联系人民群众的小小宝物，飞进了寻常百姓家。当然不叫“名片”，而叫“警民联系卡”，卡上注有民警姓名、联系电话、传呼号码，群众有难，一呼即到。这又是全国公安机关有文字记载的第一例。

制定并使用了《受理户口申请凭证》四联单（所长、户籍外勤民警、申请人、存档），严格办事程序和时限，落实工作责任制。实行户口申请所内催办和督办制度。这是福州市公安局“限时办证责任制”的雏形，虽然当时没有明确的办证时间限制，但严格的办事程序，再配以户籍室示范台上规范的户口、身份证表格填写样本，大大方便了群众……

黄荣魁“灵感”迭出的结果，是把东街派出所的勤务制度改革引向了“快车道”，实实在在地造福了一方百姓。难怪当时的新闻媒体赞誉黄荣魁为“一匹冲锋的战马”。

蒋木仁的“换位思考”

蒋木仁走马上任第十五任东街派出所所长的时间，是1994年12月。他的上任，说来还有一段故事：1994年8月，第十四任所长林新荣获“全国优秀人民警察”殊荣，并为东街所捧回了一块金灿灿的“全省公安系统优秀科所队”牌匾后，调任刑警支队副支队长。当时，上级机关对东街所所长一职曾另有几个较为满意的人选。

可一征求意见，却都是一片婉拒声。“就我的水平，还能扛好东街所这面红旗？”说的是谦词，潜台词却很明白：东街所是老牌红旗单位，干好了，未必就有人说你好，摊上一句“老所长基础打得好嘛！”算是客气了；干坏了，那你就吃不了兜着走，评语也不难想象：“我说某某某不行吧？他才干了几天啊，就把东街所的牌子给砸喽。”

不能不说蒋木仁没有这种顾虑。但是这个不善打哈哈、耍弄官场手腕、秉性刚直的汉子，却没有轻言“不”字。上级领导找蒋木仁谈话时，蒋木仁沉思片刻，回答得既爽快又坚定：“如果上级党委已经决定了，行，我去。”

当东街所的一把手，难处可想而知。

以身作则，率先垂范，发挥模范带头作用……这些属于党员领导干部的“必修课”，你一条也不能少。当然还得送礼不要、请客不到、说情不理；还得吃苦在前、享乐在后；还得牺牲小家和自我……

这里有一组数字：蒋木仁任东街所所长 7 年来，没有收过一份礼，没有参加过一次当事人或可能影响公正执法的吃请，没有请过一次病假，每一天上班都来得比民警早、回得比民警迟，年平均加班 130 天。

身为一所之长，蒋木仁时常挂在嘴边的话题是“换位思考”。所谓“换位思考”，是警察与老百姓之间的角色互换，警察时时刻刻站在老百姓的角度，设身处地地为老百姓说话办事。“换位思考”，难便难在它既需要感情又需要理性，缺一不可。蒋木仁在东街所所长任上“换位思考”了 7 年，把情融入了民情，把心融入了民心，于是才有了与人民群众血脉相连的丰富内心世界，才有了那么多让人感叹不已的喜怒哀乐……

都说蒋木仁心“硬”：1997 年 12 月间，东街辖区安福新村八座 503 室住进了三名外地打工青年，段警李明辉要求他们到居委会外口管理站办理暂住证。小李不厌其烦地跑了三趟，可三名外地青年也许是嫌麻烦，借口“就住几天，马上搬走”，硬是拖着不来。

隔了十多天，小李在辖区工作时，又遇上了这三人。小李好是恼火，扣下了三人的身份证，责令他们立即前往外管站办理暂住证。三人战战兢兢地来到派出所，恰遇蒋木仁值班，就向蒋木仁反映了这一情况。蒋木仁一听就来了气，从二楼的通道上喊出李明辉，居高临下指着李明辉当头训斥：“你为什么要扣人家的身份证？嗯，谁叫你随便扣的？”未等小李解释，蒋木仁连珠炮似地又是一番怒吼：“跑了三趟，你应该跑六趟，跑十八趟嘛！你要主动上门为群众服务嘛！怎么能用这种办法强逼群众办证呢？！马上把身份证还给人家！”这一番严辞厉语，“熊”得小李抬不起头来，也让三名外地青年感到过意不去。三人拿回了身份证，当天就去外管站办妥了暂住手续。

事后，在场的几位民警都暗地里为小李打抱不平，都是为了公家的事，你蒋所长在大庭广众下这么训斥民警，是不是太过分了点？

上门服务

都说蒋木仁心“软”：一个冬夜，东街所巡逻民警拣回了一个迷路的男孩，值班的蒋木仁所长耐心地询问男孩的父母姓名、家庭住址。男孩吃着警察叔叔们送来的水果、糖块，口中只有“岳峰所”三个字。再问，还是那三个字，蒋木仁的额上冒出了汗。无奈，只好根据这条线索，先找找再说。蒋木仁连夜驾车带着男孩来到岳峰派出所，怀中抱着小男孩，在派出所周围地区挨家挨户打听了一个多小时，终于找到了男孩的父母。男孩的父母紧紧搂抱着失而复得的孩子，激动得热泪涟涟。望着这感人的一幕，蒋木仁也受到了感动，眼圈湿润了……

我们有理由相信，蒋木仁的“硬”也好，“软”也罢，纯属其一向提倡的“换位思考”使然。这位全国优秀人民警察、二等功臣、三级警督，在每一个白天和夜晚，都对自己和民警们切切叮咛：

“假如我是一名普通群众……”

蒋木仁坚持要我“多写写民警，少吹我”。无奈，有关蒋木仁的话题，只好粗线条地记上这么几笔，全系民警“如是说”：

“那年‘春季严打’期间，蒋所长的胃痛突然犯了，脸色发青，指导员和民警都劝他回家休息，可蒋所长硬是挺着不离开岗位，后来实在撑不下去了，才让内勤民警载他到省立医院治疗，看完病后又返回所里……”

“有好几次看到蒋所长生病了，憔悴不堪，可蒋所长从来不请病假……”

“蒋所长对工作严，对民警政治上、生活上却很关心。”

行将结束采访的一天，忽见蒋木仁兴冲冲地从外面回到所里，那神情像个受到老师表扬的孩子。副指导员郭嘉声悄悄告诉我：“蒋所长请休假，分局批了，好高兴。”所谓“休假”，也就是短短的五天时间。蒋木仁喜不自禁的神情，让我感受到的却是难以言状的苦涩：都说公安民警辛苦，可是，又有谁真正为蒋木仁和他的战友唱一句“回到了祖国母亲的怀抱，让我们的水兵（民警）好好睡觉”呢？

总是说的比唱的多。

“蒋郭思想工作法”

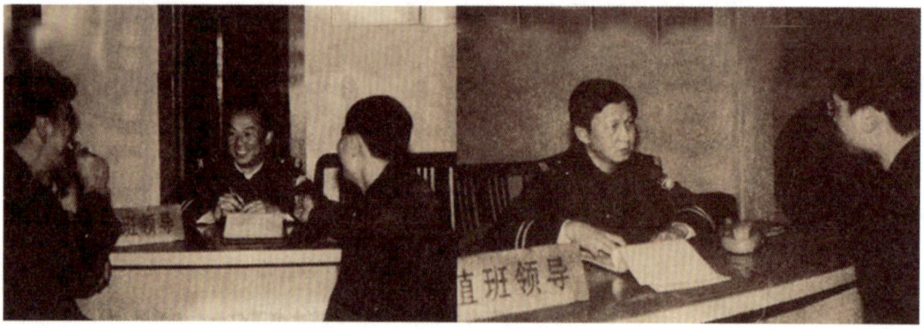

1998年夏，东街派出所领导“坐堂”值班制度
（左图为所长蒋木仁，右图为副指导员郭嘉声）

1998年3月的一天，东街辖区安福新村二楼一居民房内，忽然冒出了一阵浓烟。东街派出所接到110指挥中心的指令，迅速组织民警赶赴现场。此刻，消防车尚未到达，室内的黑烟却越来越浓。一位中等个头的中年警官和几位青年民警“蹭蹭”跑上楼，猛敲铁门，室内却毫无反应。中年警官又一溜疾跑下楼，朝二楼抬眼一望，高声叫道：“有梯子吗？快拿梯子来！”很快，有人拿来了梯子，中年警官架稳梯子，抬腿就上，一旁的青年民警急忙阻拦：“指导员，危险！让我上！”中年警官厉声命令：“你扶稳梯子！”说罢，敏捷地攀着梯子登上二楼阳台，开窗跳入室内，一个箭步冲入厨房，关掉了煤气灶……

一场火警化险为夷。浓烟散尽，众人这才注意到被烟熏火燎形同“黑人”的中年警官，齐来慰问，中年警官露出满口白牙，嘿嘿一笑：“没事、没事！”

盛夏的一天深夜，一位女青年突然在侨联大厦内晕倒，不省人事。中年警官接到求助电话后，拉上值班民警就跑。两位民警跑进现场，麻利地搀扶起女青年，将她送往省立医院急救中心抢救。中年警官在急诊大楼内跑上跑下，为患者挂号、找医生、取药……累得大汗淋漓。凌晨1时许，女青年经抢救脱险，露出一张白皙、清秀的笑脸。第二天，这位20岁的北京姑娘携友带着两个精致的花篮，专程来到东街所寻找救命恩人。人堆里，姑娘认出了中年警官，三步并作两步迎上前去，一把抓住他的双臂就要下跪。中年警官急忙将女青年扶起，说："不谢、不谢，这是我们应该做的！"一旁的蒋木仁所长朝中年警官当胸一拳，打趣道："这可是英雄救美人啊。你还保密啊？！"中年警官顿时满脸通红……

这位憨厚、质朴的中年警官就是东街派出所二把手、副指导员郭嘉声。

郭嘉声的优势是辅佐蒋木仁抓好队伍的思想政治工作，至于"火场抢险""英雄救美"之类的英雄壮举，按郭嘉声的原话说，是"值班，正巧遇上，不值得重笔浓彩、大书特书的"。

都说20世纪90年代的民警难带，此话不假。

先说主观方面，90年代的民警，文化水平高，思想解放，视野开阔，头脑灵活，交际广泛，"极端个人主义、享乐主义、拜金主义"随时随地都有可能发生；再说客观方面，正如歌中所唱"外面的世界很精彩"。仅东街地区，就有600多家歌舞厅、夜总会、桑拿浴、海鲜楼、商店……冷不丁，就会有个打扮入时的"三陪"小姐嗲声嗲气朝你抛来媚眼；冷不丁，就会有个财大气粗的不法老板为你设好了"饭局"，忙不迭解释："没有别的意思，交个朋友啦。"强拉你入座；更有那一批伶牙俐齿、头脑活络又颇有"来头"、怀揣"红包"的说客们……

形形色色的诱惑，从四面八方铺天盖地而来。

蒋木仁、郭嘉声的责任，是要把这"纷扰看个清清楚楚真真切切明明白白"，再分而化之、分而解之、分而破之……

默契配合了两年，苦也苦了，累也累了，更操练出了许多思想政治工作的"道道"。于是，蒋木仁、郭嘉声这两位东街所主官，便一文一武、一张一弛，把东街所的思想政治工作操练得有板有眼，我们姑且称之为"蒋郭思想工作法"——

一曰"心理诱导"。不说政治学习，诸如学习邓小平理论、反腐败文件，这"准则"那"规定"的，等等，单是一本上级机关下发的《公安民警违法违纪案例选》（以下简称《案例选》），就大会上说，小会上说，个别谈心时说，私下聊天时也说。蒋木仁常说："外面的饭、外面的酒，不是那么好吃好喝的。大家都是有求于你，才肯掏腰包的。吃了人家的嘴软，拿了人家的手短。吃了、喝了，你便要想法子越过'雷池'，最后倒霉的还是你自己！"郭嘉声说的也都是"大白话"，句句入耳："毛主席说'世上没有无缘无故的爱，也没有无缘无故的恨'，这话有道理。商品经济时代，谁会平白无故地送钱给你啊？看中的不就是我们手中的权吗？！"

又说："人生在世，健康、平安才是最大的幸福。你干了一件坏事，心理上总会有一层阴影，提心吊胆、担惊受怕，晚上睡觉都不踏实。何苦呢？"

民警们听得多了，就有刻骨铭心之感，心理学上叫"条件反射"。工作中，遇上了《案例选》中类似的情况，民警们心里就不免"咯噔"一下：所长、指导员时常说的那种人，不就是这副嘴脸吗？这老小子没安好心！于是，妖冶风骚、花枝招展的妙龄女郎便成了狰狞、可怖的"白骨精"，老板、业主亲热、盛情的一桌宴请，便变成了一场心怀叵测、居心不良的"鸿门宴"……

蒋木仁、郭嘉声考虑得极为深远：人，是环境的产物，一个派出所，一个集体，需要凝聚力。凝聚力从何而来？这便是首先需要一个团结向上、互帮互助、人人心情舒畅的小环境。这个环境丧失了，民警便心灰意冷、斗志皆无，乃至产生抵触情绪。洁身自好的一种结果是另谋出路，随遇而安的一种结果是当一天和尚撞一天钟，破罐破摔的一种结果是与"圈外人"为伍（警察这一职业的特殊性在于，他们的"圈外人"，大多是社会阴暗势力，这帮"圈外人"尤乐于与警察交"朋友"），以摆脱"逆境"，获得"解脱"……

有这么一则故事，可见"心理诱导"之效：1997 年 12 月底，民警黄正宇在追捕一名盗窃犯罪嫌疑人的战斗中，右手第五指骨折。当时，正值元旦、春节安全保卫期间，市区又发生了一起持枪抢劫运钞车的特大案件，派出所的工作十分繁重。小黄吊起了夹板，上下班没法骑摩托车，按常理，应该让小黄回家养伤。可小黄是户口段民警，一个萝卜一个坑，光那起"劫钞车"大案的嫌疑对象摸排表，就有十数种之多……郭嘉声主动找上小黄，说："我家跟你家正好同一条路，下班我送你回家。"一天、二天……这天傍晚，郭嘉声照常送小黄回家，刚刚送到家门口，不巧天上下起了毛毛细雨。小黄对郭嘉声说："指导员，你等等，我上楼给你拿件雨衣。"郭嘉声那一刻已掉转了车头，回头朝小黄一笑："不麻烦了，我家马上就到。"说罢一溜烟走了。小黄望着在寒风细雨中渐渐远去的郭嘉声，鼻头一阵酸楚……第二天，小黄干脆搬进了所里，吊着夹板，天天往户口段里跑，这一住就是两个多月，直至痊愈。有一天，省公安厅的几位同志来所暗访，见小黄吊着夹板，用左手艰难地记着民警日记，问明原委后，感慨赞叹不已。

二曰"正负强化"。在东街所采访时，民警们普遍反映说，东街所领导"善于做过细的思想政治工作，善于把握民警的动机、情绪、气质、性格，以情动人，以理服人"。蒋木仁、郭嘉声常用的手法是"谈心""家访"，但两人真正驾轻就熟的，还是心理学意义上的"正负强化"法。正强化是表扬、奖励，负强化是批评、惩处，是用正确的人生观、世界观、价值观和从警观，不断矫正、引导民警的意志和行为。

一天，有位群众来所开证明，因管公章的内勤外出，负责接待的值班民警就对他说："印在内勤那儿，他上分局去了，你下午来吧。"这位群众对东街所印发的"青年文明号服务卡"上的种种承诺倒背如流，反驳道："你是第一承办人，你就应该给我印！"值班民警正欲解释，蒋木仁闻讯赶来，当场批评民警："你怎么能让群众为这么件小事再跑冤枉路呢？你办不了的事，可以找值班领导，可以找我嘛！"说完，就为这位群众盖上了印。事后，蒋木仁扮了个"黑脸"，为此专门召开了一场民警会议，重申"换位思考"，并叫这位民警主动上门向这位群众赔礼道歉。

会完了，郭嘉声的"活儿"也开始了。郭嘉声把这位民警叫到自己办公室，耐心地开导他："蒋所长可不是小题大做，他是对事不对人。你想想，如果这位群众是你的亲戚，你肯定会想尽办法为他盖印，对吧？用这种态度对待所有群众，我想也不难……事情过去就过去了，别往心里去。赔礼道歉时，我陪你一块去。"

这位民警卸下了包袱，愉快地走出了郭嘉声的办公室。

还有这么一则故事，足见郭嘉声妙用"正负强化"的功效：民警黄锦原是另一警种的中队领导，1996 年 7 月调到东街所。小伙子身强体壮、膂力过人，遇有侦查破案抓歹徒，总是瞪圆了眼珠子抖擞起精神，越忙越累越来干劲。可有一样毛病，不能闲着，闲了就犯困。初来乍到那些天，小黄忙完手上的活儿，也不管白天黑夜，"哗哗"翻上两页报纸杂志就躲进集体宿舍，朝床铺上一扎，"呼呼"打起了呼噜。

细心的郭嘉声看在眼里，还抓了两次"现行"。批评也批评了，教育也教育了，可谓"苦口婆心"，却无济于事，小伙子该干就干，该睡就睡，依然故我。郭嘉声明白了，显然，小黄是属于胆汁型那一类气质特点的人，你和风细雨敲边鼓，他过后就忘，"不撞南墙不回头"……郭嘉声盯紧了小黄，那时，东街所即将搬迁新址，旧办公楼正在拆拆卸卸，也不怕"损坏公物"，终于抓住一次机会，郭嘉声"嘭"地一脚踢开了集体宿舍大门，把睡意蒙眬的小黄一把揪下床来，扯着嗓门"熊"他（这是负强化）："我说了你多少次，啊，上班时间你爱躺就躺，爱睡就睡，你还像个警察吗？！你要不想干了，现在就去写辞职报告！"

一向温文尔雅的郭嘉声，这一回似乎是真"动"了肝火。小伙子没见过这种架势，心想这回可"惨"了。战战兢兢过了几天，却一没见指导员在会上批，二没见指导员要自己写"反思"，三没见指导员对自己另眼相看，给穿"小鞋"，非但如此，指导员还时不时地在全所民警大会上，对自己破获几起案件、抓获几名犯罪嫌疑人的事儿给予表扬（这是正强化）。小伙子追悔莫及，暗地里就憋足了一股劲：就为指导员，我也非干出个人样来不可。“睡狮”猛醒，后来果然干得不错。

除此之外，“蒋郭思想工作法”当然还有其他一些“招数”。比如每逢民警生日，必送上一块生日蛋糕，送去一句祝福；比如民警家中有天灾人祸，必携果品、红包前往抚慰；比如夜间加班，一俟民警风尘仆仆归来，必送上一碗热气腾腾的“太平面”；比如积极鼓励、支持、培养民警入党、考学、提干……这些做法，均属大众化“套路”，不足为奇。

东街所一代又一代的“头儿”们，用他们纤夫般坚韧、宽厚的脊梁，拉着东街所这一根沉甸甸的纤绳，为“一切让人民满意”的神圣使命，义无反顾地负重而忘我前行……

二、东街所“风情”实录

数学警示题：“雾区”导航灯

东街派出所有两道曾被媒体反复宣传过的“数学题”，影响极为广泛，可以算是东街所的“土特产品”。

第一道题：25（26、27、…、31）–1=0

第二道题：23（24、25、…、28）–1=0

东街派出所的数学警示题（摄于 2018 年 10 月）

第一道题中的被减数，表示东街所保持民警无违法违纪的时间，以年为单位，它随保持的年份而递增，减数表示一起民警违法违纪案，得数意为“从零开始”。

第二道题中的被减数，表示东街所在职民警数，减数表示某一民警违法违纪，得数与第一道题意思相同。

1993 年 8 月，林新走马上任东街所第十四任所长。上任伊始，没有先烧“三把火”，而是自念“紧箍咒”，那一番“就职演说”慷慨激昂：“我们东街所已经保持二十五年没有民警违法违纪。二十五年不容易！那是一茬一茬的东街所民警用心血和汗水换来的，保持它很难，毁掉它却轻而易举！只要有一名民警违法违纪，只要发生了一起违法违纪案，东街所二十五年的荣誉就将前功尽弃！25–1 等于多少？等于零！我们所有 23 名民警，23–1 等于多少？等于零！我希望大家都不要充当那个不光彩的‘1’。我们只能给东街所这面旗帜增光添彩，绝不能给它抹黑！怎么做？大家看我的，我林新能做的，大家都能做；我林新不能做的，大家也都不能做！我们可把丑话说到前头，谁要砸了东街所的牌子，你不仁，我也不义，我林新可要带上全所民警到你家叫骂三天，闹它个鸡犬不宁！”

不可否认，商品经济条件下泥沙俱下，鱼目混珠，物欲横流，确也把芸芸众生中的一小部分人带入了一片“雾区”。诸如，改“三大法宝”为“理论联系实惠，密切联系上级，表扬与自我表扬”；诸如，“革命小酒天天醉，喝坏了党风喝坏了胃”；诸如，说某些行政执法部门“事情未办人先醉，吃完被告吃原告，赶走嫖客自己睡”等，确也是极个别单位、极个别人的形象描绘。东街所的这两道数学警示题，便是这茫茫“雾区”中的两盏明亮的导航灯，就此也成了东街所抓队伍建设的一门既形象又直观的“必修课”，年年讲、月月讲、天天讲，响鼓重槌，警钟长鸣——

党员活动室，两道数学警示题被制成两块横匾，公开悬挂。

每日上午 8 时 10 分至 20 分的全体民警例会，天天讲。

政治学习，结合上级有关文件，利用正反两方面典型，深入讨论。

两道数学题两盏导航灯，让东街所的民警们刻骨铭心，心明眼亮。耳濡目染，日积月累，便变成了民警们的自觉意识与行动。

津门路居民刘某来所办理入户审批手续。人言派出所“门难进、事难办、话难听、脸难看”，刘某心怀忐忑。可段警黄荣光态度热情，嘴上还直说：“立等可取。”几分钟后，手续办妥，黄荣光笑吟吟递上办结的材料。刘某大为感动，见四下无人，飞快脱下手中一枚金戒指硬塞给黄荣光，被当场拒绝。

一男青年自日本留学归来，来所办理入户手续。户籍内勤林巧红按规定程序验证、查档、登记、录入……8 分钟办结。男青年大为惊讶，连问了几声 :“这就好了？这就好了？”便一把掏出皮夹，抽出花花绿绿 3 万日元丢入户籍窗口，转身就走。林巧红急忙叫回男青年，将 3 万日元如数递还，解释说 :“办户口是我的职责。你的心意我领了，钱不能收。”

著名书画家、福建省文联副主席丁仃为东街派出所题字

民警施彦智、李明辉在夜间辖区巡逻时，发现一录像放映点违章经营，当即予以警告，并提出整改意见。店主口中应着“马上改”，忙不迭跑入内室，片刻，屈膝弓腰把厚厚两叠现金塞进小施和小李的裤袋，赔笑道 :“这是三千块钱，一点小意思，往后还请多关照！”小施、小李掏出钱来，正色道 :“你少来这一套！”店主缩回身子，诺诺连声……

有了这两道数学警示题，有了这两盏明亮的导航灯，东街所的民警们仿佛就有了“金刚不坏之身”，任凭风吹浪打，此心坚贞如铁。

1997 年 9 月 22 日晚，东街派出所刑警中队接到一条密报 :有人在福州某大饭店 1002 房内聚众吸毒，内中可能有贩毒人员。东街刑警中队副中队长林斌、民警潘毅等人火速出警，将麇集于 1002 房内吞云吐雾、颠凤倒鸾的两名台湾毒贩和两名卖淫女子当场抓获，缴获冰毒、吸毒工具等物。台湾毒贩陈某某是个在台湾地区“白道”“黑道”都玩得转的人物，颇有几分“胆识”。惊魂甫定，便掏出 1000 美元往林斌手里塞，从容地说 :“不好意希（思），今天身上没带太多的钱。这些钱你们先拿去用，‘撒撒水’啦，以后还有厚报……这系（是）我的名片，以后有什么困难，尽管来找我。这个……毛（没）问题的啦……”林斌对陈某某厉声喝道 :“你别来这套，把钱收起来！”陈某某“临危不乱”，依然笑容可掬 :“两位警察先声（生），交个朋友嘛。与人方便，自己方便的啦。我在台湾也有很多警察朋友，人家都很好商量，只要有钱，什么事都很好通融的啦。”说完，便朝两个半裸着身子的女青年使眼色，“两位小姐年轻、漂亮，功夫很深的啦。两位先声（生），不可错过的喔。”两位女子会意，当即爬出被窝，将半截温香软玉朝林斌、潘毅厮磨而来，双手摇晃着两人的手，娇滴滴卖弄着风情：“大哥，行行好嘛，我们会报答你的……”林斌、潘毅瞪圆了眼珠子，一把将女人推开：“滚一边去！把衣服穿好，跟我们走！”随后，两名台湾毒贩和两名卖淫女子分别被戴上了手铐，押回了派出所……

威武不能屈，富贵不能淫。东街派出所的民警们用自己的实际行动，为两道数学警示题提供了拒腐防变的生动注释，也向党和人民交上了一份又一份满意的答卷。

警察文化：“革命大熔炉”

在东街派出所采访，感受最深的是这个所洋溢着的浓烈的警察文化氛围，是东街所独有的“人文景观”。

警察文化建设是公安机关精神文明建设的重要组成部分。东街所的几任领导对此颇有远见卓识，抓得早、看得远。

一是倡导自我修养。精神文明建设问题，归根结底还是人的素质问题。早些年，东街所开展的是“五个不忘”教育，即“不忘过去，牢记公安机关优良传统；不忘我是党员，牢记入党誓词；不忘党的性质，牢记先锋模范作用；不忘群众，牢记全心全意为人民服务宗旨；不忘职责，牢记维护社会稳定职能作用”。“五个不忘”不够具体，近年来，他们又推出了“十个一”教育，即“凡事来一个换位思考；注意一言一行；接好每一个电话；接待好每一位群众；办好每一件事；干好每一天工作；关心每一户群众；管好每一片责任区；办理好每一起案件；受理好每一件户口申请”。东街所总在提高民警素质、强化民警自我修养上做文章，并且形成了制度：

每天下午下班前半小时，全体民警回所，记每日工作日记；

经常聘请有关领导或专业人员讲授政治、时事、业务、法律等有关课程；

积极鼓励、支持民警参加函授、电大等成人高等教育；

民警每月上交一篇思想、工作汇报书面材料，并由民警自行组织岗位考评，按时公布得分情况；

党团组织生活，经常就事业观、人生观、价值观、从警观问题，开展笔试和口试；

对民警在工作中暴露出来的问题，不是长官意志、盲目批评，而是组织全所民警专题讨论，统一思想，提高认识，教育大多数。

……

东街所为全体民警营造了一个讲政治、讲学习，向上求知的“软环境”，民警们也着实尝到了甜头：蒋木仁所长在上级组织的全市派出所所长业务考试中，连续两年获得第一；1997 年 6 月，分局组织刑警中队领导岗位竞聘，东街所有 5 位民警竞聘成功，竞聘成功人数列分局第一，其中总分前两名均为东街所民警。近 3 年来，先后有 9 位民警通过自学，取得了大专以上文凭……

二是营造快乐家园。一个团结协作、温暖友爱的集体，靠的是群体凝聚力。从社会心理学的角度讲，凝聚力是人们集合在一个群体内的情感，是成员保持在群体的合力。东街所的领导们不是社会心理学家，却把这一理论运用到了极致：

发扬民主。除所领导正常的业务职权外，不论大小事，均由所党支部或全所民警大会集体讨论决定，发扬高度民主，公平竞争。积极引导、鼓励、选拔、推荐民警入党提干，以严格而又公平的考评制度为基础，创造“比学赶帮超”的既有合作又有竞争的良好局面。

密切沟通。用开放式的沟通网络鼓舞士气，所领导坚持与民警“同吃、同住、同学习、同工作、同劳动”，不搞特殊化。

培植亲情。关心民警疾苦，坚持从优待警，想方设法解决民警子女的入托、升学问题，民警家遇有困难、灾祸必组织慰问。

东街派出所实实在在地变成了全所民警的一方具有温暖、祥和、可依恋气氛的“快乐家园”。即是“快乐家园”，便有了家庭式的温暖亲情，便有了温良、谦让、热情、激奋、舒畅、满意、真诚、勇敢，便有了勇于承担责任，不怕担当风险，不居功、不诿过的君子风范——

故事一：盛夏的一个晚上，东街所接到一个电话求助：有位老太太突然在东街口邮电大楼营业厅内跌倒，现已人事不省。东街所第十四任所长林新率民警火速出警，将老太太送往省立医院抢救。经诊断，老太太是颅底损伤，需马上实施手术抢救。可是，老太太身上没有任何身份证明，现又处于深度昏迷状态。望着医生递上来的手术单，几位民警都有些手足无措：“我们把老太太送入医院抢救已经不错了，现在还要承担其家属的责任，万一手术失败了，谁承担责任？要是再碰上老太太子女胡搅蛮缠，硬是‘狗咬吕洞宾’，那可就吃不了兜着走了。”

林新接过手术单，不加思索地在“家属签字”一栏里签下了自己的名字。

故事二：一个深夜，东街刑警中队在审查一名贩毒人员时，这条“小鱼”为立功赎罪，供出了一条重大破案线索：居住在某单位宿舍的无业人员 ××× 有贩毒行为，住所内还藏有海洛因，此人是劳改释放人员，心狠手辣，胆大妄为，身边藏有一支来复枪，遇有抓捕，可能持枪反抗。案情重大，在所值班的郭嘉声，副所长陈祥富、刘勇率民警火速出击围捕。在“小鱼”的指认下，参战民警很快摸到了“大鱼”住处。夜，万籁俱寂，“大鱼”藏身处还有幽幽的灯光。楼下阴暗处，陈祥富悄悄把手枪子弹推上了膛，一把扯过“小鱼”，故作轻松地对郭嘉声说：“这小子可是‘重要人物’，指导员，就交你看守啦。楼上我们上去。”郭嘉声正欲争辩，陈祥富一把按住了郭嘉声的肩膀，一派干将风范：“放心。保证不费一枪一弹，手到擒来！”片刻，“大鱼”果然耷拉着脑袋，被押解下楼……郭嘉声对我回忆说：“当时，听了陈副所长那句话，我心头顿时一热……这不就是‘把死的危险留给自己，把生的希望让给战友’吗？可陈副所长没这么说。话说回来，如果当时他说的是‘上边危险，我上，你留下’，那我可就非上不可了。当时有那么多民警在场，人家会说‘你指导员天天喊不怕流血、勇于献身’，怎么真正到了危险的时刻，你却贪生怕死呢？”

故事三：这是我在东街所采访期间发生的事。月初，上级机关转来一份群众对东街所的投诉电话。投诉人反映说：“8 月 3 日下午，我在东街口遭到一名扒手的扒窃，由于发现及时，幸未造成损失。扒手是一名 ×× 籍小男孩。在我发现后，他竟然掏出生殖器满口脏话地向我耍流氓……可我在 8 月 4 日反映此事时，东街所值班民警却推诿说，此地不属于东街所管辖……”事不大，但发生于东街所却非同小可。蒋木仁所长 11 时 35 分接到通知，即召集全所民警 12 时集中开会，迅速查证。12 时，全所民警集中到了会议室，蒋木仁铁青着脸宣读了这份群众来电。8 月 3 日的值班民警唐涛立刻成了“众矢之的”，可唐涛却一口否认。蒋木仁说：“你先别急，再好好回忆回忆有没有接过类似的电话、说过类似的话？”小唐沉默片刻，坚定地回答：“没有。我敢用我的党籍做保证，绝无此事！”

这个电话是民警林霄接的。那天，值班室人多，值班民警唐涛只是对众人说了句“帮我听着电话，我去方便方便”，并没有特指代班对象。林霄接电话一事，神不知鬼不觉。此刻，“大祸”临头，林霄完全可以装聋作哑，但小林却挺身而出，主动承担了责任：“电话是我接的。”此言一出，后果可想而知：全所民警大会批评，写反思，公开作检查，扣发当月岗位补贴，还要主动上门向投诉人赔礼道歉。

其实，小林挺委屈。那天，这位投诉人来电话反映遭 ×× 籍小扒手扒窃并羞辱一事发生在一天前，当时投诉人自称是“我有个情况向你们反映”，显系反映情况而非要求出警。善良的小林出于解疑释惑的目的，一时多嘴向其说明了东街口地区一带四个派出所管辖区域的划分情况，和四个派出所近日联手打击 ×× 籍流窜扒窃人员的情况……

动机是好的，却难免言多必失。事后，林霄依旧一派坦荡君子风范，倒是让蒋木仁着实感动了一番。在当天下午的全所民警反思会上，蒋木仁表现得格外“温柔”……

当然不是永远一付谦谦君子、温情脉脉的样子，也有粗旷豪爽的时候——

节假日值班，闲来无事，便上派出所娱乐室里“卡拉 OK”一把，官兵同乐。蒋木仁五音不全，把缠绵动情的一首“妹妹你坐船头，哥哥在岸上走，恩恩爱爱纤绳荡悠悠”唱得“苦大仇深”。郭嘉声、陈祥富等人鼓掌，民警们却不买账，“下去啵、下去啵！”齐嚷。蒋木仁就要赖：“你们懂什么懂？我这是美声加通俗。”说着拽着麦克风，还唱。

每逢民警家中婚嫁办喜事，蒋木仁、郭嘉声必率全所民警前往。不是“应酬”，真喝。粗门大嗓的蒋木仁一个个监督：今晚一醉方休，都不许耍赖！便吆五喝六，觥筹交错。不会喝酒的郭嘉声，也喝得脸红脖子粗。

东街所充满生机与活力又极富人情味的警察文化建设，让我们再一次感受到了那句久违了的“革命大熔炉”的夺目光芒……

东街派出所荣誉室（摄于 2018 年 10 月）

下篇　我们的队伍向太阳

一、橄榄色之恋

爱情咏叹调

前文提到的那个右手夹着夹板、用左手记日记的民警黄正宇，此刻就坐在我的面前。小伙子中等身材，体格健壮，四方脸、大眼睛，算得上“帅哥”一个。很难想象他却是个情场上“败走麦城”的失意者。

黄正宇和他经常照顾的军烈属徐大娘

这年春节，经热心人介绍，小黄与某单位女青年小C恋爱了。双方头一次见面，彼此都给对方留下了好印象。小C姑娘长得清秀、端庄，性格开朗、活泼。双方见了几次面，挺投缘的。小C挺喜欢这个朴实、本分的小伙子，小黄对小C更是情有独钟，大有相见恨晚之感。虽然小伙子曾几次失约，但小C很通情达理，对民警工作也挺理解，并没有过多的埋怨之词。有一天，双方约定晚上一块逛街，可不巧的是，所里突然来了紧急加班任务。小黄调来东街所已两年多了，工作勤勤恳恳、认真负责，还从未因私事向所里请过假。小黄自知因为派出所工作忙、加班多，很少有机会认认真真陪陪小C姑娘，挺对不住她。这一次，小黄犹豫再三，还是走进了蒋木仁所长的办公室。虽然事关婚姻大事，可小黄知道，今晚的加班可是硬任务，所里民警没一个请假，有的还带病坚持工作，请假时就显得底气不足：“所长，我、我今晚能不能请个假？”蒋木仁问：“家里有事啊？”小黄没好意思把约会这件事说出来——这些天蒋所长的胃病又犯了，可仍坚守岗位；郭副指导员患了重感冒，一脸憔悴，可还在赶写材料，跟他们比，“约会”就更是难以启齿。小黄挠着头，嗫嚅道：“也没什么大、大事……”蒋木仁说：“如果没什么大事，你就克服克服吧。现在战役刚刚开始，任务十分繁重，不好请假的。”小黄一向不善言辞，只好退出，硬着头皮向小C告假。小C那一头早等得不耐烦了，闻听此言，便显得十分不快：“是你的工作重要，还是我重要？”小黄想解释，那头却“啪”地挂断了电话……

小C姑娘其实没往心里去，事情过了，火气也就烟消云散了。可小黄并没有“痛改前非”，就连解释，也是公式化的那么几句……一天，小C姑娘忽然感到莫名的孤独和寂寞，就给小黄挂电话：“小黄，你到我这里来一下好吗？我有好多话，想跟你说……”小黄当时正在所里审讯一名犯罪嫌疑人，审讯加做笔录，一时难以脱身，就支支吾吾解释：“我正忙着，离不开……”小C姑娘终于忍耐不住，带着哭腔向小黄下了道“最后通牒”：“你要么马上过来，要么就别再理我了！”当然不可能“马上过来”，小黄怀着一股强烈的负疚心理，也缺乏一点现代男士追求女性的“死皮赖脸”的洒脱。那以后，小黄真没敢和小C继续保持联系。

丘比特之箭折断了。

这里，丝毫没有谴责小C姑娘的意思，毕竟，选择什么样的爱与被爱，是小C姑娘的自由，作为女性，她们希望与自己的恋人徜徉于树影婆娑的林荫道上，起舞于乐曲悠扬的舞池中，依偎在男子汉宽阔温暖的胸怀里……这并没有错。遗憾的是，民警黄正宇和他的一批有着同样遭遇的同事们所缺乏的，正是这样一种浪漫与从容。为了国徽下橄榄色的使命，他们没有太多的时间游弋于爱河，忘情于温柔乡中的卿卿我我……

请记住这些可亲可爱的民警吧：

民警黄正宇，男，1968年1月出生，高中文化，爱好体育。

民警宋少忠，男，1972年6月出生，大学本科文化，爱好文学、历史，对世界时政颇有研究。

民警黄晓忠，男，1968年5月出生，大专文化，爱好文学、精通棋艺。

……

姑且把这些文字当作几则“征婚启事”，倘若有那么几个勇敢的未婚女性向橄榄林中的他们投来含情脉脉的一瞥，就请接受我们一个崇敬的军礼吧。在喧嚣与浮躁的浪漫红尘中，毕竟还有属于警察群体所独有的那种炽热如火、含而不露但却缺少一点罗曼蒂克的恋歌。

即使成了家，警察家庭也一样充满着艰辛与磨难。“爱上一个不回家的人”，是许多警察家属婚姻之旅的真实写照。

副所长陈祥富是“福建省优秀人民警察”，小伙子浓眉大眼，精明强干，精力过人，1994 年 4 月调任东街所副所长，分管刑侦。小伙子走马上任后，便率领刑警中队的战友们紧密依靠群众，广辟线索来源，主动出击、深挖细查、穷追猛打，连破大要案。1997 年 11 月，正值冬季严打期间，东街所民警在巡逻中抓获 3 名盗窃摩托车的犯罪嫌疑人。陈祥富迅速组织民警审讯攻坚，并带队追捕同案人、调查取证、追缴赃车，一连十数日加班苦战。这期间，刚满周岁的女儿突发急病，妻子急忙打电话向陈祥富告急。陈祥富十分疼爱女儿，无奈脱不得身，只好在电话里请求妻子对女儿多加照料。娇小的妻子只得独自一人带着女儿上医院，打针、取药……这一天，女儿的病情略有好转，妻子打来电话向陈祥富报喜。电话听筒的那一头，女儿抓抓挠挠地抢着电话机，陈祥富听得真真切切，妻子用兴奋的语气对女儿说，快叫爸爸，呀呀学语的女儿拖着长音，奶声奶气地叫“爸爸、爸爸——”电话听筒这一头，陈祥富忽觉一阵酸楚，眼泪禁不住夺眶而出。

副所长陈祥富和家人

1997 年年初，东街辖区南营户口段着手实施“文明安全小区”建设。段警李明辉要召开辖区有关单位、群众座谈会，要逐家逐户登门做群众工作，要协调有关单位建筑治安报警点，要物色、聘请保安人员……忙得不亦乐乎。夜晚加班多了，一天、二天可以，十天、二十天就闹出个“后院起火”。老母担心，儿子埋怨，妻子更是怒气冲冲、牢骚连连，晚上干脆反锁上门，让李明辉夜半归来连吃“闭门羹”。夜深人静时分，高声呼唤不得，重重敲门不得，一天劳累下来，已是疲惫不堪。小李只好窝在门口一角，听寒风瑟瑟，看树影憧憧，盼妻母再动恻隐之心……

单一色调的橄榄色警服，使他们失去了爱情生活原本的多姿多彩，用于对外宣传的标准词汇是“舍小家顾大家”。岂止是简简单单的“舍”与“顾”，一茬接一茬的东街所民警，从小我走进大我，从大我投入忘我，在风风雨雨的橄榄色人生旅程中，真正体验到了人生的痛苦与欢乐，同时也真正体验到了生命状态的一种最高境界。

橄榄色，东街所民警心目中永远为之眷恋、为之忘我的唯一流行色！

女警浪漫曲

东街所的女性民警为数寥寥，虽然没有什么惊天地、泣鬼神的英雄故事，却也演绎了一幕幕如诗如歌的人生悲喜剧，构成了东街所别具特色的另一道风景线。

被辖区群众称为“公安女侠”的女民警林萍

故事一：身怀六甲的“女侠”。女民警林萍是林家的宝贝千金，被父母视若掌上明珠。当上警察，平日说话办事依旧慢声细语，仪态翩翩，不改一副女儿态；又嫁了个知冷知热的好丈夫，鞍前马后侍候，难得有红颜一怒的时候。婚后有了身孕，丈夫更是体贴入微，百般殷勤。这一天，林萍下段工作，忽见两名青年男子一前一后朝自己狂奔而来，前者连呼“救命”，后者操着一把亮晃晃的菜刀，满脸杀气尾随追赶。见此情景，林萍毫不犹豫上前拦住了持刀者的去路，怒喝：“站住！”持刀者知道林萍是自己这一片居民区的“段长”，不敢犯事，当下“蔫”了，林萍趁势夺下菜刀。纯属巧合，“收队”时分，林萍途经辖区南营户口段，忽见路旁行人纷纷躲避，更有“噼噼啪啪”一串打斗声。林萍大步冲入人群，只见一伙人刀来棍往左劈右砍，正厮打得不可开交，林萍大喝一声：“住手！”众人见来者是个大腹便便的女流之辈，都没当回事，再动干戈。林萍插入人堆，一手一个揪紧了为首的两个打手，怒目圆睁：“我看谁再敢动？！”眼见这位“女侠”不惧刀枪棍棒，众歹徒齐齐缩回了手。有人在一旁连叫：“段长来了、段长来了。”林萍高喝：“放下凶器！”众歹徒毕竟对警察心存畏惧，纷纷丢下凶器，四散而逃。为首的两人，被林萍提押回所。

此事在辖区百姓中一传开，便引出了“公安女侠身怀六甲、赤手空拳勇斗歹徒”的一段佳话。林萍倒是平静似水，所里的同事们却惊讶不已：没想到娇羞纤纤的一名弱女子，竟也有如此英雄豪杰之举。

故事二：离愁悠悠。陈宝珠是东街所的前任指导员，先后与黄荣魁、林新、蒋木仁共过事，可以说是东街所的“三朝元老”。在担任东街所指导员的长达6年的时间里，她埋头苦干、身先士卒，为东街所跨入国家级优秀公安基层单位的行列呕心沥血……

前任指导员陈宝珠为东街所扛回了一块又一块沉甸甸的光荣匾

1995年春季严打战役期间，东街所侦破了一起特大盗、运、销摩托车犯罪团伙案，破获盗窃摩托车案件16起。为了及时追回赃车，挽回群众损失，陈宝珠毫不犹豫率办案民警连夜前往闽清、古田等地开展工作。在瑟瑟寒风中，破旧的北京吉普警车一路颠簸。时年已47岁的陈宝珠患有严重的腰椎增生病，实在经受不住如此这般之苦。目的地到了，陈宝珠的老毛病也犯了。见指导员伛偻着腰，铁青着脸，额上不时冒出豆大的冷汗，民警们都劝她留在县城休息，可陈宝珠却摇头拒绝了。在闽清、古田两县六个乡镇坑坑洼洼的乡间山道上，陈宝珠强忍着剧烈的疼痛，走完了追赃的全部行程，率民警追回了 11 辆被盗摩托车，为群众挽回损失 30 余万元。

后来，由于创建“青年文明号”的关系，年龄高于创建条件规定年龄的陈宝珠离开了东街派出所，被调往分局任职。这位在东街所苦干了 6 年、为东街所扛回了一块又一块沉甸甸光荣匾的老指导员，是流着泪走的。

据说，老指导员很少在同事和熟人面前谈及东街所，怕的是勾起离愁别绪，但背地里却依旧为东街所牵肠挂肚，有关东街所的内部材料必反复研读，有关东街所的新闻报道必细细收看。

为了东街所的过去、现在和未来，多少人魂牵梦萦……

故事三：眼泪和欢笑。女民警林巧红是现任东街派出所户籍内勤，现年 46 岁。

1997 年 7 月的一天，东街所户籍室忽然传来一阵高似一阵的叫骂声，一个六十开外的老妇人正唾沫飞溅指着林巧红破口大骂：“你什么先进派出所？！你什么先进户籍？！都是‘拱趴’（吹牛）你自己搞错为什么不给人家改过来？没给你送红包是不是？这样的‘八尖’（警察）过没板（过分）了！”老太太声称是东街所把她大女儿的年龄搞错了，要求把户口簿上的“39 岁”改为“35 岁”，以便移民国外。

老太太纯属胡搅蛮缠。刚才，老太太说明来意后，林巧红就热情接待了她，经查找原始户籍档案材料，证实其大女儿的真实年龄与现登记的完全相同，并无差错，便耐心向老太太解释户口管理的有关政策。不料老太太却暴跳如雷，粗话连篇地骂起了大街……

林巧红的脸阵阵发烫、血阵阵发热。如果换作其他任何一个地方，如果换下了这身警服，她也许受不了这一通窝囊气。可这里是东街所，是“全省文明户籍室”。委屈的泪水在林巧红眼中打转，她努力克制着自己，没让泪水流下来：“依姆，你别急。听我好好说嘛。刚才我们查了你大女儿原始户籍档案，39 岁的年龄没有错。你想想看，你二女儿的年龄是 35 岁、5 月份出生的，你大女儿怎么可能也是 35 岁、10 月份出生的呢？一年头尾六个月，怎么可能生出两个孩子呢？你叫我们改，就是让我们弄虚作假，我们公安机关怎么能乱改呢？”和颜悦色的林巧红最终说服了老太太。在围观群众的一片指责声中，老太太悻悻而返。

都说 40 岁是女人生命中的秋天，家庭稳定，事业有成，儿女均已长大……

但林巧红生命的秋天，却是寒风瑟瑟，是悲苦的眼泪，是无尽的忧伤。她的丈夫原是省直机关一名年富力强的科长，正是在事业上有所作为的黄金时段，有一天突感身体不适，经医院诊断，患的竟是晚期肝癌。这不啻是一声晴天霹雳！公公婆婆傻了眼，林巧红更是夜夜以泪洗面。两个多月后，丈夫撒手人寰。公公婆婆都是年逾古稀、体弱多病的老人，其他子女又生活在国外，照顾公婆的重担自然全落在了林巧红肩上……1998 年 5 月，婆婆因病去世，公公又住进了医院，林巧红的日子更加艰难。每天都是凌晨 5 时起床，做好公公的早餐送往医院伺候公公吃下，再立即赶回宿舍，做好儿子和自己的早餐，随后分别上班、上学。傍晚下班后，先赶回宿舍，做好公公的晚餐送往医院，伺候公公吃饭、擦身、换洗，随后回家做好儿子和自己的晚饭，饭后洗碗、洗衣、洗澡，辅导儿子功课……一直忙碌到深夜，这才能匆匆入睡。

把痛苦藏在心里、把微笑留给群众的户籍警林巧红

这是林巧红 1997 年间有案可查的工作量：一年中，迁移变动人口 6223 人次，办理户口申请 265 份，办理居民身份证 587 份，接受外调人员咨询 3312 人次，开具户口项目证明 3210 张，预约办理户口 751 人次，还利用业余时间及节假日送户口、身份证上门 734 件……

客观地说，在户籍窗口那年复一年、日复一日的劳作中，面对着那些文化素质参差不齐、动机各异的各色人物，我们不敢保证林巧红的工作会有百分之百的满意率，我们不敢保证来所办事的群众个个都“满意而归”。但是，让我们感动的是，这位勇敢、刚强、坚韧的女性，毕竟在一年 365 天的绝大多数时间里，把痛苦藏在了心里，把微笑留给了群众……林巧红，令我们肃然起敬。

这便是东街派出所的几位普通女民警。不能说她们的故事个个都值得歌颂，但她们毕竟在风风雨雨的警营生涯中，用女性瘦弱的双肩挑起了长城的伟岸，把大好的青春年华奉献给了橄榄色，奉献给了国徽下庄严的使命……

二、忠诚到永远

相信你总会被我感动

20 世纪 90 年代的都市之夜，既浪漫又疯狂。

一个寒冷的冬夜，东街地区的一家桌球室和一家咖啡厅也许是顾客盈门之故，都午夜时分了，却依然在播放着刺耳的“你总是心太软、心太软”，震耳欲聋的流行音乐夹杂着不时爆响的男男女女的尖厉嬉笑声，吵得附近居民难以入眠。有几位好打抱不平的居民裹着厚厚的大衣聚集到了楼下，你一言我一语地谩骂桌球室和咖啡厅老板不讲道义。有人忽然想起不久前本户口段民警金威逐家逐户送来的“青年文明号服务卡”。卡上不是写着“有警必接”的承诺吗，何不请金威来“治治”这两家店主呢？此言一出，便有人反对：“段长家住洪山桥，路远、天又冷，就这么件小事，人家会来吗？”大伙有同意的，有反对的，一时争执不下。这时便有人提出，何不先打个传呼，看看情况再说。众人一致赞同。随即，按照“青年文明号服务卡”标明的金威的传呼号码和复机代号，求助电话挂出。片刻，金威复机了，轻松回话：“放心，我马上解决。”一支烟的工夫，冻得满脸通红的金威赶到了，居民刚刚散去，缩回温暖的被窝，刺耳的音乐声、喧闹声便骤然消失了。

不可否认，时代列车驶入了 20 世纪 90 年代，局部异化的人际关系，也造成了警民关系的局部异化，如“人情案”“关系案”“三乱”“四难现象”“保护伞”等，东街所的警察们却用自己的实际行动，赢得了广大人民群众的信赖、理解和支持。

蒋木仁常说：“如果我们真正把老百姓当作我们的亲人，一切从老百姓的角度出发，心理上就没有障碍了。老百姓平时没事不会到我们所里来，来了都是有事的，你办了一件好事，大家会记你一辈子！”

这么说，也这么做，不管分内分外——

花园户口段居民叶某，是个曾因盗窃罪被判刑 5 年的刑满释放人员。在东街所民警和居委会干部的长期教育帮助下，叶某悔过自新，还成了家，生养了一个聪明可爱的女儿。1997 年 9 月间，叶女该上幼儿园了，但因其母女户口都在农村，又交不起赞助费，一连几天，几个幼儿园都不肯接收她。叶某一筹莫展，情绪低落。段警黄正宇发现了这一情况，就及时向蒋木仁所长反映。蒋木仁一听急了，当天下午就来到辖区花巷幼儿园，找园长反复“求情”。园长经不住这一番“软磨硬缠”，也被民警的真诚所感动，终于同意叶女入托，并免收赞助费。叶女蹦蹦跳跳地入托了。叶某每天接送女儿上学、放学，路经派出所，总要朝派出所投来深情的一瞥……

一天，民警宋少忠下段工作，在津泰路居民区发现一名女青年蹲在墙角哭泣，经耐心询问，获悉这名 18 岁少女名叫张某秀，来自闽东山区寿宁县，家中父母双亡，只有她和三个年幼的弟妹，此番来榕找工，却不料屡屡碰壁，身上仅剩几张毛票……

宋少忠把张某秀安顿到居委会坐下，随后就前往辖区的几家饭店，为姑娘联系工作。一番奔波下来，在一家美食城为张某秀找到了工作，包吃包住，还有不薄的工资。直到把张某秀领进了“美食城”，茫然无措的姑娘才如梦初醒，凄凄嘤嘤地目送这位仍不知姓名的警官远去……

家住东街安泰中心 B 座某室的林老伯，是参加过抗美援朝的志愿军班长。儿媳嫌他年迈糊涂、痴呆，将他赶出了家门。民警施彦智获悉后，主动把老人带回所里，与老人同吃同住，悉心照顾老人。同时多次前往林家，耐心疏导教育其儿子、儿媳，并请来有关单位领导，协调解决老人生活上的一些实际困难。林老伯的儿子、儿媳受此一番感动，终于愉快地将老人接回了家……

近年来，下岗工人激增，东街所党支部号召全所民警倾派出所之所能，尽最大努力想方设法为下岗职工联系、牵线，创造再就业机会。近年来，全所妥善安置了 41 名下岗职工再就业。

……

东街所民警把一颗颗爱心奉献给了社会，同时也找到了警民关系正常状态下的那种“好感觉”，收获的是真诚的回报：

民警黄正宇患了“麦粒肿”，眼睑外翻，泪流不止，坚持下段工作。辖区的一位老医生见状大为感动，说：“小伙子，明天一定来找我。”老医生技艺精湛，药到病除，仅隔了一个晚上，症状就消失了，小伙子又是一派朝气蓬勃。

民警毛春荣在抓捕歹徒时摔伤了手。见“段长”吊着胳膊照常下段工作，辖区的一家摩托车维修店的小老板关切地问：“段长，你这样怎么上下班啊？”小毛摇头说：“我也没办法。”小老板说：“没事。从今天开始，我来接送你。”至此，每天早晨 7 时 40 分，小老板必准时赶到小毛家门口等待，在长达近两个月的时间里，竟是风雨无阻。

东街所为一对四川来榕打工的夫妇找回了丢失的孩子。夫妇俩为表达谢意，特意赶制了一面锦旗送往派出所，男人仍嫌不够，附带举报了一条犯罪活动线索。经侦查，一个流窜盗窃团伙被摧毁。

一名神秘男子经常携带一长条状包装物，出没在东街辖区竹林境新村一外地女青年租住处，引起群众警觉。根据举报，东街所连夜采取行动，缴获来复枪 2 支、军用步枪 1 支、子弹 362 发，挖出了一个特大贩卖枪支团伙。

无一例外，这些事都是“小事”。但东街所的民警却悟出了它的分量：丝丝缕缕爱民风，点点滴滴爱警情，构筑的正是社会主义精神文明的摩天大厦！

钢铁在这里炼成

东街派出所培养了一批“热情服务”的雅士、儒士，也造就了一批“严格执法”的勇士、猛士。

故事一：“双鹰折翅”。1997 年 7 月的一天傍晚，东街所民警毛春荣、黄锦根据所领导的统一布置，在摩托车被盗案多发地——省立医院附近预伏守候。此时，两名青年男子溜进了省立医院，总在高档摩托车周围打转，形迹十分可疑。小毛、小黄顿时警觉起来。不知是路人干扰，还是没有中意的“猎物”，两名男青年溜出了省立医院，走走停停，经华都商厦、东街口，又折回省立医院，后转向东湖宾馆，再窜往六一路火车站方向。小毛、小黄盯着目标，沿路跟踪而来。在六一路一商店门口，两名男青年终于找到了机会，用专用工具飞快地撬开了摩托车，准备驾车逃窜。小毛、小黄见战机成熟，当即朝两名歹徒扑去。已启动了摩托车的那名男子，见有民警追来，突然加足油门朝小毛迎面冲来，意欲将小毛撞倒逃窜。说时迟那时快，就在摩托车即将撞到小毛的一刹那，小毛一个侧转身，用一只铁钳般的大手将歹徒一把拖下车来，当场生擒。搏斗中，小毛右手第五指骨折，吊起了夹板。

无独有偶。小毛受伤 5 个多月后的一个中午，一名在押的盗窃犯罪嫌疑人趁隙脱逃。民警黄正宇、宋少忠、黄锦丢下饭碗，奋力追击，追至一条死巷内，歹徒见无路可逃，突然举起身旁的一辆自行车朝黄正宇猛力砸来。小黄挥起右臂抵挡，挡开了自行车，随后奋力扑倒并擒获了歹徒。

又是一个右手第五指骨折。

两人受伤后的情形也大体相同：在同一个伤科治疗；同样都没请假养伤；同样照常工作……用民警毛春荣自己的话说是：“我有脚还能走，有口还能说，有耳还能听。就是换了个左手写字，没有任何请假的理由。”

这句话，能不让人感动吗？

故事二：枪口余生。民警连超的遭遇更悬。1997 年 10 月 7 日下午 3 时许，被害人朱某和女友在东街辖区竹林别墅一小巷口突遭 3 名持枪、持刀歹徒抢劫。歹徒刺伤朱某的手、背部，抢走手提电话、传呼机、现金、金器等财物总价值一万余元。正在附近工作的连超听到被害人凄厉的呼救声，撒腿便朝3名歹徒奋力追去。三名歹徒见有民警追来，慌忙分头逃窜。连超就近盯紧一人，随后穷追不舍。歹徒杨某某见民警越追越近，狗急跳墙，突然掏出一支单发手枪朝连超射击，子弹从连超脚下擦地而过，留下一道长长的弹痕，连超被激怒了，一个鱼跃，如猛虎下山将歹徒扑倒……

故事三："洒泪夜审"。采访东街刑警中队指导员郑建忠颇费了一番周折。小郑不是外出办案，就是留所预审，挺忙的。郑建忠很瘦，细胳膊细腿，又有一副白皙的面孔，一眼望去，不像个缉凶捕盗的刑警，倒像个斯文的书生。

气质归气质,关键时刻,却从不含糊。一个夏夜,两名歹徒在津泰路抢劫作案。蒋所长闻讯率民警郑建忠、黄正宇、连超火速出警。两名歹徒慌不择路，仓皇跳入污臭不堪的一条小河内躲藏,郑建忠二话没说,跟着便跳入河内擒获了歹徒。1997年8月1日,泉州市公安局通缉的一名重大在逃犯在东街辖区一餐厅内出现。逃犯王某曾获省级武术散打比赛冠军，武功精深，多次逃脱追捕。郑建忠主动要求打头阵。参战民警悄悄混入餐厅，伺机采取行动。郑建忠体瘦单薄，未引起王犯注意，就在贴近王犯的一刹那，郑建忠抖擞虎威，突然拦腰将王犯抱住，其他民警见状一拥而上，将王犯擒获……

这些年，郑建忠家里屡遭不幸。先是发生了一场火灾，举家被焚毁一空，后是父亲患上了老年痴呆，老母亲的哮喘病日益加剧，以致卧床不起，妻子又下岗待业。1998年7月间，东街刑警中队在侦的一起盗窃摩托车大案正逢破案攻坚的关键时刻，郑建忠的母亲心肺衰竭。7月22日晚，郑建忠守在母亲的床前尽孝，打电话向蒋木仁所长请假说："所长，我想请个假，我妈……"蒋木仁说："你妈的病就那样，时好时坏。你还是来一趟吧。"郑母此时已依稀可见回光返照之兆，郑建忠用双手抚摸着母亲的手背，贴着母亲的耳朵悄声说："妈，你可要挺住啊。"说完，就匆匆赶回派出所，像往常一样组织民警守候、调查取证、审讯疑犯……深夜11时许，凶讯传来："母亲走了。"郑建忠握着电话，成串的泪水夺眶而出，战友们都劝郑建忠回家料理母亲后事，郑建忠却一言不发，紧咬着腮帮，任由眼泪不断地滴落在洁白的笔录纸上。第二天，蒋木仁获悉了郑家的噩耗，用强硬的口气通知全所民警前往郑家，为郑母送终。

经受了一次次血与火的考验，经受了一场场灵与肉的洗礼，东街所民警执着地把青春和热血挥洒在了都市的每一个早晨和每一个夜晚，却把太多、太多的苦辣酸甜，留在了凯旋之后的心灵深处……

胸中存正气，何愁无英雄！

改革开放大潮澎湃，神州大地风云激荡。伴随着社会政治经济关系的变化，长期处于停滞封闭状态的社会结构发生了深刻的嬗变。而长期生活战斗在社会政治经济环境变革最剧烈、最前沿的省会城市中心地带的东街派出所的民警们，每时每刻都在经受着社会风浪超乎寻常的冲击和考验。

顺应时代的发展，东街所也在变——

变静态的治安管理为动态治安管理。他们积极落实、完善“文明安全小区”建设，落实人防、技防措施，组建治安岗、报警点、巡逻队……

变单一的服务模式为多元服务网络。近年来，他们先后推出包括“预约服务”“限时办证”“送证上门”等在内的五类44条便民利民新举措；1998年7月，又推出了所领导“坐堂”值班制度，不断拓展服务渠道，提高办事效率……

不变的是对党、对祖国、对人民、对法律的无比忠诚。

在时代大潮的风口浪尖上，东街所犹如一艘满载吉祥、安宁、欢乐，坚不可摧、永不迷航的战舰，乘风破浪，扬帆远航……

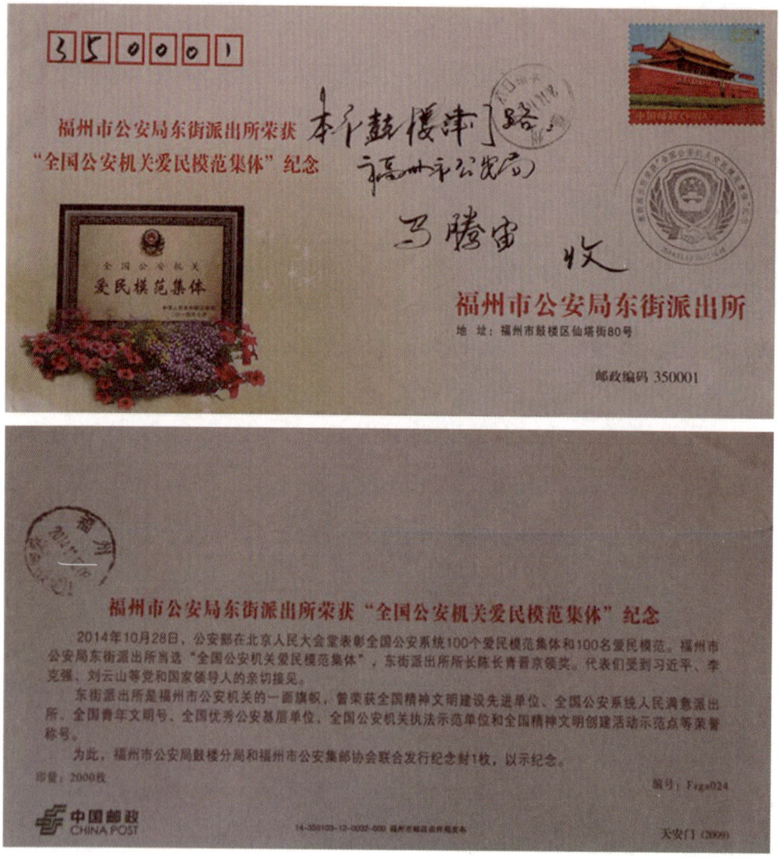

2014年10月，东街派出所获“全国公安机关爱民模范集体”光荣称号，为此专门发行的纪念信封

原福州市委常委、政法委书记、公安局局长牛纪刚在东街社区当“一日民警”

原载：1999 年第 1 期、第 2 期《福建公安》杂志

一路歌声一路情

——福建省公安厅文艺小分队“公安文化基层行”侧记

“聚一份欢畅，聚一份吉祥，聚一份花好月圆的好时光。”2014 年 1 月，福建省公安厅“公安文化基层行”文艺小分队一行 23 人，行程 2500 公里，先后赴南平、三明、龙岩等偏远地区慰问演出。演员们放歌鲤鱼溪畔，热舞汀州桥头，上高山、下海岛、进学校，凝聚警民情，唱响中国梦，一路歌声一路情……

小分队在“福州好人”民警林玉清家慰问演出

骏马伴我追风行

此次基层行的第一站是被称为福建“北大门”的浦城县公安局九牧派出所。此时，细雨如织。气温骤降至零下 1℃。演员们不顾劳累，匆匆卸下行装，走台、布景、化妆、更衣……“我问春天 / 你从哪里来 / 跟着蜜蜂唱 / 伴着燕归来 / 捧着吉祥花 / 揣着幸福来”福建省公安民警歌手大赛美声组金奖得主、队员章美德的一曲《问春》，让这个冬日的下午显得格外温暖。一曲唱罢，在台下的村民何老伯见小章正瑟瑟发抖，急忙递上了一杯热气腾腾的茶，道：“孩子，快喝点暖暖身。”

以揭秘各种诈骗伎俩为主题的系列防骗剧，是“公安文化基层行”的主打节目，多年来广受欢迎，今年（2014 年）已编至第 5 季。在题目为《真假110》的这一季里，曝光了“假冒 110”“《中国好声音》场外幸运二等奖”等诈骗手段。在连城县莒溪中学的操场上，600 多名中学生为演员们的表演叫好连连，笑声不断。莒溪中学副校长兴奋地对演员说：“这个小品揭秘骗术，寓教于乐，太有意义了。我们有 600 多名学生，回去都会跟家长说，这样一传十，十传百，估计这几种骗术，几年内在我们这里都不会有‘市场’。”

激情似火唱英雄

1 月 17 日，小分队发扬“真情奉献、不怕疲劳、精益求精”的战斗精神，辗转来到永泰县慰问演出。这里是“福州好人”民警林玉清的家，1987 年，林玉清在抓捕犯罪嫌疑人时，身负重伤，昏迷了 3 天 3 夜，妻子因此受到刺激，精神失常，家庭生活困难。2013 年 2 月 5 日，康复后的林玉清因长期劳累和旧伤复发病倒在了工作岗位上。他的事迹让小分队队员们大受感动，小分队主持人凌玉洁，歌手张远看、章美德匆匆换上演出服，来到了林玉清的家，不足 10 平方米的斗室成了小分队的舞台。凌玉洁向老英雄传达了厅党委对广大基层民警的新春祝福，希望老英雄早日康复。面对面、零距离，章美德清新小唱，张远看激情高歌，老英雄热泪长流……

2014 年 1 月，作者（后排中）随团参加福建省公安厅
文艺小分队“公安文化基层行”活动，在刘亚楼将军故里前留影

此次“公安文化基层行”活动，全场节目的创作、编排、演出，全部由公安民警独立完成，制作的零成本，是其亮色之一。民警编、民警演、演民警，也推动了公安基层文化活动的建设与发展。小分队所到之处，演员、民警、观众心与心相连，情与情相融的场景比比皆是。

歌声嘹亮，舞姿悠扬；激情如火，斗志正旺。2014 年福建省公安厅“公安文化基层行”文艺小分队，战斗正未有穷期……

原载：2014 年 2 月 7 日《人民公安报》

精心栽梧桐 引来凤凰舞

——福州市公安局“蓝色家园”巡礼

“蓝色家园”举办的民警骑行活动

2015 年 10 月，金秋的福州，首届青运会鏖战正酣。

另一场鏖战——青运会安保战线 10000 余名福州民警的安保鏖战却波澜不惊，安稳如常。点、线、面，全天候，严防死守，重兵压境。表面的平静中，是参战民警高度紧张的神经和疲惫不堪的身体。这是一场拼意志、拼耐力、拼消耗甚至是拼身体的极限挑战。随着劳累的一天天叠加，他们中间的一部分人，巡逻的步伐已不再矫健，值守的神情也疲态尽显……

2015 年 10 月 17 日，一则题为《致奋战在青运安保一线的我们》的短文，在福州市公安局“蓝色家园”网站和微信号上同时发表，可谓一石激起千层浪：“我们，奔忙在青运的每时每刻……多想，能有一张安坐的椅，放松我们已经倦得麻木的腿；多想，能有一碗温热的紫菜汤，慰藉我们早就千疮百孔的胃；多想，能有一件挡风的衣，温暖我们被抽离了全部能量的身……我们的故事，总是太多的忙碌，总是还没有结束又有新开始……”

这无疑是一道雪中送炭般的“心灵鸡汤”。短短数小时，该文就被转发 12000 余条、评论 150 余次。精神一变天地宽，有民警评论说：“看罢文章，多少艰辛，多少劳累，都化作浮云飘散，正是‘回首向来萧瑟处，归去，也无风雨也无晴……’”

强烈的共鸣源自于情感的认同。“蓝色家园”一次又一次挺立在公安中心工作的风口浪尖上，高举时代前进的战旗，激发着民警们的热情和潜能，为警队摇旗、呐喊，诠释警魂密码……

酝酿许久

2014 年至 2015 年，福州警队，风起云涌。

在相当长的一段时间里，处于首届青运会倒计时备战状态的福州警队厉兵秣马。在一些基层单位，没完没了的加班、待命、备勤，让少数民警身心俱疲，个别民警生理、心理健康状况堪忧。一些青年民警不堪重负，选择了离职下海……新形势下，公安工会、党群工作路在何方？多元多样多变的纷繁社会环境中，公安队伍思想政治工作可有良方？省公安厅副厅长、福州市委常委、副市长、公安局局长徐凡新在思考，市局党委一帮人在思考，市局工会的成员们也在思考……

2014 年 10 月间，习近平总书记《在文艺工作座谈会上的讲话》和 2015 年 7 月间召开的中央党的群团工作会议精神，为新形势下公安工会、党群工作点燃了创新、发展的前进火炬。于是，党委会上，怎样把握新形势下公安队伍铸魂育人的特点和规律，把理想信念作为固本培元、凝魂聚气的战略工程和四项建设齐抓共进成了热点议题。党委一班人热情高涨，共襄盛举。徐凡新用一向温厚的笑脸，表达了自己的决心："适应新常态、开拓新思路、谋求新发展已箭在弦上，各级各部门都要建设好民警的精神家园，弘扬警察精神、凝聚警队力量。在这方面，要人给人，要钱给钱！"

"蓝色家园"的管理人员由谁担当呢？数日后，徐凡新局长请原市局人事处民警陈艳来到了办公室，这既是考察也是勉励。一番交谈后，徐凡新笑容可掬、语重心长地说："这是市局党委对你的信任。有本事、敢担当、善作为，我相信，'蓝色家园'一定大有可为！"

于是，一个以"举精神大旗、立精神支柱、建精神家园"为宗旨，培育和践行人民警察核心价值观，具有顶层设计理念的全天候、全覆盖、全警参与的"蓝色家园 +"运作模式，渐渐孕育成熟……

闪亮登场

2014 年 12 月 17 日，经过一番紧锣密鼓的筹备与建设，"蓝色家园"三大平台——公安内网“蓝色家园”网站、互联网“福州公安蓝色家园”微信企业号及“蓝色家园”法律咨询热线，正式启动。

启动仪式简朴而热烈。徐凡新局长兴致甚高，应“蓝色家园”工作人员盛邀，欣然命笔，笔底春风：“‘蓝色家园’是市局党委为全面推进十八届四中全会依法治国总目标，贯彻习近平总书记‘举精神大旗、立精神支柱、建精神家园’重要讲话精神，为全局工会会员打造的精神家园、心灵驿站、文化萃园……愿全体会员在‘蓝色家园’里，共同畅饮知识的甘露，碰撞智慧的火花，开拓我们的视野，陶冶我们的情操，壮大人民警察的心怀。学海行舟，践行求索，遥吟俯畅，逸兴遄飞。”

寥寥数语，却是几分鼓励、几分期许、几分重托……

自此，以蓝色为主基调的“蓝色家园”在市局内网闪亮登场，主页内设家园公告、活动速递、闲情逸致、真我秀台、家园明星、家园擂台、守望相助、心情寄语、版主信箱和主题策划等栏目。它以“笃学尚行、厚德致远”为理念，鼓励、引导民警好读书、读好书，营造“书香警队”大氛围。同一时间，“蓝色家园”还推出了“读懂我守护的城市·道出你卫士的情缘”系列工会会员文化活动，意在引导民警树立和坚持正确的历史观、民族观、国家观、文化观；激发广大民警“爱我福州、爱我岗位”的工作热情；倡导民警以积极、健康的人生态度发现“自然的美、生活的美、心灵的美”。

“蓝色家园”搭台，全局民警唱戏。栽得梧桐引凤来，“蓝色家园”甫一开通，就是一派“你方唱罢我登台”气象，真可谓繁花似锦、热闹非凡——

有抒情的，激情洋溢：“福州公安‘蓝色家园’立起了‘学无涯、行有方、思无邪’的精神支柱。在这里，将上演精彩的警察故事，将演绎无憾的警察人生……”

有纪实的，妙趣横生：“‘警察阿姨，我们在路边捡到了 5 角钱，交给你。’突然背后传来一个稚嫩的声音，我顿时愣住了。是久违的纯真，是被信任的感动，还是制服的自豪感……我接过 5 角钱，从兜里掏出了 5 元钱塞给他们：‘这是对你们拾金不昧行为的奖励。拿着这钱去买些糖果，这是警察阿姨给你们的奖励。’小朋友们接过奖金，兴高采烈地飞奔向杂货铺了……”

有写意的，意境深远：“雾中海，华蕴内敛，含而不露，不张扬、不炫耀，而是默默地积蓄着力量，将自身的雄浑与厚重爆发于瞬间的辉煌，又将瞬间的辉煌涌动于永恒之中。雾的封锁和遮湮没有迷失海的本性，反而在海的骄傲基质中增添了更多理性的因素，从而使海在难得一见的深沉与冷静中闪烁着无可抗拒的瑰丽魅力……”

警队甘苦，笔底波澜。民警写、写民警，笔下春风挥不尽。有小说，有散文，有诗歌，有漫画，有集邮，有摄影……应有尽有，风格各异，百花齐放。市局党委委员、政治部主任施玉安给“蓝色家园”网站留言：“祝愿公安‘蓝色家园’家旺人旺事事旺，真正成为民警的休憩驿站、知心乐园和才艺舞台！”市局社区警务指导处处长稽安子在“蓝色家园”微信号留言：“‘蓝色家园’，美丽、温馨的家园，在天天几十条微信出现的时候，一定是先睹为快，目不暇接，从中汲取快乐，享受文字，寻找你、我、他！”一位经常浏览“蓝色家园”的市局领导更是感慨万端：“真没想到，咱们的队伍藏龙卧虎啊！平日里，找个写文字的、搞摄影的、会吹拉弹唱的，难乎其难。平台一开，有凤来仪。‘蓝色家园’，成了发现人才之地，仅此一条，功莫大焉！”

此外，“蓝色家园”还每月评选“家园明星”——“快意写手”梁元枢（鼓楼分局水部派出所民警），用诗歌随笔为基层民警鼓与呼，可算初生牛犊不怕虎；“暖男”张晟玮（罗源县公安局起步派出所民警），用文学手段描绘从警路上的五彩人生，正是小荷才露尖尖角；“江湖摄友”陈公和（市局刑侦支队民警），用镜头记录公安民警的快乐生活，恰如生姜还是老的辣……

忽如一夜春风来，千树万树梨花开。

精彩纷呈

致力于打造一个以警队文化建设为先导和载体，辐射全警的新媒体平台；并由此发轫，以“蓝色家园 +”的模式，催生公安文化建设和思想政治工作的全面创新；维系民警感情线，触发民警兴奋点，滋养民警精气神，提升民警文化力。“蓝色家园”的设计者们，可谓用心良苦，志存高远，一派“直挂云帆济沧海”之大气势。

且看，线上洞天别开、热闹非凡；线下另辟蹊径、好戏连台——

活动一：“无悔岁月飒爽英姿”特别策划活动。这是为庆祝“三八”国际劳动妇女节，专为 50 岁以上女民警组织的一次艺术摄影活动。2015 年 3 月 7 日至 9 日，109 位符合条件的女民警自愿报名参加了此项活动，气氛十分热烈。在拍摄现场，许多即将退休的女民警热泪长流。有媒体发文盛赞：且向花间留晚照，市公安局工会做了一项很有意义的事。它在“花之貌”与“花之妙”之间，搭建了一个似有形却无形的平台，让拍摄写真的资深警花们陡然增添了一份职业的认同感和归属感。

“无悔岁月飒爽英姿” 艺术摄影活动

活动二：“聆听历史的声音，探访春天的足迹”活动。2015 年 5 月 30 日，百位民警走进上街鲤鱼洲国宾馆，聆听福建师范大学社会历史学院中国古代史教研室主任、博士生导师戴显群教授讲述的《福州城的历史变迁与历代大事》专题讲座。三坊七巷深处，风生水起；三山两塔左近，沧海桑田。听着、看着闽越古城的千年变迁，民警们思绪翻飞，感慨万千。时光倒流中，福州人追求正统教化的人文性格、开拓进取的海洋文化精神，让台下千年古城的守卫者们，别有一番滋味在心头……

活动三：“风雨相约——青运安保后的鼓山之憩”休整活动。2015 年 10 月 31 日、11 月 1 日，青运安保结束后的第一个周末，“蓝色家园”盛邀参与青运安保的民警们前往鼓山风景区市公安局“工会之家”放松休整，回甘青运安保战斗中的日日夜夜。200 多位警察会员及其家属以登山、骑行、自驾等方式齐聚鼓山“工会之家”。石阶漫步，小园啜茶，“听鸟啭歌来，看闲云落日”。参加休整活动的民警们身心愉悦，百感交集。淅淅沥沥的秋雨穿林打叶，平添了一份“静听天和兴自浓”的情致。

此外，还有诸多接地气的特色活动。有以地方风俗为特色的“警营儿女心、浓浓拗九香”活动，倡导民警在福州特有的“拗九节”里，为家中老人送祝福；有以女民警为特定对象的“巾帼才艺佳、警苑巧手秀”活动，征集女民警亲手制作的编织、裁缝、刺绣、剪纸、绘画、书法等手工艺品，展示女民警心灵手巧、热爱生活的时代风采……

三八节期间，为女民警庆贺节日

“把有意义的事情办得有意义不难，把有意义的事情办得既有意义又有意思则很难。”这是福州市工会的一位领导对“蓝色家园”的一番评价。市公安局党委委员、副局长黄作璋说：“‘蓝色家园’的建设，起点高、方法新、方位全、领域宽，它好就好在没有用行政命令的手段，而是以自愿为原则，把不同目标追求、不同思维方式、不同兴趣爱好、不同个性特点乃至不同风俗地域、不同作息规律的人聚拢在一起，让其八仙过海各显其能，殊为不易。”是啊，“要看银山拍天浪，开窗放入大江来”，需要的是“敢为天下先”的大气度和大胸怀。“蓝色家园”从细处着手，从大处着眼，不断推出以基层民警为主角的文化大戏，处处大手笔。它用一只有形无形的手，“以德润心、以文化人”为先，“身入”“心入”“情入”同步，不断拆除着机关与基层之间、上级与下级之间、民警与民警之间的“心墙”，传承着红色基因，浇灌着警魂沃土。它所描绘的这一幅幅或精致高雅，或温馨灵秀，或气势宏大的文化长轴，让传承着福州公安精神底色、血脉基因、传家法宝的警魂战旗更火红、更鲜艳。

一位民警对“蓝色家园”有这样一番评价：“入芝兰之室久而自芳，‘蓝色家园’在我们心目中，已然是传播正能量的活水源头。这里，有价值观念的大众表达，有中华美德的深刻体验，有文化理念的经典阐释，有警察故事的真情告白。它是一段愉悦的心情、一种积极的状态、一段美好的记忆。因为有它，生活就不只是眼前的苟且，还有诗和远方……”

徐凡新局长对“蓝色家园”勖勉有加，多次批示指出：“‘蓝色家园’的工作可圈可点，它是公安思想政治工作的一大创新，是新时期群团工作先行先试的有益尝试，应大力宣传和推广。”是的，“求木之长者，必固其根本；欲流之远者，必浚其泉源。”“蓝色家园”及其所激发出的警队文化建设的勃勃生机，无疑是徐凡新局长和福州市公安局党委在新形势、新常态下，顺应时代发展，倡导修心、养德、守志、明礼、尊道等道德元素和政德智慧而布下的一盘“观乎人文以化成天下”的战略好棋，引领着警队航船向着洒满阳光的航道，破浪前行。

“蓝色家园”小平台，警队文化大舞台；“蓝色家园”小切口，警队文化大变局。这个大舞台、大变局，因充满活力的工会、党群文化建设而催生、激活。它春风化雨，润物无声；它是梦想的彩翼、前行的号角；它因播种文以载道、博学多思、知行合一、体用俱全的文化种子而织就满园春色……

采访手记

其实，“蓝色家园”既无“家”也无“园”。“家”是虚拟之“家”，“园”乃无际之“园”。也恰因为如此，“蓝色家园”才以其旗帜之艳、植根之深、影响之大、辐射之广、互动之多而建立起了与广大民警血脉相连、情感相依、风雨相伴的血肉联系。同时，以其正本清源、振衰除弊的积极姿态，用昭示人生、启迪思想、温润情感的种种努力，让警队大家园真正成为智慧之钥、厚德之所和温馨港湾。

采访中，我们见到了被人们称为“园长”的陈艳。陈艳是“三大平台”的管理员、市公安局工会的一名普通女民警，也是“蓝色家园”诸多活动的策划者和组织者。“园长”其人，高高的个，大大的眼，人挺拔而不失儒雅，性刚毅而不失温情，说话快人快语，为人真诚坦荡，行事干脆利落。说起“蓝色家园”故事，“园长”口若悬河，如数家珍，动情处还不时唏嘘动容，足见爱之深、情之切。

“俏也不争春，只把春来报。待到山花烂漫时，她在丛中笑”——猛然想起伟人的这句诗词，算是从另一个角度为“蓝色家园”和“园长”陈艳立此存照吧！

千帆竞发，百舸争流；逐浪蓝色，放飞梦想。“蓝色家园”的耕耘者们相信，孤举者难起，众行者易趋。远方，正海阔帆舞……

原载：2016年3月16日《福建法治报》

附录 关于作者

附件一

晚报带我走上新闻路

口述人：马腾宙（福州市公安局宣教处影视文艺科科长）

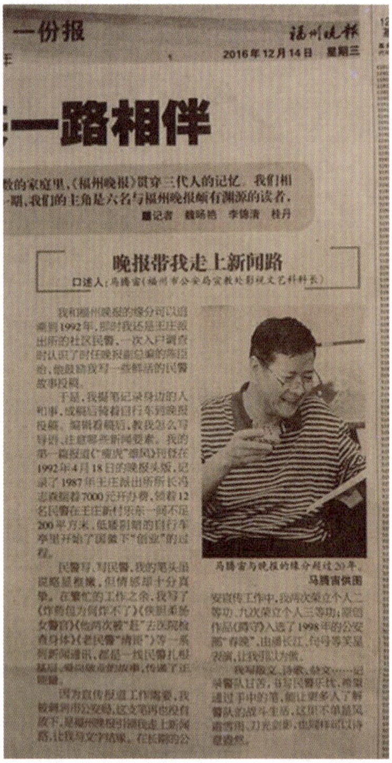
一份报
福州晚报
2016年12月14日 星期三
一路相伴
数的家庭里，《福州晚报》贯穿三代人的记忆。我们相
一期，我们的主角是六名与福州晚报颇有渊源的读者。
■记者 魏晓艳 李锦清 桂丹
晚报带我走上新闻路
口述人：马腾宙（福州市公安局宣教处影视文艺科科长）
马腾宙与晚报的缘分超过20年。
马腾宙供图

2016年12月14日《福州晚报》

我和《福州晚报》的缘分可以追溯到1992年，那时我还是王庄派出所的社区民警，一次入户调查时认识了时任晚报副总编的陈臣治，他鼓励我写一些鲜活的民警故事投稿。

于是，我提笔记录了身边的人和事，成稿后骑着自行车到晚报投稿。编辑看稿后，教我怎么写导语、注意哪些新闻要素。我的第一篇报道《“瘦虎”雄风》刊登在1992年4月18日的晚报头版，记录了1987年王庄派出所所长冯志森揣着7000元开办费，领着12名民警在王庄新村乐东一间不足200平方米、低矮阴暗的自行车亭里开始了国徽下“创业”的过程。

民警写、写民警，我的笔头虽说略显稚嫩，但情感却十分真挚。在繁忙的工作之余，我写了《炸药包为何炸不了》《侠胆柔肠女警官》《他两次被“赶”去医院检查身体》《老民警“清哥”》等一系列新闻通讯，都是一线民警扎根基层、爱岗敬业的故事，传递了正能量。

因为宣传报道工作需要，我被调到市公安局，这支笔再也没有放下，是《福州晚报》引领我走上新闻路，让我与文字结缘。在长期的公安宣传工作中，我两次荣立个人二等功、九次荣立个人三等功；原创作品小品《蹲守》入选了1998年的公安部“春晚”，由潘长江、句号等笑星表演，让我引以为傲。

我写散文、诗歌、杂文……记录警队甘苦，书写民警乐忧，希望通过手中的笔，能让更多人了解警队的战斗生活，这里不单是风霜雪雨、刀光剑影，也同样可以诗意盎然。

原载：2016年12月14日《福州晚报》

附件二

福州公安自创方言《元宵节安全歌》受市民欢迎

“尽量步行坐公车……”6日，一段福州方言体的《元宵节安全歌》在新浪微博受到了市民的欢迎。据介绍，这首《元宵节安全歌》是市公安局公共关系处的民警们集体创作的。

“开车时候听指挥，按顺序停车摆整齐；少带现金和首饰，包包最好背面前；扶好老人看好小孩；零碎杂物别乱扔；观灯时候靠右行，遵守秩序不乱挤；紧急情况莫慌乱，疏散通道看清楚；警察就在你身边，有急事马上去找他……”这首《元宵节安全歌》共12句，从各个角度提醒市民元宵节观灯的注意事项，用福州话读起来朗朗上口，得到了网友们的热捧。

“这首歌算是我们的集体作品，我们录了好几天，直到5日晚上才完工。”市公安局公共关系处民警马腾宙告诉记者，这首歌谣的创作灵感来源于春节期间，部署有关元宵灯会保卫任务时，大家聊天就聊出“灵感”来了。大家把提醒市民的内容一一加入里面，又请来多名福州方言专业人士参与修改。

“这首歌谣是局里的民警周燕演唱的，她可是专业人士，还获得过福建省闽剧票友金奖呢！”马腾宙告诉记者，由于没有专业的设备，这首歌谣是大家利用手机和办公室的电脑这些简单的设备制作出来的。“由于时间比较赶，制作有些粗糙，语言上有点不太押韵，我们下次争取作出更好的歌谣来。”

原载：2012年2月7日《福州日报》

附件三

贺微博粉丝逾百万，福州公安局赠纪念封

本报讯 3月27日，新浪微博@福州市公安局发布一条消息称：“疯‘抢’啦！福州市公安局新浪官方微博粉丝逾百万纪念封，数量不多，先来先得。只要私信我们，留下姓名地址、邮政编码，全国粉丝都可获得。亲，动作要快啊！”福

州市公安局通过微博赠送纪念封的消息，立刻引起了网友和集邮者的关注，在短短一周的时间里，这条微博被网友转发和评论 300 余次。广大网友通过微博私信的形式留下自己的联系方式均可收到一枚纪念封。

福州市公安局新浪官方微博自 2011 年 2 月 9 日开通以来，以“邻家大哥”为角色定位，全力打造亲民、幽默，善解人意、雅量高致的时尚形象，该微博成为“2011 年福建最具亲和力政务微博”，截至今年 3 月 15 日，新浪微博 @ 福州市公安局粉丝已逾百万人。

中国集邮报

CHINA PHILATELY NEWS

安徽、黑龙江邮协部署今年工作

广东邮协成立 30 周年

银川争创集邮文化先进城市

乌鲁木齐表彰百名集邮先进个人

贺微博粉丝超过百万 福州公安局赠纪念封

首家羌语局名的邮政支局开业

宣传“地球一小时” 南京免费发放明信片

2012 年 4 月 10 日《中国集邮报》

3 月 28 日，福州市公安局举办了粉丝逾百万“忠粉”见面会，福州市公安集邮协会与邮政部门策划发行“粉丝逾百万”纪念封 1 枚，并启用纪念戳 1 款。福州市公安邮协相关负责人介绍，这是国内微博史上首枚纪念封，也是全国政务微博发行的首枚纪念封。此前，福州市公安局曾于 3 月 13 日通过微博送出了 100 枚“警营开放日”纪念封，颇受网友好评。

（倪俊峰）

福州市公安局新浪官方微博粉丝逾百万纪念封

黄宝春书法（黄宝春现为全国公安书协副主席）

原载：2012 年 4 月 10 日《中国集邮报》

附件四

只要群众喜欢，警察“蜀黍”卖萌不算啥

“老人免费体检，元芳，你怎么看？”“大人，我觉得此事有蹊跷，要提醒老人莫因看病心切而上了对方推销‘万能药’骗钱的当……”

9月以来，像江苏省昆山市公安局官方微博“昆山公安”一样，各地公安机关纷纷引入“元芳体”发布预警信息。

“对群众进行宣教自然要用群众喜闻乐见的语言，只要是群众乐于接受的，不管什么体都是得体的。”今天接受《法制日报》记者采访时，清华大学法学院教授余凌云和中国人民公安大学治安系教授王太元一致认为。

警察“蜀黍”又卖萌啦

据了解，“元芳体”出自电视剧《神探狄仁杰》。剧中，每到探案关键时刻，狄仁杰总要询问其保镖李元芳一句：“元芳，你怎么看。”一夜之间，这句话成了众多网友的口头禅。紧接着，“元芳体”被各地公安争相引用。

“近日有无端人等把银行账号发短信给我，让我给他汇钱。元芳，你怎么看？”“大人，此事必有蹊跷。如今电信诈骗种类繁多，大人应当时时提防，处处小心！”山东省济南市公安局官方微博以“元芳体”提醒群众防范电信诈骗。

“五凤所捣毁一聚赌窝点，抓获青壮男子10余名。有人认为赌为娱乐而已，不生差池。元芳，你怎么看？”“回大人，此言失之偏颇，赌博生贪欲、离骨肉、坏心术、丧品行、毁前程。万不可沉溺于此！”福建省福州市公安局官方微博以“元芳体”提醒群众远离赌博。

“昆山公安”微博管理员谢访告诉记者，近两个月来，昆山警方共用“元芳体”发布信息近百条，内容涉及网络购物、电信诈骗及交通安全文明宣传和警务工作形象展示等。

“警察‘蜀黍’又卖萌啦！”面对公安机关接二连三的“元芳体”信息，网友们发出了这样的感叹。而与以往公安机关引用“淘宝体”等网络语言发布信息导致颇多争议不同，这次引用“元芳体”，网友给予了更多的宽容、理解，甚至表现出喜爱之情。重庆警方微博于10月20日用“元芳体”发布了一条“别轻易接受陌生微信信息，给色狼可乘之机”的提示信息后，人民网就警方用“元

芳体”话题进行调查，网友支持率超过90%。

法制网网友“依法做人”说，以前公安机关进行宣传，贴告示、发传单多为说教式，无法引起大家注意，也不受欢迎。用“元芳体”这一当红的网络语言，一下子就能吸引人，这种创新效果好，值得肯定和称赞。

不接地气不算好微博

警察“蜀黍”卖萌已不是第一回了。这两年来，“淘宝体”“咆哮体”“凡客体”“甄嬛体”“蓝精灵体”……各种火热的网络题材，被各地公安机关几乎用了个遍。

在福州市公安局警察公共关系科科长马腾宙看来，该局公安微博运用各类网络语言进行宣传，是坚持了当初开设微博的理念，即以45度角仰视的态度，尊重网友、善待网友，与网友亲切友好沟通交流。

“我们运用‘元芳体’等生动幽默的语言和表现手法，将公安机关的新举措、新动向及时传达给群众，进一步延伸公安工作触角，提升服务功能，推动社会管理创新。”马腾宙说。

山东省济南市公安局官方微博也常常傲立潮头，其推出的“控诉体”拒绝酒驾视频被广为传播，转发评论数超过5000条，受众网友超过数十万人。

“传统公安形象可能过于严肃，在微博上时不时地萌一下，让群众感受到公安也有可爱的一面，不仅改善了警民关系，也提高了宣传效果。”济南市公安局警察公共关系办公室负责人孙海东说。

“在那电话那头网络背后有一群大骗子，他们乔装又改扮，他们恐吓加忽悠，他们千方百计把你的存款转到他户头……”昆山警方创作的“蓝精灵体”电信诈骗防范歌不但在微博上广泛传播，还被印制成海报、扇子等宣传品在辖区发放。

“不接地气的官方微博就不是好微博，广大网友也不会认可。”谢访深有感触地说，在微博上，常常要把自己当成一名普通的“屌丝”，才能与网友保持零距离沟通，网友也才会敞开心扉，如此，公安工作的宣传效果要比传统的“打官腔”好得多。

原载：2012年11月21日《法制日报》

附件五

名人墨宝、寄语

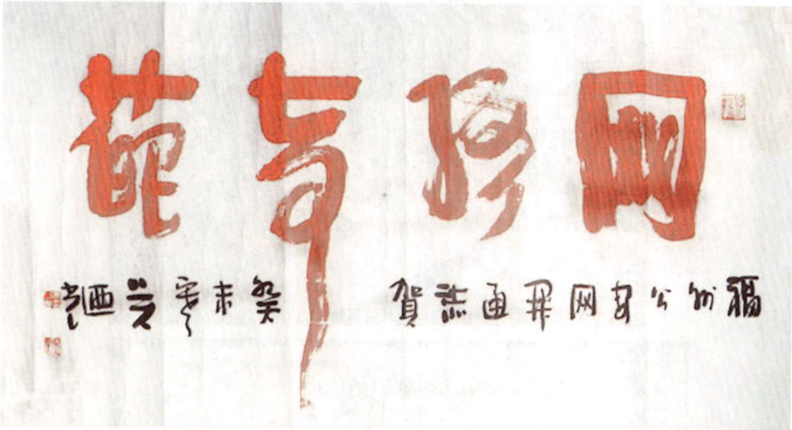

2004 年 1 月 1 日，福州公安网（互联网）开通（由作者所在科室负责），中国书法家协会会员、福建省书协副主席吴乃光先生赐墨宝祝贺：“网络奇葩”

2012 年 2 月 5 日，童话大王、现代作家、慈善家郑渊洁来榕签名售书，寄语福州公安微博（由作者所在科室负责）“祝福州公安微博越办越好”

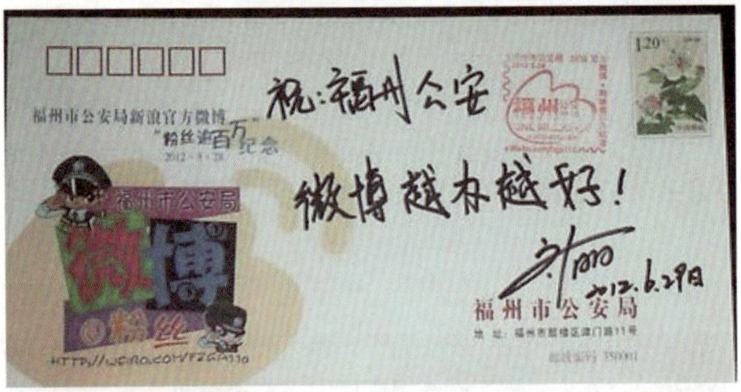

2012 年 6 月 29 日，2010 年“感动中国”十大人物、2011 年全国道德模范、全国人大代表、“中国最美洗脚妹”刘丽做客福州公安微博（由作者所在科室负责）并寄语“祝福州公安微博越办越好”。下图为 2013 年 3 月，在京参加第十二届全国人民代表大会期间，刘丽寄给作者的纪念封

后记

这是笔者的一部公安人物通讯、特写、报告文学和其他文体的文稿合集，不能称之为匠心独运、呕心沥血之作，姑且算是艺海拾贝，敝帚自珍，自捻成串而已。今将付梓，聊以自慰。

自上世纪90年代起，有缘入得公安文化宣传之门，既非科班出身，又无高人点化，惨淡笔耕，甘苦自知。感谢“大块假我以文章”，在近30年的时间跨度里，采访、撰写了大批公安先进集体和先进个人及部分公安英烈事迹，并散见于《文汇报》《大公报》《人民公安报》《科技日报》《中国纪检监察报》《福建日报》《福建法制报》《福州日报》《福州晚报》及《人民公安》《福建公安》《方圆》《生活创造》等报刊中。上述作品，难言风格，或是急就之章，或是慢工细活；或是短章小曲，或是长篇巨制，笔力参差，文法迥异，然“形立则章成矣，声发则文生矣”。严羽《沧浪诗话》云：“所谓不涉理路、不落言筌者，上也。”若是“王婆卖瓜”的话，姑且算多样化吧。全书共分四辑，第一辑“英烈丰碑”，是9位公安英烈的传奇，或崇高或悲壮，每每观之，总让人泪洒长襟，唏嘘不已。哪有什么岁月静好，不过是有人替你负重前行。今天的人们，可还记得昨夜风雨中，为你遮风挡雨的那个人的旧时模样？第二辑“时代先锋”，是15位公安先进人物的画像，有小鲜肉，有老成者；有追风少年，也有伏枥老骥，他们唱响了一曲曲“唯奋斗，不青春”的励志歌，也吟诵着一首首“莫道桑榆晚，为霞尚满天”的夕阳曲。第三辑“警花烂漫”，是6位公安女民警的写真，总是警营高飞燕，为衔春色上云梢。她们的故事，既有浪漫之境，也有烂漫之势；有眼泪，有欢笑。她们英姿飒爽，仗剑扬眉；她们芳心似水，激情如火，把个战地警花，绽放得格外鲜红。第四辑“钢铁堡垒”，是9个公安先进集体的群雕，或壮怀激烈或精巧灵动；有荡气回肠，有小弦切切。既刻画了“弄潮儿向涛头立，手把红旗旗不湿”的快意人生，也描绘了“稽首明廷内，心为天下劳”的家国情怀，更渲染了“蓦然回首，那人却在灯火阑珊处”的从警境界……

出于对历史的尊重，书中公安英烈、先进集体和先进个人，排名不分先后，以文章发表时间排序。书中涉及人物，均保留文稿发表时所在单位和原任职务，不作变更。书名取自歌曲《人民公安向前进》中“忠诚的道路浴血荣光，英雄的足迹越走越长”句，有祝愿人民公安队伍讲好警察故事，磨砺警队风骨，传承红色基因，赓续英雄血脉，让英雄的道路越走越长，越走越宽阔之意。

著书立说，总是要见天地，见自己，见众生的。今觅得名家秘制方一副，摘录于此，供读者诸君雅鉴，曰：守住一份初心，觅得一份匠心，撑起一份恒心，再加些许灵气、静气，用心用情用功，贴近警营沃土热土，畅饮警队源头活水，则可望收获“一事专注，便是动人；一生坚守，便是深邃”的累累硕果。

为时代立碑，为英雄画像，愿这本《越走越长英雄路》，能为满园春色的警坛再添一袭芬芳，则足慰平生矣。

“若待皆无事，应难更有花”，且行且珍惜吧。

马腾宙

2018 年 10 月于福州金鸡山南麓